万千肖像动心扉
——中国科学人物剪影

苏青 —— 著

北京理工大学出版社
BEIJING INSTITUTE OF TECHNOLOGY PRESS

版权专有 侵权必究

图书在版编目（CIP）数据

万千肖像动心扉：中国科学人物剪影 / 苏青著.
北京：北京理工大学出版社，2025.1.
ISBN 978-7-5763-4526-1

Ⅰ.I253

中国国家版本馆 CIP 数据核字第 2024R42U72 号

责任编辑：芈 岚		文案编辑：芈 岚	
责任校对：刘亚男		责任印制：施胜娟	

出版发行 / 北京理工大学出版社有限责任公司
社　　址 / 北京市丰台区四合庄路 6 号
邮　　编 / 100070
电　　话 / （010）68944451（大众售后服务热线）
　　　　　（010）68912824（大众售后服务热线）
网　　址 / http://www.bitpress.com.cn

版 印 次 / 2025 年 1 月第 1 版第 1 次印刷
印　　刷 / 三河市华骏印务包装有限公司
开　　本 / 710 mm×1000 mm　1/16
印　　张 / 16.5
字　　数 / 252 千字
定　　价 / 68.00 元

图书出现印装质量问题，请拨打售后服务热线，负责调换

推荐语
RECOMMENDATION

读苏青同志的《万千肖像动心扉》科学诗文集,击节称赞,令我怦然心动,欣然推荐。

热爱生活,事事皆可填词入赋;心怀仁善,人人都是益友良师;笔抒豪情,字字流淌诗情画意;胸荡真诚,句句彰显责任担当。

曾庆存
——国家最高科学技术奖获得者、中国科学院院士,
中国科学院大气物理研究所研究员

读苏青同志新作《万千肖像动心扉》,心情久久不能平静。大作记录的科学家涵盖了各个行业,他们有一个共同点:都在各自领域引领着中国的科技前沿,成为天空中闪烁的明星,照亮了后学的前程。

作为一名探索机械摩擦领域前沿的科技工作者,我内心异常感动,感谢苏青同志如此细致地描写我的同行们的生活与工作细节,用诗一般的语言概括科学家的成就与人格,真正做到了科技与艺术的高度融合。

王玉明
——中国工程院院士,
清华大学机械学院教授

《万千肖像动心扉》记录了作者与院士、专家、传播学者们亦师亦友的平凡交往，立体地描写了科学家们不平凡的成就与人格魅力。嫦娥奔月、蛟龙入海、鲲鹏展翅……中华民族这些千古流传的神话正一个个成为现实，一项项重大的科技工程支撑着祖国的和平、稳定和发展，唤醒了我们的民族认同感与自豪感，激起了我们强国富民的使命感。正所谓"驾车前辈尖端探，跟路后生真理求"。作者娓娓道来，引人入胜，值得一读。

周啸天

——四川大学文学与新闻学院教授，
第六届鲁迅文学奖诗歌奖得主

有意义、有意思的掌故轶闻多见于人文社科学者，科学家或科普专家之中颇为鲜见、难寻，这与当下所倡"弘扬科学家精神"实不相称。苏青先生曾工作于科技、科普、教育战线多个领域，结交英才甚众，相互友情弥笃，本书所叙的轶闻掌故情意绵绵，哲理睿智，思想融会，极具史料价值。读罢《万千肖像动心扉》，获益匪浅，感深肺腑，思绪万千，专以为荐。

张劲硕

——科普作家，
国家动物博物馆馆长、研究员

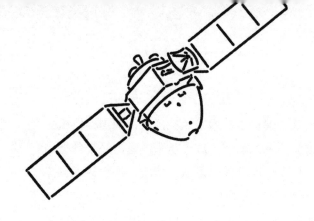

序
PREFACE ONE

文采灿然　有趣感人

什么样的东西能流传开来，起初是无法预测的。

故事片《满城尽带黄金甲》在张艺谋执导的作品中不算出名，但是，其片尾曲《菊花台》却脍炙人口。20世纪80年代的电视剧《鹊桥仙》，看过的人大概并不多，但其插曲《难诉相思》却常在我和很多同龄人的心头荡漾。《英雄联盟：双城之战》是改编自游戏作品的动漫，我既不会玩游戏也不看动漫，却熟悉这部剧的中文推广曲《孤勇者》，为什么？因为不计其数的中国孩子都会唱这首歌，我听孩子们唱过很多遍。

白居易、王安石、苏轼的诗词流传千古。很多人只记住了他们是诗人或词人，却忘了他们首先是政府官员。白居易以刑部尚书的身份退休，王安石做过宰相，苏轼做过礼部尚书。他们的事业并非做得不成功，但是，相较于事业，他们的诗词因为更能直击人心，所以能更长久地流传。

中国是诗的国度，各行各业的人都可写诗，诗词歌赋并非职业诗人的专属。

因此，我希望大家知道：苏步青院士不仅是数学家，也是很好的诗人。在他96岁时，群言出版社出版了《苏步青业余诗词钞》，共收入苏先生近体诗444首、词60首。浙江大学蔡天新教授既是数学家，也是优秀的诗人，他的诗歌作品已被译成20多种语言。本书作者苏青（哈哈，只比"苏步青"少一"步"）不仅在其岗位上也是业务骨干和领导干部，更是激情四射的诗歌爱好者和创作者。

我希望，苏步青、蔡天新和苏青的诗也能够获得广泛传播。

苏青到底是谁呢？像白居易、王安石、苏轼等人一样，他首先是一名业务骨干和领导干部，担任过《学位与研究生教育》编辑部编辑，北京理工大学校长办公室主任、出版社社长，科技导报社社长、副主编，中国科协学会服务中心副主任，科学普及出版社社长暨中国科学技术出版社社长，中国科协机关党委常务副书记，中国科学技术馆党委书记等职。数十年来，无论处于什么岗位，无论是什么级别，他对近体诗和现代诗歌的热爱从未消减，他的诗词创作从未止步。这不，他的第四部诗文集《万千肖像动心扉》又要问世了。

他的第一部诗文集《岁月如歌话人生》是由上海科技教育出版社于2021年出版的，第二部诗文集《携诗远行畅情怀》由湖南科学技术出版社于2022年出版，第三部诗文集《青诗白话道真言》由化学工业出版社于2023年出版。这三本书，我都写过书评。我写这些书评，是因为真心实意地喜欢这些书，而不是虚情假意地为老朋友说点好话。现在，苏青要我为他的第四部诗文集写序，这对我真是一番挑战，因为我过去只为自己的学生和晚辈的著作写过序，从未为同辈的书写过序。为晚辈写序，多少还可以倚老卖老；为同辈写序，就没啥可卖的了。

苏青的第四部诗文集《万千肖像动心扉》一如过去三本书的风格，书名都是7个字，每篇文章的标题也是7个字。对苏青来说，工作和生活中遇到的一切人、一切事，只要他有所感触，均可入诗。看望一位学者，写一首诗；参观一个展览，写一首诗；撰写一篇书评，中间带上一首诗；为朋友的书作序，序里也有一首诗……其实，这才是诗歌创作的最佳状态。正如对古人而言，不存在刻意的书法创作，王羲之的《快雪时晴帖》不就是一封书札吗？老想着"我是书法家，下面我要创作书法作品了""我是诗人，下面我要写诗了"，恐怕反而难出精品。

阅读苏青的这本《万千肖像动心扉》，不同的读者可能会有不同的收获。

首先，对诗词有着初步爱好的读者，可以学习苏青在诗词领域善于学习、勇于尝试的精神。

在本书中，除了七言诗，苏青还展示了他的大量词作。中国的词牌名多不胜数，常见的词牌就有几十个。仅在这本书中，苏青就用了采桑子、蝶恋花、定风波、风入松、画堂春、浣溪沙、浪淘沙令、满江红、满庭芳、南乡子、破阵子、菩萨蛮、沁园春、声声慢、十六字令、水调歌头、桃源忆故人、喜迁莺、忆秦娥、渔家傲、虞美人、鹧鸪天、少年游等23个词牌！作为一个从小也算是喜欢诗词的人，我深知熟悉和掌握其中的一个词牌都非常艰难。多年来，我也只尝试瞎写了几首《西江月》，从不敢尝试别的词牌。因此，我对苏青敢于涉猎那么多词牌这一点就十分佩服。事实上，学诗词和学外语有类似之处。学外语，若是怕说错而不敢开口，则口语永远过不了关。学习近体诗词创作也一样，不能怕错，要勇敢迈出第一步，然后在实践中逐渐打磨技艺。如果将苏青四本诗文集中的所有诗词按时间顺序排列下来，先读其早期的诗词作品，再读其新近的作品，就不难发现他的进步。

其次，对诗词不感兴趣的读者，可以欣赏书中的众多故事，包括苏青本人的经历和他接触的人和事。

例如，在《滴水映辉彰典范》一文中，苏青介绍说，1985年5月，他从北京工业学院（北京理工大学前身）力学工程系研究生毕业后，留校分配到《学位与研究生教育》编辑部，在这里工作了七年半。

1987年第5期的《学位与研究生教育》刊登了华东化工学院（华东理工大学前身）博士生导师、著名的工业过程自动化专家蒋慰孙教授（1926—2012）所著《博士生培养之我见》一文，这篇文章是华东化工学院通讯员提供给《学位与研究生教育》编辑部的，发表后反响很好。几个月后，编辑部收到了蒋慰孙教授的一封来信和一张40元的汇款单。蒋慰孙教授在信中写道："感谢编辑部发表我的文章，现将40元稿费退回，因为这篇文章我已先给《上海研究生教育》杂志且在创刊号上刊登了。给你们添麻烦了，请原谅。"

苏青说，这是他在《学位与研究生教育》编辑部工作期间收到的唯一一份稿费退款单。其实，蒋教授完全没有必要把这份稿费退回，因为《上海研究生教育》只是一份刚创刊的内部刊物，而且《学位与研究生教育》发表蒋教授文章的时间在先。退一步说，蒋教授要是觉得一篇文章拿两份稿酬于心不安，完全可以退掉《上海研究生教育》的那一份，因为该刊的稿酬标准比《学位与研究生教育》要低不少。可蒋教授没有这样做，在他看来，《学位与研究生教育》发表的文章是通讯员推荐给编辑部的，而刊登在《上海研究生教育》上的则是他自己主动投稿的，所以理应把前者给的这份稿酬退掉。苏青在文中感慨道："我虽然没有见过蒋教授，但这件小事却让我永远记住了他。"

我们经常看到网上有对所谓"砖家"的铺天盖地的批评，他们的批评经常也是正确的。但我们千万不要忘记，更多的专家是像蒋慰孙教授这样的，他们工作上兢兢业业，做人上一丝不苟，令人肃然起敬。要想多了解各行各业优秀的专家学者是什么样的品行，请读苏青的这本《万千肖像动心扉》，因为苏青先后在科技教育领域多个岗位任职,交游甚广,阅人无数。

再次,对于科普爱好者和科普工作者来说,他们可以在这本书中找到科普的榜样。

本书第四篇名为"科普典范",含18篇文章,介绍了很多科普大家的事迹和趣事。这些人物包括:参加过八路军的科普作家王麦林女士;荣获联合国教科文组织颁发的卡林加科普奖的第一位中国科普工作者、中国科学技术馆原馆长李象益;著名科普作家、科幻作家金涛(1940—2024);著名科普作家、科幻作家叶永烈(1940—2020);自称"老顽童"的中国科学技术馆原馆长王渝生;著名科普作家卞毓麟等。对于这些科普名人中的每一位,苏青都有浓墨重彩的记叙。例如,苏青记述的如下一小段关于老顽童王渝生的趣事:

"2007年4月1日晚,我照例还在办公室加班审稿,突然接到老王(指王渝生)的电话。但听他气弱似游丝、声慢如蚓动,费力地吐出一个个字:'是……苏……青吗?我……我检查……出……癌症了。今天刚……刚……做完……化疗,感觉……感觉……非常不好。还……不知道……能不能……再见到……你?'我惊得跳了起来:'王馆长,你在哪儿?我马上赶去看你。'直到听我着急得实在不行了,这老家伙才哈哈大笑道:'你想想今天是什么日子?别再加班了,早点回家休息去吧!'"

当然,苏青本人也是科普高手,科学普及出版社社长和中国科学技术馆党委书记这两个位置,他可不是白坐的。在这本书的多篇文章中,若有必要,苏青会举重若轻地讲解一些科学知识。

总之,这是一本文采灿然的书,是有趣的书,是感人的书。我相信这样的书会流传开来。谓予不信?请拭目以待。

2024年5月27日于北京

注:武夷山,中国科学技术发展战略研究院二级研究员,曾任中国科学技术发展战略研究院副院长、中国科学技术信息研究所副所长。

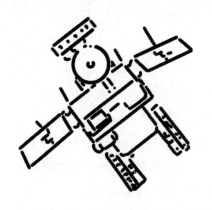

众老前沿领　一家史笔书

我知苏青先生始于《科技导报》，那时经常在刊上拜读先生大作。后得机会与先生相识，见面少而相知深，内心视其为学界前辈，而因其平易近人之故，见面每以"苏老师"称呼。今拜读其《万千肖像动心扉》书稿，得以先睹为快，苏老师嘱我作序，我何敢序，更何敢辞？勉为其难，仅写点读后感。

苏老师虽理工出身，而于文学却甚是精通。此际，非为谈苏老师理工成就，更非为谈苏老师于科学传播方面的建树，只为谈苏老师敬重科学的精神与诗词创作的影响。当年，爱因斯坦书居里夫人之文，对其化学成就只字未提，仅提及其人品、精神、性情，便使我们看到了一个立体的伟大女性科学家形象。苏老师的新著《万千肖像动心扉》，仅仅点到众位科学家的本职专业领域及其影响，其重点是以诗的语言，高度凝练了众多科学家的性情、精神、品格，雅人深致。

科技工作者写科学家，正所谓本色当行，故能探赜索隐、钩深致远，深得科学家之慧心。以科学史的眼光描写科学家事迹，是苏老师记录科学家生活的一大特点。长期以来，他治诗学跨越科技与艺术，又曾任《科技导报》学术期刊业务领导和中国科学技术出版社社长，熟悉理工各类专业精髓，了解学界研究现状。因此，他记录科学大家之寻常生活，能抓住学界尚未注意的领域或话题。

苏老师将《万千肖像动心扉》分为四部分——"院士大家""贤哲述评""智者风采"和"科普典范"，每一篇文章都以诗词作结，词重言情，诗重言志。诗有律诗、绝句、排律、歌行，词有小令、中调、长调，每于这些诗词创作，苏老师皆是心领神会、字斟句酌，无论长吟短咏，皆极精思、韵律从严。于题材上，他或直抒胸臆，可见性情；或吟咏事迹，亦深亦浅，亦见执着。其歌咏科学家之诗词，入木三分，为诗词领域开创了一片新的天地，更发展了中国古典诗词。

吾国学者的治学精神自有其优良传统，如谓"一物不知，儒者之耻""致知在格物"，并欲"究天人之际，通古今之变"，以"通儒"为贵。苏老师既重视格物致知之物理学，更重视儒者之文。"院士大家"这部分的文章，以平和淡然之语气，描写了他与院士们日常交往的过程。较之寻常记事，苏老师的文章多了文采与诗词，所谓文理兼工也。他以其丰厚的文学底蕴记录院士们对自然科学的研究、实践，可谓赫赫有功。如此，我以为，在科学发展、诗道光昌方面，苏老师做出了可贵的探索和难得的贡献。

如，苏老师怀念陆埮院士之作：

> 天宇茫茫忆陆埮，科界长闪智慧光。
> 每逢稿事君相助，再遇难题谁可商？

此诗可谓信手拈来之作，而嵌入科技无痕，由此也可见苏老师对陆埮院士的怀念情之深、感激心之诚。

闻一多先生道："诗人主要的天赋是爱。"院士是国家在科学技术领域设立的最高学术称号，他们是国家的栋梁、民族的财富、人民的骄傲。他们崇尚科学、追求真理、探索未知、攻克难关，直至生命的最后一刻。在苏老师的笔下，他们的心中充盈着对科研炽热的爱，彰显他们爱祖国、爱人民、爱科学、爱事业的激情，他们的辉煌成就、高尚品德和感人事迹尽入苏老师之诗作。诗乃感情之果、智慧之种，苏老师以诗情词意颂扬科学家、弘扬科学家精神，富含精辟的科技内涵和人文情怀，并借此传播科技知识与科学精神，实为难能可贵。

"贤哲述评"这部分记录了18位科学家的寻常琐事，正所谓寻常琐事方能彰显非寻常的风骨。例如，苏老师通过书评这样描写丘成桐先生："《我的几何人生》文笔幽默风趣，故事曲折传奇，人生跌宕起伏，作者高山仰止。细细品读，受益良多，不胜感慨，特填《蝶恋花》词一首，以表对丘成桐先生的褒赞、敬佩情怀。

颠沛童年贫坎路。比美求知,不倦登攀步。仰望卡峰拨雾雾,猜想定理攻无数。

物理数学相景慕。融汇人文,果硕花繁树。旁骛心无神贯注,几何拓扑诗吟赋。"

文词读罢,苏老师对丘院士的敬重之情跃然纸上,他所填的《蝶恋花》词作更是融入自家情怀,所谓写人亦是写己也!

再如,写"铁肩担使命,创新敢为先"的陈芳烈先生一文,其中"参与、亲历与外资合作创办《米老鼠》连环画月刊的全过程就是最好的佐证。《邂逅〈米老鼠〉》一文,讲述了实现这一创举的生动故事"。其文笔细腻而感情真挚,字里行间无不洋溢着苏青对陈芳烈这位出版大家、科普前辈的钦佩与敬重。

鲜明的叙事性与敏锐的情感相互交织,这是《万千肖像动心扉》的一大特色。作为资深科技出版家与科普大咖,苏老师善于从理论高度对当下科技前沿动态进行综述,对科学家的贡献做总结,显示了深度的使命感和责任心。不过,对于苏老师的另一重身份,即诗人身份,在这本《万千肖像动心扉》付梓前,了解的人恐怕还不多。在我看来,在诸种文学形式中,苏老师最钟爱的是诗。他不只爱诗、读诗,而且还写诗。他把诗歌看成抒发内心情感、排解胸中块垒、实现人生价值的一种方式,写诗不求发表,有的藏诸箧底,有的则在书信、邮件中与朋友互相交流。我曾有机会拜读他自称"打油"的诗作,实际是非常认真地书写,无论是直抒胸臆、借物喻人,还是写所见所闻,全发自内心、亲切感人。他的诗歌最大的特点就是"真":说真话,道真情,抒真意。

之所以越读越爱读,不只是苏老师所讲之科学家事迹感人,更因其以诗之形式的总结甚得人心、甚悦人心。在寻常短暂的相聚中,我更透彻地了解了苏老师的内心和为人,实乃至诚君子,挥毫担道义者也。

此外,苏老师对诗艺深有钻研,其科技诗颇得著名能源与矿业工程管理专家刘合院士好评:"好书情意读,受益者心欣。布道从容谈,诗文学海勤。"

明代诗歌评论家徐增在其《而庵诗话》一书中曾说："诗乃人之行略,人高则诗亦高,人俗则诗亦俗,一字不可掩饰,见其诗如见其人。"我以为,正因为自身有高深的科技背景和高远的艺术眼光,苏老师方能"规模其意而形容之",做出一番学术上"夺胎换骨"的创造。例如,第二篇"贤哲述评"中有《历史澄清正本源》一文,苏青所填《南乡子》一词有如下佳句:"火药禹城研,怎叫英人冠名前?考证确凿驳谬论,欣然,历史澄清正本源。"词的这下半阕不仅颂扬了著名爆炸力学专家丁敬(丁敬,原名丁憼,因为"憼"字生僻,一般常用字典和输入法中没有,2004年11月20日,丁敬到户口所在地—万寿寺派出所正式将名字变更为"丁敬",并到公证处进行了公证。)教授澄清火药发明归属权的判定在西方学者这一谬误的业绩,还把诗词与科技融合极大地向前推动了一步。

　　合上《万千肖像动心扉》书稿,察其苦心,习其诗咏,赏其事迹,品其精神,确乃引领文理融合之佳作,必将深刻于心、嘉惠后人,或潸然或喜悦或如莫逆者出沙漠捧之于饮水处。万千肖像似天空中永远闪烁的明星,照亮中国学者前行之路。

　　末学谨为序!

韩倚云

2024年6月26日

于北京航空航天大学科技产业园

注:韩倚云,青年诗词名家、北京航空航天大学科技产业园博士生导师、教授。

第一篇　院士大家

- 002 / 智者警言犹长鸣
- 005 / 平民院士话平和
- 008 / 天宇茫茫忆陆埮
- 011 / 林木巍巍诉哀思
- 017 / 巨擘行文寓意鲜
- 020 / 科学精神弥珍贵
- 023 / 专家百岁遗绝笔
- 026 / 雷达探域立殊功
- 029 / 花甲喜作少年郎
- 032 / 科技创新多启示
- 035 / 护卫苍穹越王剑
- 043 / 节物殚心科普频
- 046 / 育人传道乐悠悠
- 049 / 忠贤登顶彰奇迹
- 054 / 科技创新国运隆
- 058 / 科解疑惑多启蒙
- 061 / 科学艺术益相彰
- 064 / 新型流感现原形

第二篇　贤哲述评

- 068 / 精神遗产永存留
- 071 / 埋名隐姓愿欣酬
- 074 / 一代师表栋梁英
- 077 / 国士无双伍德隆
- 080 / 淦星闪耀照寰球
- 083 / 浓情翰墨映丹心
- 090 / 科学大师目光远
- 092 / 历史澄清正本源
- 095 / 寰球仓廪饱实充
- 098 / 机遇垂青有备人
- 101 / 运笔析震说理深
- 104 / 群星闪耀照科航
- 107 / 猜想定理攻无数
- 110 / 出版肩任勇为先
- 113 / 济世悬壶溥爱单
- 116 / 诗意远方寄念情

121 / 宣讲精神培幼少　　124 / 大爱仁医术业精

第三篇　智者风采

128 / 蔡伦造纸惠千秋　　156 / 中国情结根深茂
131 / 科乐王子露真颜　　160 / 不动笔墨不读书
134 / 近代先驱颂张謇　　162 / 刑侦科技探先鞭
137 / 滴水映辉彰典范　　165 / 科学合理待荒漠
141 / 愿得灵象塑新形　　170 / 怎一个情字了得
144 / 母鸡下蛋自家窝　　175 / 爱心慧眼世情收
147 / 建功立业抛安逸　　178 / 面壁廿年得破壁
150 / 身体可靠难判断　　181 / 北斗织网罩天庭
153 / 理工主政洒春晖　　184 / 精准溯源成果惊

第四篇　科普典范

188 / 伟人科普身垂范　　227 / 面塑手巧捏非遗
191 / 魂牵梦萦科普情　　230 / 马骏行远贫困扶
194 / 优美韵律好华年　　233 / 精术仁心大爱医
197 / 黄金铸象立波涛　　236 / 殷殷切切爱意浓
201 / 创作出版结良缘　　239 / 万千肖像动心扉
205 / 意气风发老顽童　　242 / 紫金山顶灿星罗
208 / 卞玉开磨价无边　　245 / 任要位微守初心
211 / 良朋益友胜春风
214 / 高山流水觅知音
217 / 字海书山奏瑟琴
224 / 科学颂唱风光美

第一篇

院士大家

智者警言犹长鸣

2014年11月10日7时7分，我国高温合金研究的奠基人、材料腐蚀领域的开拓者、国家最高科技奖获得者师昌绪院士因病在北京逝世，享年96岁。当天下午4时前后，从同事发来的短信得知师老去世的消息时，我正在北京远郊度假。秋风瑟瑟，落叶纷纷，流水呜咽，日落草黄，伤感之情不禁涌上心来。

我是1994年认识师昌绪先生的。那年春节前夕，时任北京理工大学校长的王越院士邀请了40多位院士夫妇来校联谊，师先生携夫人郭蕴宜一同出席。作为联谊会的组织实施者，为了活跃现场气氛，我特意在节目演出期间安排了猜灯谜活动。所有灯谜都由我用与会院士及其配偶的姓名做谜面，如"给小苗浇水——叶培大""红外线夺冠——朱光亚""勾践（秋千格）——王越"等。

给师老出灯谜费了我很多心思。唐代有位诗人叫金昌绪，《全唐诗》仅存他《春怨》一首五言绝句："打起黄莺儿，莫教枝上啼。啼时惊妾梦，不得到辽西。"这首诗运用层层倒叙的手法，描写了一位青年女子对远征辽西丈夫的思念，构思奇巧，别具一格。据此，我给师老制作的谜面是"效法唐诗《春怨》作者"。谜底揭开后，师老高兴得眼睛眯成一条缝，不停地用手抚摸光亮的脑壳呵呵直笑。

之后，师老经常来找王越校长商谈工作。从他们的交谈中得知，师昌绪、张光斗、王大珩、张维、侯祥麟、罗沛霖6位院士联名上书创建中国工程院的建议已得到国务院批准，作为中国工程院筹备领导小组副组长，师老需要与筹备领导小组成员王越院士商谈组建信息与电子工程学部等事宜。时年76岁的师老神旺体健，满面红光，精神矍铄，每次都是从中关村家里徒步往返北京理工大学，从来都不让我安排学校车辆接送。

时光冉冉，光阴似箭。2004年9月，我在海南博鳌参加中国科协学术年会时，又见到了应邀参会的师昌绪老先生，其时我已调到科技导报社任职。会议期间，我专门拜会了师老，请他为《科技导报》"卷首语"栏目赐稿。已是耄耋高龄的师老告诉我，他一直关注《科技导报》，答应就加强基础研究工作问题专门为本刊写篇文章，并表示一旦思考成熟即成文交稿。2005年5月，在我快把约稿之事忘记的时候，师老寄来了他撰写的题为《是到了该重视基础研究的时候了》的稿件。这是一份钢笔书写的手稿，师老工工整整写满了一页A4纸。

师老在论述基础研究重要性时写道："基础研究不仅是高新技术的源头，而且是培养创新人才的最佳途径……基础研究又是实现可持续发展的重要保证和培育先进文化的重要基础……重视基础研究有利于克服我国当前科技界的急躁情绪，扭转我国当前科技界的急功近利倾向。"师老认为，"目前，我国有些政策是不利于基础研究工作的，如科研评价体系、奖励制度、经费分配、项目申请等，具体表现在自然科学奖高档奖获奖数量的减少，真正从事纯数学和物理的院士候选人数下降。因为大的环境不允许这些领域的科学家们静心坐下来，长期地、系统地从事不能很快产生经济效益的工作。从长远来看，这种状况将使我国科学技术的持续发展存在不小的危机"。

师老的文章发表后，在科技界引起很大反响，报刊纷纷转载，著名水利学家张光斗院士两次致函本刊表示支持，并专门就师老的观点发表自己的补充意见。过去那么多年了，师老的文章现在读来仍然振聋发聩，令人警醒。

师昌绪院士在国际材料科学领域享有很高声誉，领导开发了中国第一代空心气冷铸造镍基高温合金涡轮叶片，倡导并参与创建中国工程院，对我国科技政策的制定及科技机构的设置和发展做出了突出贡献。2011年1月，他与内科血液学专家王振义院士同获国家最高科学技术奖，我派《科技导报》记者专门采访了他，并在《科技导报》上发表《睿朴儒家师先生》专稿。读此采访稿，师老的音容笑貌仿佛再次浮现在眼前。

我最后一次见到师昌绪院士是2011年8月30日。这天下午，我供职的中国科学技术出版社在钓鱼台国宾馆举行《中国机械工程技术路线图》新书首发式。会上，93岁高龄的师老即兴发言，大声呼吁："中国需要真正的制造，要从制造大国变为制造强国。"

路甬祥院士领衔编著的《中国机械工程技术路线图》系统阐述了面向2030年中国机械工程技术发展的5大趋势和8大技术问题，对未来20

年机械工程技术的发展进行了预测和展望。作为战略科学家，师昌绪院士对我国机械工程技术现状保持着极为清醒的认识。他认为，尽管我国制造业的规模和总量已跻身世界前列，但发展模式仍然比较粗放，技术创新能力薄弱，产品附加值低，总体上大而不强。他特别指出，有四个标志可判断一个国家是否为制造强国：第一，"极大"和"极小"的产品都能在机械制造上实现；第二，制造出的产品应具备高精密、长寿命、高效益和智能化性能；第三，相关领域科技人才在国际上应有重要显示度；第四，拥有大量的发明创造和真正的科技创新。会上，他直言相告："如果这四个标志达不到，我认为中国是不能称为制造强国的。"

　　师老驾鹤已西行，智者警言犹长鸣。
　　吾辈奋发当努力，不负前辈殷殷情。

谨以此诗沉痛哀悼德高望重的师昌绪院士。

注：本文刊载于2014年第32期《科技导报》。

平民院士话平和

我和李小文院士相识于科学网，由于工作等原因，两人从笔墨相识到他2015年1月10日去世，交往7年多。虽然我们从未谋过面，但"三平"——平和、平等、平民，却是他留给我的最深印象。

平和既是一种心态，也是一种品质，尤其是在争论问题时，平和、客观、宽容就显得尤为难能可贵了。2008年5月7日，《科学时报》头版发表了科技新闻《我国科学家提出三维"伊辛模型"精确解猜想》，报道称中国科学院某研究员在英国《哲学杂志》上发表论文，成功提出了理论物理学中的"伊辛模型"三维解猜想。《科技导报》据此将这一"研究成果"遴选为年度中国重大科学进展，并写进由我主笔、刊登在2009年第1期《科技导报》上的"2008年中国重大科学、技术和工程进展"专稿。2009年2月下旬，科学网有博友通过查询文献发现，理论物理学家随后就在《哲学杂志》发表了否定这一猜想的学术论文。此事很快引起科学网博友围观、讨论，并酿成各方参与激辩的重大事件，《科技导报》遴选年度中国重大科学进展不当自然也成为人们关注的重点。尽管我很快意识到了所犯的错误，并迅即在《科技导报》门户网站和科学网博客上发文道歉，表示将反思、改进遴选程序和办法，希望博友们通过科学、理性、平和的讨论促进对"伊辛模型"科学难题的最终解决；但是，那段时间，我还是感受到了来自理论物理学家和科学网博主持续不断的质疑压力，包括被认为是学术"腐败"的指责，甚至还收到了在"伊辛模型"研究领域做出过重要贡献的一位华裔诺贝尔物理学奖获得者言语犀利的质疑邮件。相比之下，李小文院士就显得平和、客观、宽容得多，他在科学网博客中多次表示："既然《科技导报》受到这么大的压力，面对'腐败'的指控，讲清评选标准和程序，还是有必要的。编辑部的同志们辛苦了。"他同时也表示，涉及这类争论问题，不应对当事人挥舞大棒批斗。

有平和的心态，就能平等待人，就不会耍大牌，更不会以势压人。2009年10月23日，李小文在回应我"暂别科学网，后会不知期"博文中的"建议科学网和广大博主协商，制定博文发布和网上讨论等方面的公约"建议时，再次强调了他在争论问题时的态度："我个人在争论中力求做到：只讲道理、不争输赢；对比自己年轻、资历浅的争论方，尽量不挤压别人自尊的空间。也许没做到？欢迎网友拍砖，老邪坚决改正，为科学网越办越好尽自己的义务。"他是这样说的，也是这样做的，时时处处以平等的姿态与博友交流、讨论。我曾有几篇博文得到李老师的点评，每次点评都能显现出他学识的渊博和作风的严谨，更能彰显他为人的谦逊和待人的平等。汶川地震后，我把在《科技导报》上发表的专稿《抗震救灾中的十大科学技术》放在博客上，李老师点评时首先肯定这是一篇"好文章"，然后谦虚地表示要发表"一些意见供参考"，接着指出了文中六处存在着或不严谨或不准确或不全面的问题；或许是考虑到我的心理接受能力，最后他还不忘表示"抱歉挑刺，希望能多少有用"。我与同事合写的另一篇综述文章《加强震后生态评价，促进灾区生态修复》发布后，李老师同样细心地发现了文中的三处表述不准确错误，同时还给出了完善文章的具体建议，点评的最后仍没忘鼓励我们"总的来说，挺好的文章。希望能想办法引起国家汶川地震灾后重建规划组的重视"。

在科学网上，李小文是以一介平民的身份出现的。他的博名起初用的是自己姓名头两个字的汉语拼音缩写"lix"，真实的院士身份暴露后干脆改为"李小文"；博客头像是一位笑容可掬的孩子，实在逗人喜爱。他的博文内涵丰富、短小精悍、幽默隽永，没有一点装腔作势，读罢令人回味无穷、忍俊不禁；他与博友往来唱和信手点评、娓娓道来、潇洒自如，完全一副朋友模样，让人感到心旷神怡、亲切自然。2007年9月7日，李小文老师曾专门针对我为新婚夫妇朋友撰写贺联的博文"苦求佳句独无悔，喜得妙联自有趣"补充案例："在一所电子科技大学，曾有一幅著名的新婚对联：'阻抗匹配功率大，并联推挽效率高。'横批是'最佳耦合'。不知道是谁的原创，全用专业术语，但挂在洞房那儿就全变味了。"可见老顽童调皮十足、幽默十足。

李小文院士致力于遥感基础理论研究，不仅是所在科研领域的大科学家——创建了Li-Strahler几何光学学派，而且有着悲天悯人的宽厚情怀。2013年4月20日芦山地震发生后,我委托同事专门向他约稿,其时他刚从ICU(Intensive Care Unit,重症加强护理病房)病房回家静养,仍抱病为《科技导报》撰文《为我国的震灾遥感进步叫好》。他还在文末特别注明,因为刚从ICU出来,文中所提及的具体工作及资料都是间接了解到的信息,如有错误和疏漏,他本人文责自负,不代表任何单位。其间,他还催促我就职的科学普及出版社抓紧出版由他和黄润秋主编的《强震应急与次生灾害防范》一书,倡议将全书稿费捐献灾区,积极响应义卖此书所得钱款一并捐献灾区的倡议,并表示由此造成的出版社经济损失由他个人来承担。赤子大爱之心苍天可鉴,令人感动。

2014年4月21日,一位一身黑衣、光脚穿布鞋、其貌不扬的老者给大学生上课的照片走红网络。李小文及其"布鞋院士""扫地僧""黄老邪""布衣院士"等绰号由此广为人知。我更喜欢把李小文老师称为"平民院士",诚如科学网著名博主武夷山老师对他的评价:"做人做到这个境界,平民本色就化为英雄本色了。"

谨以李小文老师科学网上的《科博练摊歌》结尾,让我们再次领略他那平和的文字、平等的姿态、平民的本色。

科学网上博客店,博客店里我练摊。
博客摊主写博客,常赚吆喝偶被删。
有话只消摊前坐,写罢还去别摊观。
半评半写日复日,博开博闭年复年。
但愿老死文论间,不愿鞠躬车马前。
车尘马足官者趣,论高文妙贤者缘。
别人笑我疯傻淡,我笑他人看不穿。
不见五车学富墓,垃圾论文作纸钱。

注:本文刊载于2015年1月14日《中华读书报》。

天宇茫茫忆陆埮

我和陆埮院士从没见过面,但由于在《科技导报》工作的缘故,曾多次和他打交道,保持邮件通信近十年。他的学识和人品给我留下了极为深刻的印象,让我终身难以忘怀。

第一次和陆院士打交道是在2005年年底。这一年是"世界物理年",也是爱因斯坦包括狭义相对论相关论文在内的五篇不朽著作发表100周年,《科技导报》为此约了一组理论物理研究论文,准备以"世界物理年专稿"的形式刊载在当年最后一期;同期《科技导报》还创设了"诺贝尔成果奖介绍专题"栏目,约请相关专家从专业角度评介最新诺贝尔生理学或医学奖、物理学奖、化学奖研究成果。因此,这期《科技导报》的"卷首语"文章,如能对世界物理年、爱因斯坦和诺贝尔奖进行综合评论,将会十分圆满。我以前曾读过陆埮院士和内蒙古大学物理学系罗辽复教授合著的科普图书《从电子到夸克》,在网上看过陆院士关于天体物理方面的科普讲座报道,发现他不仅知识面非常广,人也很随和。于是,2005年11月5日,我打电话约请他专门为这期《科技导报》撰写"卷首语"文章,并希望当月25日前交稿。这是一篇命题作文,要求在2000左右的文字里涵盖如此多的内容,难度之大可以想见。令人感动的是,陆老师不仅爽快答应了,而且一个星期后就交了稿。这篇题为《世界物理年与诺贝尔奖》的文章,文字优美,视野开阔,寓意深刻,与全刊相关论文紧密呼应。

陆埮院士是中国科学院紫金山天文台研究员,我国著名天体物理学家,长期致力于粒子物理、伽马射线暴、脉冲星、奇异星和宇宙学等领域研究。2007年9月30日,他给我发来邮件,说他与罗辽复教授合作写了一篇题为《宇称不守恒发现半个世纪的回顾》的文章,打算投《科技导报》。该文从历史的角度对宇称不守恒相关问题给出了物理诠释,评论了作为天体和宇宙演化的调控者及地球上生命起源的可能触发者——弱作用,是两位学者专门为纪念宇称不守恒定律发现50周年而写。陆院士发现,按照《科技导报》论文编排格式要求,参考文献如一一列出论文题目,不仅会给作者增添许多麻烦,还将占据很大篇幅，故建议不列论文题目。我俩为此进行了讨论，我强调科技期刊论文参考文献标注有国标要求，他认为参考文献只需标出刊名、年、卷、期、起止页即可准确找到文章的出处，没有必要标论文题目浪费宝贵的版面。他举例说，《天文学报》《物理学进展》以及国际著名的《自然》和《科学》等学术期刊，参考文献都不标注原文题目。他甚至找到了《科技导报》一组也不在参考文献中标注原文题目的论文例证。陆院士不仅作风严谨，而且态度谦恭，"向您请教""顺便提个建议""是不是合适"等谦辞，在讨论问题的邮件中随处可见，令我这个晚辈陡生敬意，深感不安。

2009年7月22日，中国长江流域等地区观测到日全食天象，这是自1814年到2009年中国境内可观测到的持续时间最长的一次日全食活动。日食从印度拉开帷幕，经尼泊尔、不丹、孟加拉、缅甸进入中国，掠过太平洋后从日本南侧列岛上空落幕，在地球上可见的全过程长达3小时25分，掩食带全长15 150千米，平均宽度230千米，覆盖了整个地球表面的0.71%，成为历史上覆盖人口最多的一次日全食。2009年8月13日将出版的第15期《科技导报》为此专门策划了"日全食专题"。7月28日，全部论文已落实，唯独"卷首语"文章还没着落，我再次发邮件向陆埮院士求助，希望他就日全食天文学观察的科学意义，以及如何引导青少年热爱天文学发表评论，并恳请他争取8月4日交稿。陆院士当晚就回了信："这次日全食是百年难遇的机会，而且地点正好又是在中国，确实值得集中报道。不过，就内容而言，我觉得由上海天文台前任台长赵君亮教授来写更加合适。我的研究领域不在这方面，赵先生对此比较熟悉，且今年7月刚在上海科普出版社出版了一本专门讲这次长江日全食的图书，应是最合适的人选。"我没跟赵君亮教授打过交道，怕时间匆忙不能落实，于是赶紧给陆老师回复邮件希望还是他来帮忙。8月3日，见没有动静，我又往陆老师家里打电话催稿，接电话的是他老伴周精玉教授。周老师告诉我，已经有好几家学术期刊和大众媒体向陆老师约日全食的稿，他一天到晚忙个不停，不可能有时间给《科技导报》写稿，让我赶紧想别的办法。我心里一阵发凉，转念又想陆院士从不轻易应允写稿，一旦答应可谓一诺千金，心里又存了一分希望。果不然，8月5日，我接到了陆院士发来的附有《2009年长江流域观测到的特大日全食》文章的邮件，不禁欣喜若狂，激动不已。

我一直期盼当面向陆埮院士讨教，遗憾的是，2014年12月3日，陆院士不幸病逝，享年83岁。由于长期超负荷工作，陆院士2014年年初身体就时感不适；9月10日，在准备去苏州和常熟做学术报告的路上，他突然跌倒，导致脑出血，从此卧床不起。看到媒体的这些报道，我心里感到无比的自责，恨自己当初不该催命似的向年逾古稀的陆老约稿。

  天宇茫茫忆陆埮，科界长闪智慧光。
  每逢稿事君相助，再遇难题谁可商？

写完这首怀念诗，已是凌晨时分，缅怀故人，睡意全消。拉开窗帘，抬望夜空，寻找那颗2012年被命名为"陆埮星"的国际永久编号第91023号小行星，恍惚觉得这位慈祥的老者正在和我对视、对话。尽管我从未和陆埮院士谋过面，但他却像明亮的星星一样永远闪耀在我的心里。

注：本文刊载于2015年第33期《科技导报》。

林木巍巍诉哀思

柏树青青成追忆，林木巍巍诉哀思。
神交笔墨为媒介，今夜书文泪纸湿。

2018年3月7日晚，从中国科学院一位朋友那儿得知，著名理论物理学家郝柏林院士于当日下午在北京逝世，享年84岁。噩耗传来，十分震惊，悲痛之余，十多年来与郝院士交往的回忆，如潮水般地涌入脑海。

第一次与郝柏林院士打交道是在2005年年底。其时，我担任中国科协学术会刊《科技导报》副社长、副主编，由于该报"卷首语"栏目每期都要约请一位院士撰稿，所以会时不时面临稿源短缺的窘境。我注意到，郝院士曾在各种场合发声，呼吁改善中国的科研、学术环境，于是就给他写信，希望他就科研道德问题为《科技导报》"卷首语"栏目赐稿。郝院士是个非常讲效率的学者，很快回信，说自己写文章从不讲假话，说的大实话人们又不爱听，有媒体向他约了稿，最后也不敢刊登，弄得大家都不愉快。言下之意，我虽然向他约稿，结果很可能也是不欢而散。

收到回信，我非常高兴，信中语气虽然不十分友好，但可以看出，郝院士为人坦诚、率真，表面上看是婉拒了我，但潜意识里还是希望自己的观点能得到媒体重视。于是，我迅即回信，向他承诺，只要他敢写，我就一定敢登。很快，他就通过电子信箱发来约稿《老老实实做科学》。他在文中专门谈到时下我国科技界存在的各种不正之风现象："科学家是劳动者，首先就要老老实实地劳动。科学院院士要亲身做研究，而不是靠旧日老本和科学新闻到处提供咨询。年轻力壮的研究人员要把最宝贵的时间花在实验室里，而不是终日在'论证''申请''评审''会议'之间疲于奔命，带着一套变化不大的幻灯演示片'欺上瞒下'。大学教授要亲自教书，而不是挂其名而务它。博士生导师要直接指导弟子，而不是把学生交给'保姆'，且在发表文章时署名不误，甚至还不许学生提及'保姆'的名字。科学界的领导干部要全力研究政策，做好服务，而不是借助'权钱'进行名利交易，同许多实验室和课题任务形成特殊的共生关系，以至于官做得越大出文章越多，甚至'创新'出每周一篇SCI（Science Citation Index，科学引文索引）论文或更高的纪录。"

为此，郝院士指出："净化学术环境，关键就在于'老实'二字。"在他看来，真正要做到"老老实实"，关键在于政策的制定者、管理者和相关领导干部要发挥表率作用，科学家的诚实劳动应从根本上得到法律和制度的保护以及管理部门的鼓励。为此，他呼吁，国家科学研究资源的分配要做到公开、公正、透明，国家给予资助的课题除涉及安全保密者外都应在网上长期公布，接受科学界和全社会的监督。他特别指出，"脱产"到科学技术领导部门和经费管理部门工作的科学家，要和原来所在的研究单位或实验室脱钩，回避相关的经费和成果评审，更不许为原单位谋取利益。他认为，科学研究上的战略方向，需要数十年稳定的支持，造就几代人才之后，才能形成"气候"，决不能急功近利。要废除逐年统计SCI文章数目的做法，应主要根据前5年中不超过10篇最重要文章的国际影响来评估科技工作者的学术成绩和科研水平。

郝院士的文章观点鲜明、文字尖锐、一针见血。但是，他的思维非常跳跃，许多语句并不连贯，虽然阅读、理解没有问题，却并不完全符合文字规范。于是，我对约稿在文字上进行了润色，并将文章标题改为《老老实实做研究》。退改的文章让郝院士确认时，他的回信很不客气。他告诉我，他在写不属于科研论文的文章时，一般要先打几个月到几年的腹稿，用相应内容做几次演讲，再最终落笔成文。因此，他强调，在文字上他是非常讲究的，很不喜欢别人改动。显然，他对我竟然敢修改他的文章十分不满。

之后的几封邮件，我们都是讨论甚至争论每一处文字的修改。最后，各自做出部分妥协：对标题和八九处必须修改之处，他最终接受我的意见，做出了让步；对其他可改可不改的地方，我全部按照他的要求恢复原文，也做了让步。接到样刊后，郝院士给我发邮件致谢，并特别指出我是他见过的最固执的编辑，也是改动他文章最多的编辑。我不知道这对我是褒还是贬，但可以肯定的是，在原则问题上，我和郝院士一样都是那种愿意较真的人。

郝柏林院士1959年毕业于苏联哈尔科夫大学，1963年莫斯科大学和苏联科学院物理问题研究所研究生肄业。回国后，他一直在中国科学院理论物理研究所工作，担任过副所长、所长，成为改革开放后最早的一批中国科学院学部委员（院士）。他长期从事理论物理研究，在固体能谱、高分子半导体理论、统计物理、天线理论、地震分析、混沌动力学等领域研究著述颇丰，其"套磁介质天线的研究""三维晶格统计模型的封闭近似解""实用符号动力学"等研究成果曾获中国科学院和国家重大科学奖励。1997年，他调到复旦大学，开始着重转向理论生命科学研究，并担任该校物理系教授、博士生导师和理论生命科学研究中心主任。

这样一位横跨众多学科的大学者，无疑是学术期刊最好的学术资源。

2009年第1期《科技导报》刊登了我组织撰写的《2008年中国重大科学、技术和工程进展》专稿，该文将中国科学院某研究所一位研究员（以下简称某研究员）"提出三维'伊辛模型'精确解猜想"的研究成果列为2008年中国十大科学进展之一。与此同时，美国东北大学物理系伍法岳教授、马里兰大学物理科学与技术研究所迈克尔·费希尔教授等统计物理学家，对发表在2007年第34期英国《哲学杂志》上某研究员有关"伊辛模型"三维精确解的论文公开质疑，科学网博客也展开了一场旷日持久的学术争论，《科技导报》和我本人不可避免地被卷入其中。

郝柏林院士拿到那一期《科技导报》后，马上给我发来邮件，指出我将某研究员的研究成果列为2008年中国十大科学进展之一是错误的。他写道："苏青教授：《科技导报》把那篇文章列为2008年中国十大科学进展之一，是过于仓促之举，给导报造成很负面的影响。老牌的《哲学杂志》早已今非昔比，这次犯了这么个大错，也开始发表几篇批评文章，事实上是在认错了。我建议你们采取科学的、老实的态度对待此事，承认错误，挽回损失。"为了让我相信他这番话的权威性，他在信中专门指出："我本人曾在三维'伊辛模型'上奋斗了10年，发表过文章。某研究员把文章寄给我，我一做高温展开，立刻知道结果是错的。但我绝对不愿意花时间给一篇错误论文去找错在哪里……因此，我只能在这里转发一点信息，绝不卷入进一步讨论。"郝院士最为难能可贵的是，他不仅指出了我工作中出现的严重失误，同时也为我指明了如何破解当前窘境的具体办法。他在信中把伍法岳教授介绍给我，让我和他联系，共同商量挽回影响的办法。他告诉我："伍教授是一辈子做统计模型严格解的人，也是某研究员把稿子投到美国杂志时的审稿人之一，还是最近在《哲学杂志》上发表批评意见的作者之一。"

按照郝院士的指点，我很快联系上了伍法岳教授，相互通了三四封邮件后，约好当面做进一步沟通。不久，伍教授专门从美国飞到中国，我们约好在北京师范大学见面，一边喝咖啡，一边谈妥了善后方案。在2009年第5期《科技导报》和科学网博客上，编辑部同时发布《〈科技导报〉有关"伊辛模型"问题的启事》，以回答读者质疑来信的方式，承认对某研究员所研究成果的科学价值判断不全面，就"提出三维'伊辛模型'精确解猜想"作为2008年中国十大科学进展之一的不当遴选予以说明、道歉，并表示将以此为戒，认真总结、反思，改进遴选办法，不断提高《科技导报》的学术公信力。一直关注此事件进展的伍法岳教授等国内外学者对《科技导报》的处理结果予以了肯定。

实际上，自2004年始，《科技导报》编辑部每年都要开展年度中国重大科学、技术、工程进展遴选活动，并以专稿形式将遴选结果在次年第一期《科技导报》上发布。"伊辛模型"（Ising Model）是描述物质相变的一种模型，最初由德国物理学家威廉·楞次教授于1920年提出，目的是给铁磁体一个简化的物理图像。不久，楞次在汉堡大学招收了一位名叫昂斯特·伊辛的博士生，并将这个模型交给伊辛作为博士论文研究课题。伊辛遂研究了该模型在一维条件下的相变和有序行为，并且得出了"一维铁磁模型如果只考虑最近邻交互作用的话，是不可能有相变的"结论。这个模型由此以他的名字命名。虽然伊辛也将这一结论推广到三维情况，但是，其结论似乎错了。20世纪前50年，人们解出了一维和二维伊辛模型，而三维伊辛模型却始终是一个难以破解的科学之谜。无怪乎某研究员的研究结果在《哲学杂志》发表后，2008年5月7日，中国科学院院报《科学时报》头版就专文报道《我国科学家提出三维"伊辛模型"精确解猜想》，对他的研究成果予以高度评价。《科技导报》编辑部正是依据《哲学杂志》和《科学时报》上发表的这两篇文献，将某研究员的研究成果遴选为年度中国重大科学进展。现在看来，尽管某研究员的论文在发表时通过了同行评议，主流科学媒体也对他的成果予以了充分肯定的报道，但这种单纯依据学术期刊和科学媒体进行重大科学进展遴选的活动，风险还是很大的，值得我们认真反思。

在我与伍法岳教授见面之前，杨振宁院士也给我发来了英文邮件，批评我"将某研究员毫无价值的工作列为十大科学进展之一是犯了一个极大的错误，不仅严重损害了《科技导报》的名誉，而且还给中国科协的名誉造成了重大的负面影响"。他说："这是一个非常严重的事情，而不是什么小小的过失。"他要求我："认真考虑如何坦率地、真诚地承认错误，采取措施防止进一步犯错。"同为在"伊辛模型"研究方面取得过国际一流成果的大科学家，郝柏林院士对犯错的晚辈不仅仅是严格要求，还彰显了长者的宽容、相助和关爱。对此，我对他充满了感激之情和崇敬之意。

2010年3月初，我再次给郝院士致函，约请他就理论物理研究现状及发展前景，或如何鼓励年轻科技人员创新等问题为《科技导报》"卷首语"栏目再次撰稿。他很快回信应允，告诉我此时让他来写理论物理方面的文章已不合适，因为他近13来一直在从事理论生命科学方面的研究工作。他还说，鼓励科技人员创新之类的文章容易写成空话，他愿意专门就理论生命科学问题谈谈自己的一些想法。回信的同时，他还把自己刚刚在新加坡八方文化创作室出版的《负戟吟啸录》一书送我，并在信中说自己一直不明白，为什么国内编辑总要在别人的文章里做些改动，而八方文化创作室对他这本新书就没有做任何哪怕是一个字的改动。看来，老先生对我上次的文字修改仍然耿耿于怀。

半个月后，我冒昧去函催稿。郝院士显然不高兴，回复道："我答应了的事情，一定会做。写文章有如生孩子，时候到了是非出来不可的。"我自知无礼，再也不敢过问稿件情况。5月中旬，郝柏林如约发来专稿《生物领域是数理和计算科学的广阔用武之地》，指出这篇短文是他在复旦大学和华东师范大学做学术报告演讲的一个提纲，当然省去了图片、图表、引文等。这次我接受了教训，只对文章做了三处很小的修改，就这样，其中的两处最终还是被他辦回去了。文章刊登在2010年第11期《科技导报》上。郝院士指出："物理学早已经从单纯的实验研究发展成为鼎立于实验、理论和计算三大支柱上的成熟的科学。生命科学正在走向成熟的过程中，理论和计算注定要发挥日益重要的作用。"他呼吁："对于有志于自然科学基础研究的年轻人，这是时代的机遇。"

早生20年，没有可能从事这样的工作；晚生20年，重要的问题已经被别人发现和解决。一些有数理和计算机背景的青年学者，应当抓住时机，义无反顾地进入生命研究领域。"他强调："时不我待，机不可失，有志者奋勇向前！"滚烫的文字，令人过目难忘。

其实，每个编辑都不想轻易改动别人的文章，尤其是知名大科学家的文章。这里不仅仅有文责自负、尊重作者写作风格的原因，改动别人的文章其实也是有风险的，编辑常常会有很重的心理负担，尤其是在改动著名专家学者的文章时。但是，新闻出版总署每年都要对图书杂志进行抽检，文字规范、格式等（包括错别字、病句、阿拉伯数字的使用等）如不符合要求且超过允许的范围，图书杂志就要被视为不合格品，严重的还要进行停业整改。编辑常常是不得已而为之。修改后的文章往往会损害作者的语言个性和文字风格，因而必须非常谨慎。当然，也不是所有知名专家学者的文字功力都很好，此时，编辑就应责无旁贷地发挥好文字把关作用。我想，只要编辑和作者充分沟通、相互理解，就一定能很好地解决这个问题。郝柏林院士就给我们树立了一个很好的榜样。

处理完这篇约稿，我就调离了科技导报社，之后再没与郝院士联系。2016年9月，我打开很久没查阅的工作邮箱，发现两个月前郝柏林院士曾给我和袁亚湘院士发了一个邮件，向《科技导报》推荐一篇关于超级计算机的英文综述文章，作者为美国纽约州立石溪大学应用数学及计算科学专家邓越凡教授。袁亚湘院士是著名数学家，也是《科技导报》常务编委，我们是湖南老乡，他一直对我的工作予以支持、鼓励。热心的亚湘及时回信，告诉郝院士我已调离科技导报社，并将稿件转给了编辑部处理。当年第21期《科技导报》发表了这篇综述文章《E级计算之远景》，许多报刊予以转载。这件事情我没有帮上郝院士一点忙，也没有为此专门回函向他致谢，留下了永久的遗憾和愧疚。

和郝柏林院士打了十几年的文字交道，我们却始终没有见过面，这不能不说是我的另一大遗憾。不过，人这一辈子面对面打过交道的人不知道有多少，其中又有多少人能让你记住？又有多少人值得让你记住？郝柏林院士无疑是一位让我永远记住、永远怀念的人。和这样的学者打交道，无疑能让你受益终身。

注：本文刊载于2018年第5期《科技导报》。

巨擘行文寓意鲜

从微信朋友圈中惊悉，2022年7月17日，著名核物理学家、教育家杨福家院士因病逝世，享年86岁。感伤之余，在《科技导报》工作的日子里，向杨福家先生约稿的一桩桩往事不禁涌上心头。

2004年11月20日，第六届中国科协学术年会在海南省召开，杨福家院士做了题为《从2004年诺贝尔奖看一流大学》的专题报告。他以刚获得2004年诺贝尔物理学奖的三位获奖学者为例，指出诺贝尔奖的历史就是年轻人的创业史，再次证明了许多科学家的重要发明、发现都产生于思想最敏锐的青年时期这一普遍规律；为此，一流大学要营造学术平等、独立、自由竞争的良好氛围，以吸引优秀年轻人为之努力奋斗。报告反响强烈，杨振宁院士当场举手发言，指出我国现行博士生导师制度排斥在科研一线冲锋陷阵的年轻讲师，不利于优秀青年人才脱颖而出，希望有更多的大学一起来讨论这个问题。

会议间隙，我找到杨福家教授，希望他将报告内容整理成文，惠赐我就职的《科技导报》"卷首语"栏目。回到北京后，我又发电子邮件催稿，杨教授的秘书陈弘先生很快复函，称杨教授同意投稿。2004年12月6日，杨福家院士亲自从英国发来电子邮件，说只要我能找到大会报告内容，就可供《科技导报》发表；不过，会议整理的稿子可能不准确，他要花一个月左右的时间订正。他还特意向我解释，自己的电脑没装中文软件，因而无法用中文给我写信。

我一算时间紧张，当晚就根据会议录音整理了一篇2200字左右的短文，题目改为《从2004年诺贝尔物理奖看一流大学的建设》，经杨先生确认后，遂作为《科技导报》出刊200期专文，刊载在2005年第2期上。第一次合作顺利，双方都很满意。

杨福家教授主要从事原子核物理及原子物理研究，在原子核能谱学、核衰变分析、离子束研究等方面取得过重大成果，开创了国内离子束分析的研究领域。他曾任复旦大学校长、英国诺丁汉大学校长、宁波诺丁汉大学校长，常年奔波于世界各地，推动中外教育国际交流。他高度重视教育教学，倡导多元评价体系，鼓励各类高等院校协同发展，一生"追求卓越"，为高等教育事业发展和杰出人才培养做出了突出贡献。

2006年5月下旬，中国科协将召开第七次全国代表大会。当年4月，时任中国科协副主席的杨福家教授满怀深情地写下了《我心目中的中国科协——贺中国科协七大胜利召开》一文，以表心迹，以示祝贺。4月21日，时任中国科协党组副书记、副主席、书记处书记徐善衍教授将该文批示给我处理；我遂给杨教授发去电子邮件，附上经我编辑加工后的稿件请他审阅。6天后，杨教授从美国达拉斯回复，称赞我的工作做得漂亮，编辑后的稿件比他匆忙写的文章更好，内容更丰富。该文在中国科协七大召开前刊出，这期《科技导报》赠送给了全体参会代表。

在这篇文章里，杨福家教授借中国科协七大召开之际，对中国科协未来发展提出了三点希望：进一步加大科普工作力度；成为党和政府的决策思想库；不仅应关注科技问题还应关注教育问题。学者建言，真知灼见；拳拳丹心，明月可鉴。

2007年4月17日凌晨，杨福家教授给所有朋友发来邮件，告知大家他的电子邮箱密码被盗，有人冒充他向朋友借钱行骗，提醒大家千万别上当。他感叹道："现代科技一旦被坏人利用，什么样的事情都有可能发生。人们，要警惕啊！"有趣桥段插曲，尽显名家大师大爱善心、严谨作风。

有了前两次的愉快合作，再约稿就非常轻松。2008年元旦刚过，我向杨教授问候新年的同时，顺便约稿；1月15日，他发来经认真思考后所写的《大学的使命与文化内涵》一文供我选用。他在回函中专门提到，自己和教育打了一辈子交道，但真正把教育当作一门科学来研究，还是始于1993年当了复旦大学校长以后。他认为，大学的文化应该是追求真理的文化，提倡理论联系实际的文化，崇尚学术自由、恪守学术道德和爱国主义的文化；大学教育的目的首先是培养好的公民；大学不仅应有大师，还应有大爱，大爱是大学文化内涵的重要组成部分，它包含爱国家、爱人民、爱真理、爱科学、爱师生。文章在2008年第3期《科技导报》发表后，好评如潮，媒体纷纷转载。

2010年1月13日,我再次向杨福家教授约稿,希望他针对中国学术界近年来屡屡出现的学术不端行为撰写文章。1月30日,他从日本东京回复邮件,发来现成的一篇长文《对教育改革,必须有更大的作为——中国教育现状的危机感与对策》。我将此文压缩至2000多字,标题修改成《深化教育改革,培养杰出人才》,刊载在2010年第4期《科技导报》上。

杨福家教授为人谦和,每次写信均以英文名"Fujia"落款,且回复迅速,效率极高。2010年4月,我调任科学普及出版社社长,离开了科技导报社,从此便中断了与他的业务联系。但是,每年元旦前后,杨教授仍一如既往发来自制电子贺卡问候,令人感动。思忆故人,感慨万千,填《浣溪沙》词一首,以表哀思,以抒情怀。

巨擘行文寓意鲜,科学教育探先鞭,追求卓越任担肩。
往事绵延成忆念,春风化雨润心田。后生奋进效前贤。

注:本文刊载于2022年7月22日《科普时报》"青诗白话"栏目。

科学精神弥珍贵

"爱国,创新,求实,奉献,协同,育人",这是习近平总书记对科学家精神所做的高度概括,它们在著名物理学家、我国低温物理和低温技术研究的开创者洪朝生院士身上都得到了充分体现。2020年10月10日,在中国科学院理化研究所举办的"纪念洪朝生先生100周年诞辰座谈会"上,与会专家学者表达了上述共识。

洪朝生胸怀祖国,服务人民。早在美国留学期间,他就思想上倾向进步,参加"北美中国学生会"和"留美科协"活动,关心国内形势发展,亲手绘制五星红旗,庆贺新生红色政权的成立。1951年年底归国后,他通过信件等方式动员在美留学人员回国参加建设,拳拳爱国之心跃然纸上。座谈会上,哈尔滨工业大学刘思久教授讲述了舅舅洪朝生挚爱国旗的一件往事:"1977年舅舅来哈尔滨,我陪他在街上行走,见他突然穿过马路向对面一家宾馆跑去,激动地大声批评几个正在悬挂国旗的工人。原来,那面国旗被放置错了方向。"

1949年在美国普渡大学做博士后时,洪朝生在半导体锗单晶输运现象实验中,发现了杂质能级上的导电现象,提出了半导体禁带中杂质导电的概念,被业界誉为"洪朝生效应"。回国后,他创建了我国第一个低温物理研究室,首先开展低温设备研制,成功实现氢和氦的液化;在国内率先开展超导研究,带领团队完成了大型空间环境模拟系统KM3和KM4低温氦制冷系统研制任务。洪朝生勇攀高峰、敢为人先,这些创新成果为我国高温超导研究日后跻身世界先进行列奠定了基础,为"两弹一星"成功研制做出了贡献,为卫星上天提供了空间环境模拟试验条件。

洪朝生是一个严肃的科技工作者,他追求真理、严谨治学的求实精神令人赞叹。1981年10月15日,洪朝生、邹承鲁、张致一、郭慕孙这四位院士在《中国科学报》上联名倡议,呼吁规范科研工作中的精神文明建设,抵制学术不端,引发了持续一年的自新中国成立以来第一次有关科技界自身建设问题的大讨论,意义重大,影响深远。

淡泊名利，潜心研究，无私奉献，是我国科学家的高贵品质。这一点在洪朝生身上表现得尤为突出。座谈会发放的《岁月有痕》画册里，有一份《科学报内参》影印件，刊登了洪朝生给报社的一封来信，恳请媒体不要宣传他。他写道："我来院已三十年，所居地位也是很可以多做些事情，但所做的事很少。这里，社会上的客观因素并不是主要原因，关键在于自己的能力、主观认识、思想方法所限。"他特别强调："我所做的太少了，特别是我也没有能着力培养出一批科技骨干来，是很失职的。"

回国后，洪朝生先后在清华大学、北京大学、中国科技大学物理系任教，参与著名物理学家黄昆组织的北京大学固体物理教研室课程设计工作，与黄昆、王守武、汤定元等知名专家学者共同开拓我国半导体研究领域，联合北京大学、复旦大学、厦门大学、南京大学和东北人民大学开办我国第一个半导体专门化课程，参与半导体联合攻关，考察、学习、借鉴苏联有关物理学的先进科研经验，促进了我国半导体事业的大发展。集智攻关、团结协作的协同精神，令人感动。

洪朝生一辈子教书育人，奖掖后学，甘为人梯，为我国低温物理、低温技术和低温工程领域培养了大批高端人才。座谈会上，周远院士讲述了一个影响他一生成长的感人故事："1961年年底，我从中科院半导体所被派遣到物理所做实习研究员，参与洪先生主导的带活塞膨胀机预冷氦液化器研制工作。研制工作陷入僵局时，我大胆提出了采用室温密封长活塞结构代替原设计方案的设想，遭到同事们的一致反对。这时，洪先生明确表态支持我，最后研制成功并定型生产、推广使用。"已是耄耋之年的周院士感叹道："可以想象，一个非

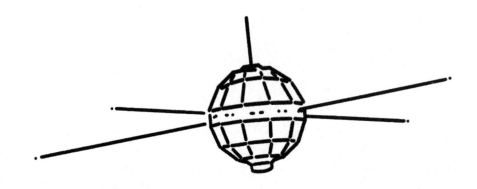

常重要的技术难题让一个外单位的实习生承担,洪先生得承担多大的责任和风险啊!"

马克思说过:"在科学的道路上没有平坦的大路可走,只有那在崎岖小路上攀登不畏劳苦的人,才有希望到达光辉的顶点。"科研攻关是一件艰辛的事业,离不开精神的支撑和激励,科学家精神是科技工作者在长期科学实践中积累的宝贵精神财富,应该大力弘扬、代代传承。

有感于洪朝生先生的感人事迹和动人故事,特填《沁园春》词一首,以表敬仰、怀念之情怀。

百年诞辰,座谈缅怀,先生往昔。救亡求索路,越洋砥砺,五星召唤,归心似镝。创业攻关,低温超导,液化氢氦争旦夕。密协作,助春苗破土,一派生机。

科学品质精神,弥珍贵、隋珠下玉稀。创新求实勇,爱国奉献,淡泊名利,榜样学习。岁月无痕,真情有迹,件件桩桩感泪滴。填词颂,仰宗师风范,泰岳同齐。

注:本文刊载于2020年11月13日《科普时报》"青诗白话"栏目。

专家百岁遗绝笔

2009年10月20日中午,从科学网上惊悉娄成后院士逝世噩耗,不胜悲痛。老先生是10月16日凌晨1时在北京逝世的,享年98岁。

近几个月,我还一直通过娄院士的秘书张蜀秋老师,与老先生多次电子邮件交往联系。8月28日,《科技导报》2009年第16期"卷首语"栏目,专门发表了娄成后院士的大作《持续改善农业的水资源利用》,不料此文竟成先生绝笔。

娄成后院士是中国科学院资深院士,著名植物生理学家、农业科学家、教育家。他祖籍浙江绍兴,1911年12月7日生于天津,1932年毕业于清华大学生物系,1934年在岭南大学获硕士学位,随后留学美国明尼苏达大学植物系并获哲学博士学位;1940年回国后被聘为清华大学农业研究所副教授、教授,1946—1948年受聘英国伦敦大学生物物理研究室客座教授,1948年出任清华大学农学院农业化学系教授。新中国成立后,他一直在北京农业大学(中国农业大学前身)任教,历任生物学院教授、研究生院副院长、大学副校长,兼任全国政协委员、中国植物生理学会副理事长、《植物学报》主编等职。

2009年6月初,娄院士致函我社,将他多年来对我国农业水资源可持续利用的思考整理成文发至我的电子信箱,惠赐《科技导报》。老先生在信中写道:"在全球面临诸多困难的形势下,我国的农业也面临巨大挑战。国家将'三农'问题放在政府工作的重要地位,温家宝总理在今年的政府工作报告中指出,要巩固和加强农业基础地位,促进农业稳定发展和农民持续增收。我国农业用水严重匮乏,作为长期从事农业科学研究的工作者,我虽然年事已高,不能更多地参与具体事务,但愿意从科学与人文结合的角度,根据中国传统农业的优势,提出农业生产方面关于农业用水的建议,供贵刊讨论与参考。"

娄院士长期从事植物生理学研究,在植物的感应性与信息的电波传递、植物体内的物质运输、植物细胞间的交通与细胞内含物的再分配再利用、植物根冠间信息传递的研究、生物调节物质作用机制与农业应用的研究等领域取得了丰硕的研究成果。老先生惠赐《科技导报》的大作洋洋一万三千余字，从科学与人文结合的视角，探讨了高等植物对现代人类的特殊贡献、中国领域内水的时空分布、农业现代化的初建、现代农业用水的开源节流、中国传统农业生产技术在农业现代化中的地位等重要问题，内容十分丰富。读罢掩卷，一代科学宗师拳拳爱国忧民之心跃然纸上。

由于《科技导报》没有合适的栏目刊登老先生的大作，我遂抽取这篇文章的精华部分，打算删减加工后放在最重要的"卷首语"栏目发表。娄院士非常随和，很快回复同意了我的意见，并认为我提炼得很好，同时认真审核、修订了经我编辑加工后的稿件。娄老还按要求发给了我他的生活近照和签名手迹。老先生的签名刚劲有力，潇洒飘逸，你无法想象这是由一位年近百岁的老人所书写。

这一年的9月23日，在收到刊有自己那篇文章的《科技导报》样刊后，娄老又委托张蜀秋秘书专门给我复函致谢。张老师信中还说："娄先生近来身体不太好，正住院治疗，他让我转达对贵刊的致敬和谢意！"我当时没有太在意，只是简单回复张老师，请她代我向娄先生问好。没想到，娄先生的问候竟成遗言。

据我所知，娄成后院士是《科技导报》自创刊以来在刊物上发表文章的作者中年龄最长之人，经与张蜀秋老师核实，这也是娄成后院士生前发表的最后一篇文章。

10月21日早晨，张蜀秋老师在接到我头一天发出的唁函后随即给我回信。信中写道："收到《科技导报》样刊时，娄先生已住进医院，他一边高兴地翻看样刊，一边说自己还有一些想法和建议，等出院后再给《科技导报》写文章。"张老师还告诉我，娄先生对我们刊物评价很高，并希望其他农业专家学者多给我们提供高质量的、最新研究成果的稿件。

我想，我们只有更加努力，才能不辜负娄先生等老一辈科学家的殷切期望。

谨填《桃源忆故人》词一首，沉痛哀悼、深切缅怀娄成后院士。

  人文科技相融契,沥胆书文献计。水利农民心系,字字情深意。专家百岁遗绝笔,期望殷殷绵细。仰止高山瑰丽,一曲哀怀忆。

注:此文刊载于2009年10月30日《科学时报》,原标题为《娄成后院士生前发表的最后一篇文章》,收录时有修改、补充。

雷达探域立殊功

王小谟院士是我的长辈校友，1961年毕业于北京工业学院（今北京理工大学）无线电工程系。他一辈子从事雷达技术研究，是我国现代预警机事业的开拓者和奠基人，被誉为"中国预警机之父"。2023年3月7日凌晨一点，从微信朋友圈中，我突然看到讣告"沉痛哀悼王小谟院士"，感到十分震惊；悲恸之余，往事在脑海中一桩桩浮现。

1993年，时任中国电子科技集团公司38研究所所长的王小谟，从偏远的贵州调到北京，就任中国电子科学研究院常务副院长，并兼任中国电子科技集团公司科技委副主任。不久，时任北京理工大学校长、同为雷达技术专家的王越院士登门拜访，欲聘请王小谟担任学校兼职教授。我那时在校长办公室工作，有幸陪王越校长一同前往。王小谟院长表示自己一直在科研一线工作，对教学并不熟悉，受聘兼职教授恐力不从心，有辱使命。第一次见面，王小谟作为学者的谦逊、诚恳的态度，就给我留下了深刻的印象。

1995年上半年，北京理工大学开始筹备55周年校庆及成立校董事会等重大事宜，我和校友会办公室主任高德惠同志陪同时任常务副校长的焦文俊教授，又一次拜访了王小谟院长。这一次，王院长十分爽快地答应将出席校庆盛典并愿意担任校董事会董事，同时表示将力促中国电子科学研究院成为董事单位，爱校、助校之情溢于言表。这一年，王小谟当选中国工程院院士，之后积极出席王越校长组织举办的院士新春联谊会，为学校发展建言献策。作为联谊会具体操办人，我有幸多次目睹王小谟院士的风采，聆听他的教诲。

王小谟院士自谦："我一辈子只做了一件事——研制雷达，并负责将世界上最先进的雷达技术应用到预警机上，把设计变为现实。"他领衔研制的"空警2000"预警机，突破了100余项关键技术，成为世界上看得最远、功能最多、系统集成最复杂的机载信息化武器装备之一，创造了世界预警机发展史上的多个第一，先后获得国防科技奖特等奖和国家科技进步奖特等奖。在荣获2012年度国家最高科学技术奖之后，王小谟院士从500万元奖金中拿出450万元,又通过各方努力共筹得2 000万元,设立了雷达创新奖励基金,每年奖励3名在雷达和预警探测技术领域做出突出贡献或有重大创新的年轻学者。

1998年离开北京理工大学校长办公室主任岗位后,我再也没有见到过王小谟院士。没想到20多年后,我又和这位杰出的前辈学长续上了缘分。2020年,中国科技馆联合国家科技奖励工作办公室共同策划实施"国家最高科学技术奖获奖科学家手模墙"项目,花了近半年时间逐一采集全部健在获奖科学家的手模。这一年的7月29日下午,馆里派人专门到中国电子科学研究院采集王小谟院士手模。其时,我担任中国科技馆党委书记,非常想带队前往,再次拜见前辈校友,但因临时要出席一个重要会议而未能如愿。事后,听这个项目的策划人欧亚戈副研究员介绍,王小谟院士对项目组人员十分热情,一见面就夸赞我们馆:"中国科技馆建得特别好,我经常带小孙子到那里去玩。"为勉励青少年热爱科学、报效祖国,他按要求专门为青少年录制了寄语视频,并欣然题词"掌握核心技术,必须从基础做起"。

一个多月后,也就是2020年9月19日上午,我在北京理工大学建校80周年纪念大会上,终于又见到了王小谟院士。他特意告诉我,当天下午还要赶到中国科技馆,出席在我们馆举行的"国家最高科学技术奖获奖科学家手模墙"揭幕仪式。在校庆纪念大会上,王小谟院士代表毕业校友讲话,声称在母校"延安根、军工魂"红色基因的熏陶和培养下,"红色国防工程师"成为自己一生的写照。他勉励母校青年学子珍惜在校美好时光,努力学习奋斗,德智体美劳全面发展,为把母校早日建成中国特色、世界一流大学而努力奋斗。

在那天下午的揭幕仪式上,作为健在的国家最高科学技术奖获得者中最年轻的两位科学家,王小谟院士和著名低温与超导研究专家赵忠贤院士代表获奖者,为"国家最高科学技术奖获奖科学家手模墙"揭幕。我见王小谟院士腿脚行动有点不便,遂靠近询问他是否需要搀扶,他连连摆手谢绝。揭幕仪式现场,气氛十分热烈,许多观众尤其是小朋友纷纷挤过来,想要与自己所崇拜的大科学家合影,王小谟院士欣然同意,坚持站立,一一满足各位观

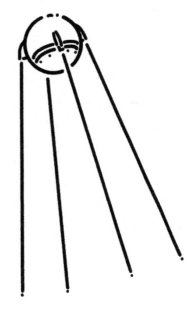

众的要求，令人十分感动。

斯人已逝，精神长存；闻讯噩耗，我正在家乡长沙。这一天，星城倒春寒，阴云密布，冷雨淅沥。有感于科学巨星从此陨落，不禁悲从心起，遂填《鹧鸪天》词一首，以表对王小谟院士的沉痛哀悼、深切怀念之情。

巨星陨落泪眼朦，科林技海恸悲同。
樱花飞谢冷风浸，预警电波失慧聪。

千里眼，卫长空，雷达探域立殊功。
创新奖励基金设，夙愿才兴国运隆。

花甲喜作少年郎

2018年12月底，中国科协会史陈列馆揭幕仪式、《爱国奋斗精神学习读本》首发、"礼赞科学家精神"专题演出等系列活动在中国科技会堂接连举办，以庆祝中国科学技术协会成立60周年。我自2003年10月底调入中国科协工作，至其时已有15年会龄，因而在参加科协60华诞纪念活动之时，不禁感慨万千，一件件往事浮现眼前。

2003年11月21日，我进科协不到一个月，作为中国科协学术会刊《科技导报》副主编，出席了中国科协青年科学家论坛第80次活动。本次论坛主题为"后基因组时代的基因功能研究"，贺福初、杨焕明、周琪等40多位国内优秀青年学者围绕基因组学、蛋白质组学、发育遗传学等领域的新技术、新方法以及最新研究进展进行交流和研讨。时任全国人大常委会副委员长、中国科协主席的周光召院士应邀出席。他刚走进会场，与会代表就纷纷起立，以"副委员长好""主席好"问候致敬。光召主席示意大家坐下后，遂严肃强调："我们今天召开的是学术会议，这里没有副委员长，也没有主席，只有教授、研究员、博士，每个人都是平等的，大家尽可自由、平等地研讨问题。"

这就是科协给我的最初印象：平等、自由。无论你的官职多么高大，无论你的学术地位多么显赫，在学术会议上，每个参会者都是平等的，都可以自由发言。而率先垂范的，正是中国科协的主席。

"任何一个单连通的、封闭的三维流形，一定同胚于一个三维的球面。"这就是庞加莱猜想，它由法国数学家亨利·庞加莱于1904年提出，也是国际数学界悬赏的七个千禧年数学难题之一。2006年6月3日，国际知名数学家丘成桐院士宣称，曹怀东、朱熹平两位华人数学家给出了庞加莱猜想的完全证明，研究成果发表在美国出版的《亚洲数学期刊》上。欣闻"喜讯"，国内媒体纷纷报道。《科技导报》以"对证明庞加莱猜想做出贡献"为条目，也将这两位学者对证明庞加莱猜想所做出的"贡献"，遴选为2006年度中国重大科学进展。

其时，数学界已有人认为，俄罗斯数学家格里戈里·佩雷尔曼才是真正证明了庞加莱猜想的学者,朱、曹二人并没有做出任何新的贡献,丘成桐院士是在误导同行和公众。而我当时对这些"内幕"竟全然不知。由我执笔的"2006年中国重大科学进展"一文在《科技导报》2007年第1期刊载后,13位数学家院士遂致函时任中国科协主席的韩启德院士,要求严肃处理《科技导报》对重大科学事件收录不当的严重错误。作为重大工作失误的第一责任人,我自然难辞其咎。

韩启德主席对院士来函予以批复:"望科技导报社高度重视,妥善处理。"时任中国科协党组成员、书记处书记的冯长根教授要求我们认真落实韩主席批示,吸取教训,完善制度,不断提高《科技导报》的学术公信力。他还安慰我不要有思想负担,鼓励我继续大胆工作。在整个事件的处理过程中,韩主席和冯书记都没有给我施加任何行政压力。信任、宽容,成为我对科协行事风格的进一步认识。

2011年12月8日,我跟随时任中国科协常务副主席、党组书记、书记处第一书记陈希出席湖南省科协第九次全省代表大会。途中,陈书记问我:"小苏,你到出版社已一年多了,有什么困难吗?"我赶紧回答:"陈书记,有困难。出版社有两块牌子,科普出版社名气大,发展问题不大。但是,中国科学技术出版社由于学术出版盈利难,发展困难较多。希望科协设立一个学术出版基金,支持我们创立学术出版品牌。"陈希书记当即应允:"好啊!我刚筹集到一笔资金,原准备支持地方科协举办科协年会,那就先支持你们出版社吧!"

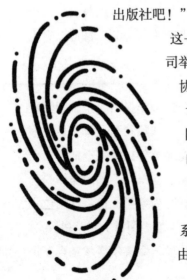

这一年的12月28日,中国科协与中国长江三峡集团公司举行战略合作协议签约仪式,同时还签署了"中国科协三峡科技出版资助计划"合作协议。按照这个协议,三峡集团将每年出资420万元,连续5年资助中国科学技术出版社出版科技类学术专著。陈希书记的许诺20天后就兑了现。务实、高效,科协亲和贴心的工作作风,令我感动不已。

科协是科技工作者的群众组织,是党和政府联系科技工作者的桥梁、纽带。我以为,营造平等、自由的学术氛围,创建信任、宽容的科研环境,培育务实、高效的工作作风，当是科协团结、凝聚广大科技工作者听党话、跟党走的重要法宝。建会60年来，中国科协为推动我国科技事业发展、提升公民科学素质、促进领导科学决策做出了重大贡献。我相信，中国科协定将在下一个甲子里更加青春焕发，取得新的更大的成就。

有感于斯，赋诗一首，庆贺中国科协成立60周年。

> 协会发展历艰难，齐心协力谱华章。
> 科普秋果滋华夏，学术春风沐关山。
> 接长手臂勤服务，夯实基础畅桥梁。
> 智库竭虑强国运，花甲喜作少年郎。

注：本文刊载于2019年1月4日《科普时报》"青诗白话"栏目。

科技创新多启示

2012年6月13日,时任第十一届全国人大常委会副委员长的路甬祥院士给时任中国科协党组书记、书记处第一书记的陈希同志去函,附上了他近两年写的4篇有关科技创新的科普文章,希望陈希同志提意见。陈希书记读后十分高兴,当即批示:"路甬祥同志的这几篇科普文章写得很好,大科学家亲自专门为科普写文章确实令人敬佩!请征求路甬祥同志意见,如同意,我们帮其联系公开发表。"这个批示连同路甬祥副委员长的四篇科普文章几经批转,2012年7月6日到了时任科学普及出版社暨中国科学技术出版社社长的我的手中。

路甬祥院士是著名的科学家,曾担任浙江大学校长、中国科学院院长和全国人大常委会副委员长等重要职务。他长期工作在科研、教育和管理第一线,对科技创新、科技管理、科技与社会发展等问题有深刻思考和成功实践。他在中国科学院组织实施的"知识创新工程",在战略高技术、重大公益性创新和重要基础前沿研究领域取得了一批重大创新成果,带动了国家创新体系建设,提高了科技支撑经济社会发展能力以及我国科学技术的国际竞争力、影响力。这四篇文章都是通过解读近百年来引领相关学科领域科学技术发展的伟大科学家,探寻创新在促进科学技术发展和人类社会进步中的重大作用,继而思考如何推动我国科技全面创新和创新型国家建设。

路甬祥院士不仅是著名的科学家,同时也是科普大家,近年来撰写、发表了许多科普文章,并在高校和科研机构发表演讲。他的文章高屋建瓴,见解深邃,不仅在高校师生、科技工作者中深受欢迎,在社会上也引起了强烈反响。

路甬祥副委员长对科学普及出版社暨中国科学技术出版社十分关心,2005年、2010年和2011年先后组织相关学科领域的专家学者编撰了《走近科学》科普丛书、《中国机械史》和《中国机械工程技术路线图》等重要学术著作,并分别由科学普及出版社和中国科学技术出版社出版。我在科技导报社任副社长直至兼任社长职务期间,工作上一直得到他的大力支持和无私帮助。我曾三次约得他为《科技导报》"卷首语"栏目撰写文章,他也多次主动为《科技导报》撰写专稿,在《科技导报》发表的一些文章还被《新华文摘》转载。

拜读完这四篇有关科技创新的科普文章后,为了让更多人了解路甬祥院士对创新的思考和实践,从中受到启发和教益,我建议作者围绕"科技创新"这个主题增补七八篇相应文章在中国科学技术出版社结集出版。路甬祥副委员长欣然应允,随后补充了六篇同类文章,并于2012年8月21日上午约见我和中国科学院自然科学史研究所刘益东研究员,以及我社副总编辑杨虚杰,一同商讨整个书稿的篇章结构、出版风格、装帧设计、图片版权、出版时间等具体事宜。书稿出版的大框架、设计风格、写作体例等大事项商量妥当后,具体的编辑加工等工作全部由杨虚杰负责。《创新的启示》付梓后,杨虚杰告诉我,与路院士的合作十分愉快,从中受益匪浅。

《创新的启示》包含了路甬祥副委员长众多有关创新与发展的文章中的十篇,内容涉及伽利略、达尔文、麦克斯韦、卢瑟福、海森堡、居里夫人、图灵和乔布斯等科技大师的非凡创新创造业绩,制造技术的发展与未来,技术的进化与展望,以及物理和化学学科的发展历史等。作者通过分析、总结诺贝尔科学奖重大科技成就与20世纪科技原始创新的成功规律,探讨科学大师和创新奇才的重大发现和发明创造、科学技术的历史进程与未来发展,揭示了近百年科技发展与创新的特征和趋势,启发人们对创新与发展进行深入的思考。书中有很多令人耳目一新的观点,如"原始性重大发现多来源于对实验事实敏锐的观察和独具创意的实验""新的科学仪器和实验装置的发明,往往打开一扇新的科学之门""重大科学发现和技术与方法的发明,往往对人类健康、社会与经济的进步产生巨大的推动作用和深远的影响"。在路院士看来,创新的方法和手段是多种多样的,"数学与计算机工具创造性的应用,也可能带来自然科学、工程技术、经济与管理科学方法与理论的突破""对已有科学知识的科学整理和发掘,也可能有新的重大发现与理论创新"。他指出"青中年是科学家实现创新突破的高峰期",强调"良好的创新氛围和高水平的创新基地是产生高水平创新成果的温床",呼吁"重大科技创新突破及其推广应用需要相应的创新体制和科学管理机制保证"。

我以为,《创新的启示》乃是科学大家对科技发展规律和

万千肖像动心扉

当代重大科技创新成果的研究心得,是战略科学家对百年科技发展历史的观察思考,更是顶层科研管理者对我国科技创新的理性呼唤。在党的十八大做出实施创新驱动发展战略的重大部署,强调科技创新是提高社会生产力和综合国力的战略支撑,必须摆在国家发展全局的核心位置的今天,相信《创新的启示》一书的出版一定会受到广大科技工作者的欢迎。

这真是:

科技发展贵创新,高瞻远瞩最关情。
图书出版助发力,思考心得启迪明。

注:本文发表于2013年第33期《科技导报》。

护卫苍穹越王剑

1990年8月2日,伊拉克入侵科威特,海湾战争正式打响。刀光剑影的战场,高科技的武器,现代化的通信,眼花缭乱的信息战……每天,这些都是他不断捕捉的电视画面和报刊信息。

东北某试验靶场。当经他之手问世的火控雷达引导着火箭弹、导弹呼啸着击中目标时,他便有了扬眉吐气的欣慰和自豪。此时,他会回忆起毛主席、周总理接见他时的幸福情景。

人们尽可以夸耀这致敌于灭顶之灾的"霹雳火",但并不一定都知道他的名字。国防科技保密的特殊需要,从来造就的都是默默奉献的人。

他叫王越,中国科学院院士、中国工程院院士,时任北京理工大学校长。

"思忧忧,乐悠悠,万家忧乐在心头,'安居'规划筹。"

他魁梧健壮,颇有几分将军的风度。这样的外表,很难将他与儿女情长相联系。可我们却看到了这样的场景。暑假的一天,一场大雨过后,北京理工大学的办公楼里,他与一位小女孩正在对话:"小家伙,送你两支自动铅笔,用它好好学习……"小女孩贴着他的耳根说着悄悄话。若不是耳闻目睹,怎会相信一个繁忙的大学校长能够帮着照看他部下的孩子,并极有耐心地同孩子交谈。

他爱孩子,曾两次为"希望工程"和学校附属小学捐款,还资助一名延安地区家境贫困的儿童读书至今……

他平易近人,报社开"破除迷信、反对伪科学座谈会",特邀两院院士参加。院士们都很忙,记者挨个儿打了一圈电话,轮到王越院士,他却异常痛快:"好的,这个会我一定参加,只是请你们照顾我先发言,我后面还有安排。"

我们采访他的头一天晚上,他凌晨方睡。"一个学生夜间突然生病去世了。"他的心情异常沉重,"这孩子是去年从老区考来的,班上成绩最好。他家里很穷,是靠全村人凑钱才上的学。真可惜啊!我们应该为这样的贫困学生制定资助他们上学的有关政策。"他在深深地自责。

王越是位善者,和他说话,他都认真倾听,全无忙人、名人那种心不在焉打官腔的架势。对待工作,他极端认真、严格,不容许有任何的糊弄和草率。他批评人也十分严厉,无论是谁,出了错就要认错改错,绝无情面可讲。

王越关心群众有口皆碑。他从西安某雷达技术研究所调任北京理工大学校长后,第一件事就是拉着校办的秘书去看青年教师住的筒子楼。拥挤的陋室,狭窄的过道,薄薄的墙壁,肮脏的厕所,锅碗瓢盆奏出的杂音,让他的心情格外沉重。第二年,学校工作会议上,他的工作报告中提出了以改善教职工的住房为主要内容的"安居工程",并很快得到实施。

他在北京理工大学已度过两个春节,每个春节他都搞得热热闹闹、别开生面。他邀请几十位院士及夫人到校,与学校的知名教授联谊,探讨共同关心的学术问题。1995年的春节联谊会上,由他倡议、28位院士联合签名,向中共中央统战部、国家教育委员会、外交部上书,建议国家有关部门重视海外留学人员子女的中文和中国优秀文化传统教育,以增强祖国对留学人员下一代的凝聚力。倡议书经新闻媒体传播,在海外留学人员中引起强烈反响。

每年的联谊活动最热闹的要数猜谜:"勾践(秋千格)——打一中科院院士姓名。"不一会儿,院士们不约而同地喊出"王越"。于是,他就笑着抱拳走到台前,献上他的节目。记者问他的名字与越王勾践有没有联系,王越笑了。尽管是文字游戏,但生于吴越之地的他,孩提时代就把越王勾践卧薪尝胆的故事铭记在心。

"亡国耻,民饥怨,国盛民强平生愿,誓献军工界。"

"我的名字与那悲惨的年代有关。"1932年4月1日,王越出生于江苏丹阳,那是"九一八"国耻日的第二年。他的父亲是一位进步、开明的知识分子,由于痛恨日本侵略者,有感于苦难年代的漫长,就给儿子取名王越,希望孩子早日越过这段灾难的年代,同时也是激励儿子超越自我,多做一些利国利民的事情。

抗战爆发后,王越全家搬进天津的英国租界。出入租界经关卡，每天都要向站岗的日本兵鞠躬，这亡国的耻辱，深深地刻在了他的心里。在天津耀华中学读书时，一天，校长因为拒用日伪课本给学生讲课而惨遭暗杀。这使王越恨透了侵略者，并想方设法报复。一次，师生们被拉去为日本人修机场，他和小伙伴们就偷偷地接上水管往地下飞机库里灌水，并当着日本人的面吟诵岳飞的《满江红》："靖康耻，犹未雪。臣子恨，何时灭……"夜深人静，他帮着父亲把爱国青年悄悄地送往抗日后方。父亲偷偷地把一面青天白日旗藏起来，他们把希望寄托于美好的明天。

15岁那年，父亲送他去上海念书，那时内战的炮火阻断了津浦铁路，于是他乘海船漂泊六七天孤身一人来到上海。外滩公园"华人与狗不得入内"的招牌，黄浦江畔停泊的一艘艘美国军舰，20万元金圆券换一个烧饼……这使他的富国强民梦化为泡影。蒋介石煮豆燃萁、同室操戈的倒行逆施，使他深切感受到了国民党政府的腐败和无能。此时此刻，他忽然觉得父亲当年珍藏的那面青天白日旗是多么地可笑和可悲。

少年时代的王越喜欢兵器，还迷上了无线电。当日寇飞机狂轰滥炸祖国的山川大地，当美国军舰耀武扬威于我国的江河领海，他就渴望中国有朝一日能强盛起来，自己将投身祖国的国防事业。

新中国的建立为他实现这一心愿提供了机会。1950年，他考入大连工学院电讯系，后转至解放军军事通信工程学院，专攻雷达技术。军事院校的淘汰制近乎残酷，学生一门功课不及格就得马上转业，中途生病缺课也会被无情淘汰。"这里没有怜悯，通过的学生个个都是高质量的。"王越把今天自己的成就归结为大学6年激烈的优胜劣汰竞争的结果。全班入学时有52人，毕业时仅剩25人，一半以上的人被淘汰。作为全班的佼佼者，他顺利地通过了一次次的筛选、淘汰关，并每每以才思出众而受到教师的赞扬。毕业后，他成为解放军的一名中尉，分配到军工厂工作，开始了他献身国防科技事业的漫漫生涯。

"千里眼，卫长空，卧薪尝胆屠巨龙，雷达立殊功。"

王越是我国著名的雷达系统专家，他曾先后任301系统总体设计师、201系统主管设计师、306系统总设计师和行政指挥……我国国产第一代岸炮雷达、第一部全晶体管化炮瞄雷达，都是以他为主设计的。为此，他先后荣获全国科学大会奖、部级科技进步奖特等奖、国家科技进步奖一等奖，以及兵器工业功勋奖等奖项。

雷达，通过发射电磁波并接收目标反射的电磁波，由此探测出目标的空间位置和时间位置，它像一只只"千里眼"护卫着祖国的蓝天。王越研制的各类雷达系统装备部队后，把我国地面火控系统的性能和水平提高了一大步，缩短了我国同世界先进水平的差距。

"七五"期间，在研制一种新型雷达时，王越用他建立起的评价体系，客观评价国内外著名火控系统的发展，为我国地面火控系统的发展提供实践根据和实际检验方法。在他的主持下，运用随机服务理论在我国对空防卫系统中建立了系统射击效能模型，并对雷达的重要参数和体制进行优化选择，首次实现了雷达、指挥仪两位一体设计方案，开创了我国防空火控系统发展的新道路。他还提出了很好的搜索跟踪和快速截获方案，使火控雷达系统的反应时速提高了一倍。

30多年火控雷达系统研究的工程实践，造就了王越独具特色的设计思路。他提出以系统对抗的基本构思设计火控系统，在实践应用中解决了许多关键问题，使火控系统性能大为提高。

王越在山沟里当了13年某雷达技术研究所所长，他注重研究所的整体化建设和科技水平的发展，把重点放在自力更生上，不图短期效益，不搞短期行为，为研究所的发展攒足技术后劲。他的奇思妙想和大胆革新使该所由只能研制单一型号产品的纯科研单位，逐步发展成可同时担负多型号多项目及产品的研制任务，指令性项目与其他任务形式相结合，军品民品科研生产、开发与经营齐头并进的新型科研单位。

或许是从那个任人宰割的耻辱年代走来，王越便有着勾践一般卧薪尝胆的大志："自力更生，奋发图强，以我为主。"他说："在高科技领域，要想获得尖端技术，即使有钱人家也不一定卖给你，还得要靠我们自己干。"在领导研制某项重要国防产品项目时，他力排众议，提出了走功能研制道路的指导思想，反对一味跟随国外的设计道路。他的这一设计思想和研制思路，得到了国防科工委领导的首肯并取得了良好的效果。

对待工作，王越有一句口头禅："越想得到的越得不到，越不想得到的却悄悄地来。"他参加工作不久，厂里有一项产品设计改进任务没有一个人愿意接，这是块硬骨头，王越却偏偏接了过来。他裹着皮大衣几次到大冰箱里观察实验情况，连着加班，半夜两三点才回家。当时，厂长对他说："王越，厂里今年能不能全面完成任务就看你的产品了。"于是，王越他们的实验室几乎每天都是彻夜灯火通明。厂长怕累坏了大家，每天送来一桶红烧肉，专门犒劳王越和他的伙伴。那时，三年自然灾害刚刚有所好转，这种金贵的食物实在是难得，可累坏了的王越一班人却怎么也吃不下去。就这样，硬骨头终于被啃下，任务最终提前完成。接着，他又带着一支队伍到东北的基地进行实验，一干就是4个月。

蓝天翱翔的国产战鹰首次装上了国产火控雷达，那就是王越和他的同伴们的功劳。王越由此当选全国青联四届二次大会代表。之后，各种荣誉接踵而来：全国科学大会重大贡献先进工作者奖、兵器工业"学铁人标兵"、陕西省科技精英……可他从不居功自傲。

他把成功归结为敢想敢做，与人真诚合作。在技术第一线，他常常和下属泡在一起，久而久之，大伙和他的距离就近了；这个领导原来挺在行，在他手下干舒心畅快；这位合作者确实诚心诚意，凡事都主动替别人着想；这位领导还真仗义，再大的责任他都勇于承担。

王越是两院院士，这是很令人羡慕的。有人认为这是他走运，碰到了好机会。其实，机遇对谁都是平等的。一个人如果怕苦怕累，畏首畏尾，或是瞻前顾后，即使有机遇，机遇也会与他擦肩而过，他也就不可能交上好运。王越认为，无论干什么事情，"为自己想得太多，盘算得太细，一般都不会有什么出息"。他经常这样比喻："白菜心固然好吃，可你想要吃到菜心，首先就得先吃白菜帮。"

为了研制、开发新产品，提高产品的质量和性能，王越常常通宵达旦地苦思冥想，殚精竭虑设计方案，一些重要军工项目常常要折腾他思考好几个月。人影消瘦，愁肠苦断，但这更增添了他成功后的喜悦。

为祝贺他在科研、教学上所取得的成绩，前段时间，有朋友为他赠诗一首：

学富五车谦为上，开物成务自能强。

长官科技兴邦国，曾以步勇守封疆。

青春做伴研兵戈，白首依旧育栋梁。

等闲学海衔两院，再厉北工铸辉煌。

"争朝夕，分秒惜，招待饭桌当'逃兵'，学识凭此积。"

作为一所全国重点大学的校长，王越几乎每天都要和来来往往的上级领导、专家学者打交道，免不了要陪客吃饭。尽管汇报工作、讨论问题侃侃而谈，气氛融洽，但一到吃饭的时间，王越总是用各种理由推辞当陪客。他常说："陪客吃饭就得聊天，就得有一番烦琐的客套，既浪费自己的时间，又耽误别人的时间。"为了表示对重要客人的尊重，王校长也有被硬拉上饭桌的时候，此时，他就举着酒杯朝客人抿一小口，说两三句欢迎光临的客套话，然后借机溜之大吉。

王越严于律己，廉洁奉公，无私奉献。学校给他配了专车，可他从不用公车办私事，老两口上街每次都自己叫出租或乘公共汽车。他家装有直拨电话，但凡因私打了长途，他都记下时间，第二天把电话费交秘书转电讯科。

尽管王越多年来埋在业务堆里，但他对文史哲仍有广泛的兴趣。他常把老庄、孔孟的哲学辩证思想用在指导研究生和科研工作上。他的心中有一片音乐的世界，闲暇时，听上一段贝多芬的《英雄交响曲》，哼上一段情意绵绵的《梁山伯与祝英台》，伴随着隽永深邃的《地久天长》舞上一曲，心中便充满了欢乐的阳光。憧憬着未来的《鸽子》，激昂奋进的《卡门》，还有一片明媚的《在希望的田野上》，美妙的音乐能帮助他驱除一天的疲劳。

每天晚上，回到家或刚刚端起饭碗，就有人找上门来求助；有时，《新闻联播》刚刚看到一半，就有电话打进谈工作；出版社约写的书籍要完成，研究生的课要上，还有数不清的会议、谈话、咨询、项目……时间，对王越来说，实在是太宝贵了。

事业有成，他从内心感激妻子於连华。为了王越的事业，於阿姨做出了巨大的牺牲，正值44岁的大好年华就退休在家。王越40多岁时曾出现心脏停搏、休克症状，并在工作岗位上晕倒；同事们都说，王越长年来都是借着硝酸甘油来抵住死神那扇轻开小缝的大门。对这样一位不要命工作的丈夫，妻子不得不提前退休，在家精心照顾丈夫，并帮助丈夫恢复了健康。

"抓改革，育栋梁，科技文化兴国邦，放眼铸辉煌。"

仕途与业务，王越更看中后者。当年领导叫他干研究所所长，他竟然几天睡不着觉。总工、副总他都愿意干，就是这行政的"长"让他发怵。然而，世上许多事，你越是不想就越有你的份，兵器行业最年轻技术人员出身的研究所所长最终还是落在了王越的头上。1993年春天，当组织上要把北京理工大学校长这副重担交给他时，他思考了整整两天两夜。但是，这回他没有再犹豫："还有什么是比培养人才更重要的事呢？没说的，干！"

北京理工大学前身是1940年诞生于延安的自然科学院，这是中国共产党创办的第一所理工科大学。截至1996年，建校56年来，从这里走出了共和国总理、部长和将军40余人，培育了成百上千的总设计师、总工程师，造就了一代代名扬海内外的企业家。

1940年9月，自然科学院在延安南门外杜甫川的窑洞前举行开学典礼。第一任院长李富春宣告："这里培养出来的人，既是技术专家，又是革命通才。"于是，王越把李富春、徐特立、陈康白、李强等老一辈院长将中国共产党特有的思想政治教育同教学、科研、生产相结合，为革命和建设事业培养输送一大批技术干部的办学经验铭记在心头。为此，他和其他十几位校领导组成了新一届北京理工大学团结有力的领导班子。

刚到学校那阵，校园里正刮着经商风，本是书声琅琅的校园，一下子摆起了地摊，建起了饮食一条街。对此，他坚决反对，不允许玷污这神圣的育人殿堂，贻害青年学子纯真的心灵。有人就用搞市场经济做挡箭牌，这越王之剑便挥斩过去："教育规律与市场规律是不一样的。高校的任务是培养又红又专的帅才和将才，不是摆摊子做买卖。"于是，校党委一道命令，饮食一条街销声匿迹，校园又恢复了往日的平静。

出国访问时，王越常常思考这样一个问题，为什么不少留学人员学成后滞留不归？在美国的近十所大学，他会见了许多中国留学生，并深深地被他们的爱国热情所感动。他发现，留学生子女教育的后顾之忧，也即留学人员回国后，其子女在就学、升学、适应国内环境等方面存在的困难，是留学人员滞留不归的一个重要原因。这也是促使他和28位院士联名上书中央统战部的缘由。

"我们一方面要鼓励留学人员回国效力，另一方面要帮助他们解决一些实际困难，为他们回国安心工作创造良好的条件。"对此，王越感慨道："过去我们更多注重的是留学归国人员的住房及待遇等生活硬件的改善，忽视了对他们的精神负担的消除，这是今后需要加以改进的。"

北京理工大学的精神风貌集中体现在"团结、勤奋、求实、创新"的校训中。在王越的带领下，学校紧抓办学机制的转变和内部管理体制改革的深化，成立了北京理工大学董事会，与中国人民大学合作办学，扩大了与海内外许多高校、机构和团体的友好合作关系。

1995年8月，中国兵器工业总公司向国家教委提出了北京理工大学"211工程"重点建设项目预备立项申请。王越校长告诉记者："我们的目标是，从现在起，经过10~15年的努力，把北京理工大学基本建成具有军民结合特色，以工为主，工、理、管、文协调发展的社会主义新型大学。'211工程'的启动，使北京理工大学迈出了向国内一流、国际上有一定影响的大学进军的新历程。"

为了实现这一宏伟目标，王越在各种场合倡导他"培养帅才、将才"的主张。于是，跨世纪德育工程紧锣密鼓地开始实施，学科建设扎扎实实开展，人才培养、队伍建设、科研产业……一系列工作在等待和呼唤着王越以及他的志同道合者。

1995年9月24日是北京理工大学建校55周年的喜庆日子。站在主席台上，王越为学校昨天的历史和今天的成就感到自豪，也为明天的奋斗目标深感责任重大。他满怀豪情致辞，并即兴赋诗言志：

> 科教兴国春常在，建设改革两相长。
> 求实创新生气盛，团结勤奋力更强。
> 科学文化毋偏废，素质能力育栋梁。
> 往过光荣留青史，再接再厉铸辉煌。

注：本文与《科技日报》高级记者范建合作撰写，刊载于1996第17期《中华英才》。

频普科心殚物节

常言道"不打不相识"。我和林群院士也是通过相"打"才相识的。

2007年1月，《科技导报》学术期刊错误地将两位华人学者"对证明'庞加莱猜想'做出贡献"列为2006年中国重大科学进展。国内13位数学家院士遂致函时任中国科协主席的韩启德院士，要求严肃处理这一对重大科学事件遴选不当的错误。作为《科技导报》副主编和《2006年中国重大科学进展》一文的执笔人，我对这一重大工作失误自然难辞其咎。

根据韩主席指示，我随即开始跟所有写信的院士电话联系。谁知，这些院士有的不接电话，有的推脱没时间，有的一听是专门为此事来电干脆就挂了。林群院士是13位院士里署名在最后的一位，只有他一个人最后答应和我见面，共商如何善后。也正是在他的帮助下，事件得到了妥善处理。就这样，我和林老师认识了，日后竟成忘年之交。

林群老师1935年7月出生于福建连江，1956年厦门大学数学系毕业，现为中科院数学与系统科学研究院研究员、博士生导师。这位中国科学院和第三世界科学院的院士，主要从事泛函分析、计算数学方面的研究，在微分方程求解加速理论研究中取得了一系列卓越成果，并形成了系统的理论；曾获中科院自然科学奖一等奖、捷克科学院数学成就奖、"何梁何利奖"，是国内外知名的数学家。

林群院士不仅在数学研究上成就斐然，而且醉心于科普工作，近20年来，一直致力于把难学、难懂的数学理论简化再简化，直至低年级大学生甚至中学生都能读懂为止。2010年，我就任科普出版社社长后，拜访、求助支持科普出版的第一位科学家就是他。林老师没让我落空，很快就交出了《微积分减肥快跑》书稿。这本科普图书2011年1月出版后，立刻引起关注和好评，先后获中华优秀出版物提名奖、中国科普作家协会优秀科普作品提名奖。

林群老师告诉我，他之所以把那么多的精力花在科普上，是受数学家华罗庚面向生产一线推广优选法、统筹法的影响。一天，林老师打车去参加一个会议，上车后，司机就问："您是干什么的呀，七老八十的还到处跑？"林老师答道："我是研究数学的。"不料，司机脱口而出："哦！0.618。"0.618是华罗庚推广优选法时经常要讲到的黄金分割数近似值。在林群看来，世界上还没有第二个数学家能像华罗庚那样把一个非常重要的数字弄得家喻户晓，连出租车司机都铭记在心。这件事激励着他要像华罗庚那样更好地从事科普工作。

2011年5月5日，科普出版社与京港地铁公司签署协议，资助"四号诗歌坊"公益文化项目，在北京地铁四号线车厢和车站以征集、展示优秀科学诗的形式，开展科学文化宣传。林群老师应我邀请出席签字仪式予以支持，并鼓动曾庆存、严加安等院士投稿。拳拳之心，令人感动。

北京珠市口天桥上，镶刻有世界上最著名的三大科学公式：万有引力公式、质能公式和微积分公式。林群老师是研究微积分的专家，这些年来一直在研究如何用最简练、最通俗的方式把微积分讲清楚。半年前，他打电话告诉我，他只需用一张图、两句话就可以把微积分讲清楚了，希望我供职的中国科技馆以适当方式向公众展示、普及。他还说，一位家长用这套方法给刚上大学的儿子讲微积分原理，很轻松就搞定了。

2018年11月21日，我和同事前往中科院数学与系统科学研究院又一次拜访了林群院士。林老师新搬进的办公室非常小，大概10平方米，堆满了书刊、资料。我开玩笑地说："都说院士享受副部级待遇，但在研究工作最需要的办公条件上，您和部级领导干部的待遇却相差太远了。"林老师忙回答："很好，很好。只是太乱了点。"

扒拉开沙发上的书刊、资料坐下后，林老师给我详细讲解了他的微积分科普方法，并发出了"苦学虚读万卷书，巧思真传一句话"的感叹。在他看来，读再多的书，如果不能融会贯通，用简练的语言讲清楚最核心的内容，那书也是白读了。

接着，他又对微积分概念给出了更为通俗的讲解："所谓微积分，就好比求一个油饼的面积，你可以先把油饼分成无数根油条，求得了每根油条的面积,加起来不就是油饼的面积吗?"我们最后商定,2019年春节前后,先请林老师到中国科技馆做一次微积分科普讲座,然后再探讨如何在展厅里进行相关的科普宣传。

写这篇文章时,离2019年春节已经不远了,遂谨作藏头诗一首,以表达我对林群院士的崇敬之情和恭贺之意。

林下书香论数形,群贤毕至共仰君。
院所领衔泛函析,士林担纲微分赢。
春耕勠力桃李茂,节物殚心科普频。
快捷求解成一统,乐上眉梢不老情。

注:本文刊载于2019年1月11日《科普时报》"青诗白话"栏目。

育人传道乐悠悠

2022年9月10日,时值教师节和中秋佳节,可谓双节同庆。我于1985年硕士研究生毕业后留校工作,虽非教学一线岗位,但曾为本科实验班学生讲授过《实用写作课》,并持有教师证,有过教师经历。过属于自己的节日,自然多有感慨。

教师节在中国现代史上曾以不同的日期多次出现。1939年,国民政府决定将孔子诞辰日农历八月二十七定为教师节,并颁发了《教师节纪念暂行办法》,但未能在全国推行。1951年,教育部和全国总工会共同商定,将5月1日国际劳动节作为教师节;但由于这一天不具教师特点,执行效果并不理想,最终形同虚设。1985年1月,第六届全国人大常委会第九次会议通过议案,每年的9月10日被确定为中国的教师节。

人生路上,父母是最早的老师,言传身教,铸德育魂;学校课堂,无数老师曾给我上过课,教书育人,滋润心田;走进社会,各类贤达曾予以我教诲,指点迷津,醍醐灌顶。三人行,必有吾师;只要虚心、留意,人人皆可为吾师,处处都有吾师。

这不,2022年9月2日上午,长沙市雅礼外国语学校举办"院士来了——科普进校园助力'双减'暨'喜迎二十大,科创来筑梦'系列科普公益活动",应用地球物理学家、中南大学博士生导师何继善院士为线上线下师生做"让科技插上艺术的翅膀"专题讲座,精彩的授课让我和孩子们又一次领略了科学大师的迷人风采。

2022年米寿的何继善院士精神矍铄,前半场近一个小时一直站着讲授,他结合自身的学习、工作、科研、教学经历,用通俗易懂的语言娓娓道来,深入浅出地诠释了高深莫测的地质勘探等科技知识。他告诉同学们,科学研究是人类对自然界探索和认知的过程,受时间、空间、条件和人们知识的局限,科学并不等同于绝对正确,它需要与时俱进、向前发展,以此不断纠正所包含的不正确的东西。他强调,正是因为生命有限,人类不可能突破时空的限制,因而必须努力学习，老老实实做学生，不断更新知识。为此，何院士以钱学森、李四光、爱因斯坦等著名科学家攀登科学高峰、热爱文学艺术为例，勉励同学们珍惜宝贵时间和美好年华，培育并坚持自己的兴趣爱好，刻苦学习、全面发展，为实现心中的理想和志向拼搏奋斗。

何继善院士长期致力于地球物理理论、方法和观测仪器系统方面的研究，创立并发展了以伪随机信号电磁法和双频激电法为特色的资源勘探地球物理理论及方法，曾多次荣获国家技术发明奖和国家科技进步奖等重大奖项。在回答"科研中遇到困难，您是怎样坚持下来的"问题时，他答道："我从事科研并不是为了自己出成果，而是希望研究成果对国家、对人民有益。正是基于这样的理念，再苦再累，困难再多，我也能坚持，决不放弃。"

何院士自幼喜爱书法和楹联，兼有教育部大学生文化素质教育委员会委员、中国工程院书画社副社长、湖南省书法家协会顾问、香港集古学社理事会副主席等职。他积极在理工科大学生中倡导人文和书法教育，不久前他的书法作品还入选"紫荆花香满园春——庆祝香港回归25周年暨全国科学家书法艺术邀请云展"。讲座时，他指出，艺术是认识世界、描述世界和创作人工世界的形象思维活动；形象思维和逻辑思维同样重要，可以相互促进，二者碰撞产生的思想火花有利于创新、创造。

我是2022年6月下旬在长沙市召开的第24届中国科协年会上，经油气田开发与工程管理专家刘合院士介绍认识何继善院士的。何教授与我父亲年龄相仿，又都是搞地质勘探出身，十分平易近人，让我倍感和蔼可亲。互加微信后，看见我的微信昵称，何老笑着对我说："我俩有缘，一见如故！"回到北京刚4天，我就收到他惠赠给我的书法墨宝，上书"苏氏文章一见醉，青少情怀如故知"。

好一副绝妙嵌字楹联！联中不仅镶嵌有我的姓名"苏青"和微信昵称"一见如故"，还以"青少情怀"隐含我退休后在"中国青少年科技教育工作者协会"的兼职，以"文章一见醉"谬赞我向他专门讨教的拙文。相识方数日，即获大师长辈如此厚礼，怎不叫人喜出望外、受宠若惊？

讲座结束后，何继善院士将自己题词、签名的图书分赠给雅礼外国语学校的孩子们，并与同学们合影留念。恰逢第38个中国教师节，在网上聆听科学大师谆谆教诲，我仿佛又回到了当年学堂。激动不已，感慨万千，遂填《风入松》词一首，敬颂天下教师，专表对何继善院士的崇敬之情。

  教师节至正金秋。红淡青稠。园丁播种辛勤付，果繁茂、喜望丰收。桃李不言蹊就，欣察白发侵头。

  育人传道乐悠悠。惑解学愁。间苗除稗培新稻，护才路、争竞同游。横踏书涛科浪，云帆挂送轻舟。

注：本文刊载于2022年9月9日《科普时报》"青诗白话"栏目。

忠贤登顶彰奇迹

"对未知世界的探索，是人类的一种本性，它使人向往、激动和年轻。"在将自己两只宽大的手掌按入金黄色的橄榄油树脂印泥里留下手模后，赵忠贤院士遂对着摄像机向青少年说出了上述寄语。

采集赵忠贤院士的手模，录制他对青少年的寄语影像，是中国科学技术馆联合国家科学技术奖励工作办公室共同策划、实施的"星汉灿烂光耀寰宇——国家最高科学技术奖获得者科学家手模墙"制作项目的前期工作内容之一。2020年8月12日上午，我带领中国科学技术馆的同事赶赴中国科学院物理研究所，在赵院士的办公室里顺利完成了这项任务。

赵忠贤院士是2016年度国家最高科学技术奖获得者。他长期从事低温与超导研究以及高温超导电性研究，是我国高温超导研究的奠基人之一。世界超导研究史上曾出现过两次高温超导研究重大突破，赵忠贤和他的合作者在这两次重大突破中都取得了重要研究成果——独立发现液氮温区高温超导体，发现系列50K以上铁基高温超导体并创造了55K的纪录，直接把中国在这一领域的研究水平推到了世界最前沿。

我在十多年前就认识了赵忠贤老师。2005年，我曾约请他为我供职的《科技导报》就加强基础科学研究撰写稿件，他爽快答应并很快惠赐了一篇高屋建瓴、切中时弊、意见尖锐的好文章。但是，当那期刊物排好版正准备付印时，他却以内容尚不成熟为由撤了稿。

在采集手模前的寒暄中，我开门见山笑着向赵老师提出了这个困惑了我15年的撤稿问题。赵老师记忆力惊人，显然也没忘记这件事情。他解释道，《科技导报》是学术期刊，作者和读者大都是科技工作者，很少有做决策的领导会去认真阅读，那篇关于重视和加强基础科学研究的文章是写给领导们看的，他们看不到岂不是白发表了吗？

赵老师接着对我们说，他更喜欢在重要的会议上提意见和建议，他认为那样效果更好。比如说，他曾参加过一个有关国家科技发展规划稿征求意见的座谈会，会上他就提出，规划目标是要赶超世界科技先进水平，但通篇只见"赶"的举措，未见"超"的布局，如此规划，"赶超"目标又怎么能够实现？

赵忠贤院士虽年近八十，但思维敏捷，非常健谈，话题很快转到中国科学技术馆上。他曾担任中国科学技术馆新馆内容建设专家委员会委员，对我馆的建设、发展做出过重大贡献。当年在讨论中国科学技术馆新馆建馆理念时，与会专家争论不休，赵忠贤院士趁上厕所的机会，对中国科学技术馆资深技术专家、他的校友王恒说了自己的想法，王恒非常赞同。返回会场后，赵忠贤院士便提出自己考虑好的"走进科学、体验创新、服务大众、促进和谐"16字建议，经大家讨论、修改，最终将办馆理念确定为"体验科学、启迪创新、服务大众、促进和谐"。

我是2017年5月到中国科学技术馆履职的，不久后曾听王恒老师讲过这个故事，王老师也曾把这件事写进《关心科普、科技馆事业的科学家赵忠贤》一文，发表在2017年第4期《自然科学博物馆研究》上。今天，这段往事从赵老师嘴里说出，我更觉亲切、有趣、动人。

2001—2011年，赵忠贤院士曾任第六、第七届中国科协全委会副主席，现为中国科协荣誉委员，中国科学技术馆又是中国科协最大的直属事业单位，我们的话题自然聚焦到了科协工作上来。他遂给我们讲了一个与科协工作有关、我自认为意味深长的故事。

2002年，中国加入世界贸易组织（WTO）后不久，中国科协就组织了一个代表团访问瑞士，团员都是各省（自治区、直辖市）科协的党组书记，代表团团长为中国科协党组书记、书记处第一书记张玉台。张书记因中央临时有要事找他未能成行，改由赵忠贤担任团长。

讲到这里，赵老师笑着对我们说："那可都是一些各地科协的大员啊，我怎么管得了他们！"于是，出发前，他给全体出访人员定了两条规矩：一是必须严格遵守行动时间，所有的活动，任何人都不能迟到；二是听报告每个人都必须全程记笔记。代表团在瑞士先后访问了世界贸易组织等多个国际组织的总部，并听了多场报告。回国前，陪同的中国驻外机构的官员直夸这个代表团纪律严明，非常认真。

赵老师笑着对我们说："我让大家记笔记，一方面是希望大家好好学习，认真取经，确有收益；另一方面也是让大家一直有事做，精力能集中，不至于因为倒时差等而打瞌睡。他们每个人都在记什么，我并不关心，也不在意，但就是不能办正事时打瞌睡，出洋相，丢人现眼到国外。"学者的严谨、自重和睿智，尽在赵老师欢快的笑声里显现。

谈到时下的科研环境，赵老师认为科研项目的考评、检查等行政性干扰太多，不利于科研人员着眼长远瞄准选定的方向集中精力搞研究。他举例说："许多科研项目的经费都有四五个渠道来源，每个部门都说每年只考评你一次，并不多嘛！但是，四五个提供经费的部门每年都要来考评你一次，一个项目一年就要接受四五次考评，那还不算多吗？"因此，他建议，不妨把项目经费的来源合并，以此减少考评次数，给一线的科研人员真正减负。

临别前，我提出索要赵老师的一本著作签名留念。他说自己一辈子写了不少论文，但没出过书。我见书架上有一本名为《低温王国拓荒人——洪朝生传》的图书，就抽出来问赵老师能不能签名送给我。我之所以在整排书架上众多的图书中挑中这本书，是有自己的想法的。

洪朝生先生是改革开放后增补的第一批中国科学院学部委员（也即现在的院士），是我国低温物理与低温技术研究的开创者之一。1964年，赵忠贤院士从中国科学技术大学技术物理系毕业后，分配到中国科学院物理研究所工作，很快就成为所里重点培养的青年人才，开始跟随洪朝生先生做低温物理和超导研究。可以说，洪朝生先生是他步入这一研究领域的引路人。因此，选这本图书请赵忠贤院士签名留念，自然别有一番新意。

2010年，由中国科协牵头，联合中组部、教育部、科技部等11个国家部委，启动实施了"老科学家学术成长资料采集工程"。在时任中国科协党组成员、书记处书记王春法的支持下，这项工程的系列图书出版工作，最终确定由中国科学技术出版社和上海交通大学出版社联合承担，冠名为"老科学家学术成长资料采集工程、中国科学院院士（中国工程院院士）传记"丛书。其时，我担任科学普及出版社暨中国科学技术出版社社长、党委书记，为争取到这项光荣的出版任务并实施完成好这项重大的出版工程，尽了自己最大的努力，同时还亲自参与了相关项目的资料采集和有关图书的撰写工作。2015年5月，我调离出版社时，这套丛书已出版50余种，可谓初具规模并产生了良好的社会影响。因此，见到这本属于自己曾经付出过心血的丛书系列的图书，我感到格外熟悉和亲近。

赵忠贤老师爽快地答应了我的请求，并在扉页上潇洒地签上了自己的姓名和日期。在把签好名的图书递给我时，他感慨道："我大学毕业后刚到物理所不久，就参加了洪朝生先生主持的超导计算机研制工作，并成为课题组的核心成员。有人认为我是在吹牛，23岁的毛头小伙怎么可能是课题组的核心成员？后来，为撰写洪先生这本学术传记，作者在整理他的学术资料时，发现确有这方面的记载，证实了我的说法。我说这件事并不是想炫耀自己，而是想说明这样一个问题：年轻人是在给机会、压担子、干事业中成长起来的。我自己就是这方面的受益者。你若不给年轻人机会，不给他们压担子，不给他们搭平台，他们又怎么能够迅速成长起来呢？"

国家最高科学技术奖于2000年由国务院设立，是我国5个国家科学技术奖中最高等级的奖项，授予在当代科学技术前沿取得重大突破，或者在科学技术发展中有卓越建树，在科学技术创新、科学技术成果转化和高技术产业化中创造巨大经济效益或者社会效益的科学技术工作者。截至2020年8月，共有33位中国杰出科技工作者荣获该奖项，其中健在的获奖者共有19位。中国科学技术馆将在馆内一层东大厅制作"国家最高科学技术奖获奖科学家手模墙"，内容包括获奖者简介、手模、给青少年寄语、亲笔签名等，并定期增添新的获奖者内容。"手模墙"将于2020年9月"全国科普日"期间揭幕。

赵忠贤院士一生专注于超导研究，在对这个领域未知世界的探索中，激发了好奇的本能，找到了科研的乐趣，彰显了个人的价值，实现了人生的追求，践行了报国的宏愿，推动了科技的发展，促进了社会的进步，无愧于国家最高科技奖励的崇高荣誉。我相信，他的寄语将激励千千万万青少年热爱科学、追求真理、献身事业、勇攀高峰。

有感于赵忠贤院士骄人的科研成就和博大的爱国情怀，特填《渔家傲》词一首，以表敬仰、钦佩之情。

超导神奇藏奥秘，畅通输送无阻抑，机理已清材难觅。竞相比，攻关沙场争飞翼。

方向选明岂放弃？穷经皓首聚发力，突破倍增高效益。长志气，忠贤登顶彰奇迹。

注：本文刊载于2020年第8期《今日科苑》。

科技创新国运隆

2018年5月19—26日为一年一度的"全国科技活动周",今年的主题是"科技创新,强国富民"。其间,中国科技馆举办了一系列生动活泼的科普教育活动,应我邀请,刘嘉麒院士不辞辛苦,先后两次来到中国科技馆大讲堂,面向公众开设专题科普讲座。

刘嘉麒院士是著名火山地质与第四纪地质学家,我国火山与玛珥湖古气候研究领域领军人物,曾任中国科学院地质研究所所长、中国第四纪研究委员会主任等职,在火山地质、环境地质及古气候、极地考察、玄武岩纤维材料研究等方面做了大量系统开创性工作,曾获多项国家级科技奖励。我与刘院士相识已久,就职科技导报社和科学普及出版社期间,曾得到他的大力支持和无私帮助。刘嘉麒院士不仅学术成就突出,科普业绩同样显著,他曾长期兼任中国科普作家协会理事长,为繁荣我国科普创作做出了重要贡献,曾被评为"中国科普工作先进工作者"。早在2009年,他就撰文指出:"科学普及是一种文明、一种素养。社会要发展,离不开科学传播和知识普及。科研单位应对科普工作与科研工作成绩同等地给予承认,因为写科普作品所需的创新能力并不比开展研究所需科研能力差。"

我曾在刘嘉麒院士麾下担任中国科普作家协会科学文艺委员会主任,有幸接受他的指导,聆听他的教诲。2017年春节,有感于刘院士的关爱和相助,我专门写藏头诗一首,以表感激之情、崇敬之意。

刘叉登临碣石赋,嘉叹火山玛珥湖。

麒笔一枝山河绘,院会两栖科技普。

士彰地质领军帅,春耀陆相沉积物。

节制桃李育英才,好诗佳节豪情谱。

唐代豪侠诗人刘叉曾登临碣石山，留下美丽诗篇"碣石何青青，挽我双眼睛。爱尔多古峭，不到人间行"。我写的这首诗就借用了这个典故。

2016年5月30日，全国科技创新大会、两院院士大会、中国科协第九次全国代表大会在人民大会堂召开，习近平总书记发表重要讲话，发出进军科技强国动员令，强调"科技创新、科学普及是实现创新发展的两翼，要把科学普及放在与科技创新同等重要的位置"。科学普及被党和国家最高领导人前所未有地摆在如此重要的地位，令我们这些科普工作者备受鼓舞。感受到大会现场的热烈气氛，我禁不住即兴作《十六字令五首·会》，以表激动心情。

会，三会合一空前最。图复兴，待发国家队。
会，科技精英思想汇。求发展，世界日新魅。
会，攻坚克难多感佩。论创新，自由探索贵。
会，坐而论道岂无愧？多务实，攻关收效倍。
会，科技强国号角吹。奋赶超，寄望新一辈。

改革开放以来，我国科学技术迅猛发展，中国航天事业贯彻"自主创新、重点跨越、支撑发展、引领未来"发展方针，载人航天科技突飞猛进，一项项重大突破接踵而至。1999年11月20日，成功发射我国第一艘无人飞船"神舟一号"；2003年10月15日，我国第一艘载人飞船"神舟五号"发射成功，中国成为继美国、俄罗斯之后，第三个把人类送入太空的国家；2008年9月25日，"神舟七号"首次实现中国航天员出舱作业，掌握出舱活动相关技术；2011年9月29日，中国第一个目标飞行器和空间实验室"天宫一号"发射成功；2011年11月3日，"天宫一号"与"神舟八号"完成首次交会对接；016年10月17日，"神舟十一号"飞船发射成功，与"天宫二号"空间实验室自动对接形成组合体，为中国下一步建造载人空间站奠定基础。其时，兴奋之余，我即兴又作《贺"神舟十一"成功发射》宝塔倒影诗，以表祝贺。

轰，
飞腾，
似蛟龙，
翱翔太空，
航天又建功。
英雄不问出身，
出征陈冬景海鹏，
揽星辰昂首唱大风，
飞船对接精准稳操控。
从来落后挨打认怂，
科技创新国运隆。
实事求是准绳，
岂容假大空？
气势恢宏，
天地送，
飞鸿。
神！

写完一首，仍觉意犹未尽，遂再作一首，畅抒情怀。

龙，
有种，

真威风,
扬威太空。
飞船又发送,
凭啥能牛哄哄?
三老四严练真功,
航天精神环宇传颂,
神舟系列唱彻东方红。
创新非山寨一窝蜂,
求真务实路路通。
成功何来轻松?
别耍嘴皮功。
欲再惊鸿,
求大同,
圆梦。
雄!

注:本文刊载于2018年5月25日《科普时报》"青诗白话"栏目。

科解疑惑多启蒙

2018年7月17—29日为全国食品安全宣传周。

9年前的今天，也即2009年7月20日，依据《中华人民共和国食品安全法》而制定的《中华人民共和国食品安全法实施条例》开始实施。在此之前，我国食品安全事故频发：1998年，山西朔州发生震惊全国的假酒案；2003年，"金华火腿敌敌畏"事件被曝光；2006年，河北"红心咸鸭蛋"被检测出含有致癌物质苏丹红；2008年，波及全国的三聚氰胺毒奶粉事件一度使国产奶粉业一蹶不振⋯⋯

在这种严峻形势下，颁布食品安全法及其实施条例，对保证食品安全、保障公众身体健康和生命安全，可谓意义重大。之后，全国人大常委会和国务院又分别于2015年和2016年对这两个法律文件进行了修订。自此，各级政府加大监管力度，食品安全保障水平不断提高，防控食品安全大规模、系统性风险能力不断提升，食品安全形势总体稳中向好。这正是：

祸从口入人命悬，食品安全大如天。

无良见利忘却义，有胆执法责在肩。

科学对待添加剂，合理膳食烹煮煎。

执箸把盏安心饮，一饭一菜俱欢颜。

《食品安全法》强调食品安全标准应包括"食品、食品添加剂、食品相关产品中的致病性微生物，农药残留、兽药残留、生物毒素、重金属等污染物质，以及其他危害人体健康物质的限量规定"，还应包括"食品添加剂的品种、使用范围、用量"。受食品安全事故频发的影响，食品添加剂一度受到公众广泛质疑，成为食品安全问题的替罪羊。曾几何时，一谈到食品安全，很多人就会联想到食品添加剂，误认为食品安全问题都是食品添加剂造成的，由此甚至影响到了相关经济的发展和社会的稳定。

孙宝国院士是北京工商大学校长、教授、博士生导师，长期专注于精细化工研究，在肉味香料和肉味香精方面攻克了众多技术难题，曾获多项国家级科技奖励。为了消除人们对食品添加剂的误解，他在科研、教学之余，做了大量宣传、普及食品添加剂科学知识的工作。2016年，他主编的科普图书《躲不开的食品添加剂》使他第三次获得国家科学技术进步二等奖。

在《躲不开的食品添加剂》这本书里，孙宝国联合来自6所高校的9位食品专家，针对从一万多份实地问卷调查中梳理出来的老百姓最为关心的118个有关食品添加剂的热点问题，一一予以通俗解答。他还撰写了《离不开的食品添加剂》科普长诗，通过开设科普讲座，深入社区、乡村、学校宣传食品添加剂知识，用科学、通俗、生动的语言讲解食品添加剂背后的故事，释疑解惑，正本清源，让民众对食品添加剂有了更准确、更科学、更系统、更清晰的认识。所到之处，粉丝蜂拥，颇受欢迎。

食品添加剂是为改善食品色、香、味等品质，以及为了预防腐坏或出于加工工艺的需要，而加入食品中的人工合成或天然的物质。我国目前有22类2 300多种食品添加剂，那么，如何判断食品添加剂是否有毒、有害？孙宝国举例说道："从毒理学角度来看，卤水豆腐中的卤水有毒，可乐中的酸味剂是磷酸，有害。但是，把它们应用到食品中时，只要不超过最大使用量，对人体就没有危害。因此，判断食品添加剂是否安全、有害，就是要看它是否按照国家标准的要求来使用，是否做到了既不超范围，也不超量。"

孙宝国认为，科普工作和科学创新同样重要。他指出，"科技专家做科普要擅长什么就讲什么，态度要谦虚；因为在与自己专业不相关其他领域，专家也是科普的对象。"他强调，"要结合自己的科研工作或科研成果做科普，知道的、明白的就讲，不知道的、不明白的就一定不要讲。"食品工业和餐饮业的发展对改善人类的食品品质、提高人们的身体素质、丰富人民的生活都具有特别重要的意义，而食品添加剂在其中又起着决定性的作用。可以说，食品添加剂是食品工业的灵魂，没有食品添加剂，就没有现代食品工业。

孙宝国是我国食品添加剂领域唯一的院士。他认为，"食品添加剂是衡量一个国家科学技术和经济发展水平的标志之一，越是发达国家，食品添加剂的品种就越丰富，其人均消费量就越大。通过开展科普工作，全民科学素质提高了，对食品添加剂的疑惑和误解消除了，食品工业才能健康、稳定、可持续发展，人们的生活就会更加美好"。

2018年7月17日，配合全国食品安全宣传周活动，孙宝国院士亲临中国科技馆举办科普讲座，为公众讲解食品安全科学知识。亲身感受了孙院士对科普工作的痴迷，对普及食品添加剂科学知识的不遗余力，我不禁感慨万分，遂作藏头诗一首，以表尊敬之情、敬佩之意。

孙郎专事精化工，宝剑出鞘展芒锋。

国重民生食足富，院攻添剂味香浓。

士破难题丰成果，科解疑惑多启蒙。

普及知识惠公众，情至深处成网红。

注：本文刊载于2018年7月20日《科普时报》"青诗白话"栏目。

科学艺术益相彰

一大早，好友刘合就给我发来了他在南方出差拍摄到的"蝶恋花"图片。外出摄影，并发给朋友分享，这是刘老师几乎每天清晨都要做的功课，当人们还沉睡在梦中，他已映着晨曦完成了镜头艺术创作，回到家里开始洗漱、吃饭，准备上班。

看到这些摄影美图，你要是以为刘合是一位职业摄影艺术家，那就大错特错了。

刘合是我国采油工程领域的重要领军人物，这位中国工程院院士在科技领域可谓功勋卓著：创建了采油工程技术与管理"持续融合"工程管理模式，攻克了精细分层注水、油气储层增产改造等一系列采油工程关键技术，解决了尾矿资源最大化利用和低品位储量规模效益开发等重大难题，先后荣获国家科技进步奖特等奖1项、二等奖3项，国家技术发明二等奖1项。

这样一位在科技领域响当当的人物，在摄影界同样声名震耳。这不，2022年他刚出版了《科学之光　艺术之影——刘合摄影作品集》，2023年又应邀出任北京公益摄影协会名誉主席。

尽管科学研究与摄影艺术看似风马牛不相及，但在刘合院士看来，二者在本源上并没有严格的界线。科学研究重在探索自然世界奥秘，旨在破解未知、了解真相、寻求真理、发现规律；摄影是一门通过光学镜头用眼睛来观察世界、探寻自然的艺术，重在精神文化创意，贵在塑造人类灵魂，二者在本质上是相近、相通的，都是求真、求善、求美。

正是基于这样的认识，紧张的科研工作之余，刘合爱上了摄影。石油工地最常见的抽油机和距离居所最近的颐和园，成为他拍摄的两大主题。当然，上下班路上和出差途中见到的花开、叶落、云升、霞隐、鸟飞、蝶舞……也都能成为他镜头捕捉的对象。

当科学遇见艺术，对刘合来说，两者可谓佳偶天成。抽油机，是他情之所钟、情有独钟的一世"情人"；颐和园，则是他相见恨晚、一见倾心的半生

"爱侣"。

"不会吹长笛的教授不是好院士。"这么一句别扭的话，用来褒赞管晓宏院士，在西安交通大学和中央音乐学院的学生看来，却是再合适不过了。

身为中国科学院院士、著名系统工程学家的管晓宏还兼任中央音乐学院教授、博士生导师；作为在全国高校巡演的"艺术与科学的交汇"系列音乐会策划人，以及该音乐会上的长笛演奏家，管晓宏的真实身份却是西安交通大学电子与信息学部主任、智能网络与网络安全教育部重点实验室首席科学家。

2021年12月19日，在西安召开的"首届文化遗产与科学、艺术高峰论坛"上，我邀请管晓宏院士专门做了题为《艺术与科学的交汇促进艺术与科学的共同发展》的主旨报告。在管院士看来："艺术思维与科学思维相互影响、相互促进，音乐艺术蕴含可遵循的科学规律，艺术思维启发科学想象力和科技创新。"

管老师说这话是有充分科学依据的，他相信音乐中的规律是可以用科学的方法来认识和表达的，并把这项对音乐的研究看作复杂性科学研究的内容之一。针对音乐旋律的幂律关系，管院士提出了两个科学问题：第一个问题旨在探索音乐旋律为什么服从幂律关，第二个问题是没有受过专业音乐训练的人为什么也喜欢优美的音乐旋律。

为此，管晓宏带领研究团队用根据作曲理论建立的数学模型解决了第一个问题，并发现了音乐旋律的三个数学特征。至于第二个问题，管老师提出了假说：符合旋律变化和幂律关系的音乐更能使人产生愉悦感。这一假说需要脑科学、生物医学予以实验验证。目前，管院士团队正在与中央音乐学院音乐团队、清华大学脑科学团队等合作，承担了国家自然科学基金交叉学部的重大项目，共同研究这个有可能影响音乐智能量化、脑科学认知和音乐创作等方向的极为有趣的问题。

这还不算完。2023年5月29日，由管晓宏院士担任AI（人工智能）技术总监，中央音乐学院院长俞峰教授担任艺术总监的一场名为《面向未来：电子音乐与AI的交响》音乐会在中央音乐学院歌剧音乐厅举行，这是国内首场深度融合AIGC（生成式人工智能）、3D音频、脑科学等前沿科技的音乐会。

这是艺术与高新技术完美结合的高水平演出。现场座无虚席，掌声、喝彩声不绝于耳。

当艺术邂逅科学，对管晓宏来说，两者可谓天作之合。人工智能时代来临，未来的音乐将会是一种什么样的模式？当音乐进入人工智能时代，我们应该怎样理解和接受？下次见到管老师，我想向他请教这些问题。

欣赏刘合老师拍摄的"蝶恋花"美图，聆听管晓宏老师演奏的长笛光碟，无限遐想，不胜感慨，有感于斯，谨填《浪淘沙令》词一首，以表情怀。

蝶舞探芬芳，喜气洋洋。林幽鸟静醉花香。红绿鲜活心赏悦，诗翼飞张。

笛奏沐悠扬，院士担纲，科学艺术益相彰。人类未来欣展望，美乐华章。

注：本文刊载于2023年12月8日《科普时报》"青诗白话"栏目，原标题为《科学家跨界"玩"艺术》。

新型流感现原形

2019年4月30日，美国科学院公布了新增院士和外籍院士名单，中国疾病预防控制中心主任、国家自然科学基金委员会副主任、中国科学院微生物研究所研究员高福入选外籍院士。在这之前，他还先后入选中国科学院院士、第三世界科学院院士、爱丁堡皇家学会外籍院士和非洲科学院院士，已是享誉世界的病原微生物与免疫学家。作为朋友，我为他感到由衷的高兴。

高福院士主要从事病原微生物跨宿主传播、感染机制与宿主细胞免疫研究，以及公共卫生政策与全球健康策略研究。更精确地说，他重点研究病原微生物跨种间传播机制与分子免疫学，揭示了包括流感病毒、冠状病毒等在内的重要囊膜病毒的侵入、融合及释放机制，重要病原跨宿主传播与致病机制，尤其是H5N1甲型流感病毒和H7N9禽流感病毒突破种间屏障的生态学与分子机制，CD8等重要免疫分子受体与配体的互作机制，以及流感等重要病原细胞免疫机制。我和高福院士的相识相交就缘于他所重点研究的动物源性流感病毒。

2009年4月上旬，时任中国科学院常务副院长的白春礼院士带队前往珠三角地区调研，我有幸和高福等专家学者一道参加调研。一天早晨，我们在广州白云宾馆外散步，聊到了头天晚上电视里播放的一则新闻：北美地区发生人感染H1N1"猪流感"疫情，且呈暴发蔓延态势。于是，自2003年SARS（非典型肺炎病毒）大暴发后，全世界关注的目光再次聚焦到动物源性流感病毒上。就动物流感病毒是否已具备引起人类疫情暴发的能力，新的一场大的人流感疫情是否会暴发等问题，我向高福院士请教，并约他给我当时供职的《科技导报》撰稿，他很爽快地就答应了。

回到北京后，见一个礼拜没动静，我就开始不停地向高福院士催稿。那时，高福院士刚卸任中国科学院微生物研究所所长，改任北京生命科学研究院（筹）副院长，与康乐院士一道负责组建工作，同时还担任中国科学院病原微生物与免疫学重点实验室主任，可谓管理繁杂、科研繁重、工作繁忙，只能抽空组织撰写这篇专稿。尽管如此，5月上旬，他还是如期递交了名为《动物源性流感病毒与人流感流行》的综述论文。我遂将该文刊登在当年第9期《科技导报》上，并在封面专门推介。

这篇综述论文分析、总结了历史上人流感疫情的暴发情况，动物流感病毒感染人事件的发生情况和流行病学特点，以及人流感疫情的发生与动物流感病毒之间的关系，对指导人们积极主动预防控制、从容面对这场突如其来的疫情作用重大。为了便于人们准确理解，科学反映这次流感情况，高福院士研究团队建议将"猪流感"改称"北美流感"或"墨西哥流感"；世界卫生组织最终定名为"甲型H1N1流感"，契合了高福团队的更名意图。论文发表后，引起广泛好评，《新华文摘》随后全文转载。

有了这次完满的合作，我和高福院士的交往更加密切。2010年4月，我调任科学普及出版社社长后，开始了与他在科普图书出版方面的合作。2013年出版的《人感染H7N9禽流感公众防护问答》这本科普图书，得到了他的指导和支持。2014年，埃博拉出血热在西非暴发，发病率和死亡率均创历史最高，世界卫生组织宣布这起疫情已构成"国际公共卫生紧急事件"。当时，高福院士已调到中国疾病预防控制中心担任领导职务，在构筑中国疾病预防控制和公共卫生应急体系方面肩负起了更大的责任。我第一时间向他约稿，他在最短时间内组织编写了科普图书《埃博拉出血热公众防护问答》，并亲自审定全部稿件，为图书作序，还积极宣传推荐，为普及埃博拉出血热知识、构筑该疫情防控体系做出了重要贡献。

2015年我调离科学普及出版社后，留下了高福院士这一重要的作者资源。针对2015年国外先后大范围暴发中东呼吸综合征和寨卡病毒病，高福院士两次在极短时间内组织力量，先后为科学普及出版社编写了《中东呼吸综合征公众防护问答》《寨卡病毒病公众防护问答》两本科普图书。2019年2月，他与别人合著的反映人类与流感病毒对抗发展历史的科普图书《流感病毒：躲也躲不过的敌人》，又经科学普及出版社出版。这些年来，他还利用业余时间致力于科普宣传工作，激励青少年创新创造，并连续多年入选"中国年度十大科技创新人物"。

可以说，只要有新型流感病毒出现，我们马上就能看到高福院士活跃的身影。有感于老朋友在流感病毒等研究领域做出的杰出贡献，以及对我工作和生活的一贯支持，2017年新年伊始，我特作藏头诗一首，以表敬意和谢意。

高倍显微辨毒理，福至病移破奥秘。
教研精深追前沿，授学博透解要义。
新型流感现原形，年陈寨卡分离析。
快意科普强素质，乐励青年争第一。

注：本文刊载于2019年5月17日《科普时报》"青诗白话"栏目。

第二篇
贤哲述评

精神遗产永存留

钱学森，这是一个如雷贯耳的名字，相信每个青少年都不会感到陌生。

为庆祝建党100周年、纪念钱学森诞辰110周年，人民邮电出版社于2021年10月出版了《科学与忠诚——钱学森的人生答案》（以下简称《科学与忠诚》）。作者吕成冬副研究馆员在博考新发现的档案文献材料、大量重读现有史料、认真解读历史照片的基础上，以传记文学形式，从人生信仰、科技贡献、治学方法、理论探索以及个人思想历程等维度，生动讲述了钱学森为国家命运和民族前途拼搏奋斗的感人故事。

钱学森院士是享誉世界的空气动力学家、系统科学家、战略科学家，1911年12月11日出生于上海，1934年毕业于上海交通大学，1935年赴美国学习、研究航空工程和空气动力学，1938年在美获博士学位；1955年回国后，历任中国科学院力学研究所所长，国防部第五研究院院长，第七机械工业部副部长，国防科学技术委员会副主任，中国科协主席、名誉主席等职；2009年10月31日因病逝世，享年98岁。

科学与忠诚，是钱学森的人生答卷。《科学与忠诚》一书真实地展现了以钱学森为代表的中国科技工作者群体根植于心底的家国情怀，以及科学理性地对人民忠诚、对党忠诚、对国家忠诚的迷人风采。

钱学森对人民有着深厚的感情和无私的大爱。《科学与忠诚》记载：1948年，钱学森在撰写那篇影响力极大的《工程和工程科学》论文时，专门引用了美国著名化学家、物理学家，诺贝尔化学奖获得者哈罗德·克莱顿·尤里的一句名言作为结束语："我们希望从人们生活中消灭苦役、不安和贫困，带给他们喜悦、悠闲和美丽。"1955年离美归国，他在接受《洛杉矶时报》记者采访时表示："当我回到祖国时，我将竭力和中国人民一道建设自己的国家，使我的同胞能过上有尊严的幸福生活。"

《科学与忠诚》用生动的故事诠释了钱学森一心为人民的初心、使命。正是为了兑现"使我的同胞能过上有尊严的幸福生活"这一诺言。回到祖国后，钱学森用尽一生奋斗、拼搏，殚精竭虑科教兴国，夙兴夜寐为国育才，废寝忘食为人民治学，把聪明才智无私地奉献给了人民。在他看来，唯有人民的满意才是"最高奖赏"。

科学无国界，但科学家有祖国。钱学森将个人事业融入国家命运和民族前途之中，彰显了他对祖国最大的忠诚。《科学与忠诚》用多个章节描写了钱学森创立工程控制理论的经过。钱学森曾这样解释自己为什么选择研究这类重大前沿科技问题："我研究这些东西的动机有两个：第一，我要用自己的行动来证明帝国主义者对中国人的看法是错误的。他们总爱说中国人搞工程技术不行。所以，什么是世界上最新的科学技术，我就研究什么，而且要研究得比他们更好。第二，我认为中国总有一天要翻身。翻身后要实行工业化，必须用最新的科学技术来加快工业化速度，因为时代不同啦！"

早在20世纪40年代，钱学森就已经是航空航天领域最为杰出的科学家之一。为了阻挠钱学森回到新生的红色中国，美国海军次长丹尼·金布尔曾这样评价他的作用："无论走到哪里，钱学森都值五个师。"但是，即使在外人看来如此功成名就、锦衣玉食，钱学森仍义无反顾地冲破美国政府重重阻挠回国效力。作为"中国导弹之父"、中国航天事业奠基人、"两弹一星"元勋，钱学森献身国防，立志报国、兴国、强军，成就了"两弹一星"伟业，为中国火箭、导弹和航天事业以及科技教育事业发展做出了不可磨灭的贡献。

钱学森去世后，讣告开篇便是"中国共产党的优秀党员，忠诚的共产主义战士"，覆盖在他遗体上的也是一面鲜红的党旗。在钱学森心中，占据首要位置的永远是中国共产党党员这一身份。《科学与忠诚》第四章《忠诚于共产党员的信仰》重点讲述了他从一名爱国学生成长为坚定的共产主义者的心路历程，给读者以深刻启迪。

钱学森出生于一个爱国知识分子家庭，倡导教育救国思想的父亲对他的人生选择无疑影响重大。但是，作为一名伟大的科学家，钱学森更多的是基于科学理性来选择自己的人生道路。读大学期间，他就阅读了大量进步书刊，"觉得要中国能得救，要世界能够大同，只有靠共产党"。在美求学期间，他积极加入加州理工学院马列主义学习小组，学习了包括恩格斯《反杜林论》在内的一系列马克思主义著述，多次现场聆听时任美国共产党总书记白劳德的演讲。1955年回国，1958年他就向党组织提交了入党申请书，并于翌年成为中共预备党员，立下了"一朝入党，终身为党为人民"的誓言。

阅读第十八章《与马克思的"对话"》，可知钱学森能成为一名信仰坚定的共产党员是以坚实的马克思主义理论做根底的。钱学森藏书丰富，"他的藏书包括《共产党宣言》《国家与革命》《路德维希·费尔巴哈和德国古典哲学的终结》《自然辩证法》《列宁主义问题》《法兰西内战》《反杜林论》等"。1987年，时任中国科协主席的他率代表团访问英国，还专门到位于伦敦海格特公墓的马克思墓前瞻仰并敬献鲜花。

诚如《科学与忠诚》"前言"所总结："这是一本以翔实史料为基础，经过甄别、考证和研究之后创作的非虚构作品""一本以个人思想历程为故事线，突出钱学森不断通过学术创新绘制个人思想坐标和构建个人思想体系的传记""一本以钱学森为典型人物，阐述科学家精神内涵与外延的精神读物""一本以中国共产党历史为时代背景，描写一个中国共产党党员为党的事业而奋斗拼搏的生动读物。"以钱学森为代表的老一辈科学家，他们的人生理想和价值追求与时代召唤相呼应，与民族命运紧密相连，与人民呼声相契合，从而能够不断焕发出惊人的创新能量，持续喷薄出无限的创造生机。他们为当代青少年人生选择、价值追求和奋斗目标提供了鲜活的效仿样本。

《科学与忠诚》一经出版立获好评，次月就登上"中国好书"月度榜单，随后入选《中国新闻出版广电报》月度优秀畅销书榜和中宣部出版局"书映百年伟业"好书荐读月度书单，以及"新华荐书"的推荐图书名单。拜读全书，受益良多，掩卷沉思，感慨万分，填《浣溪沙》词一首，以表情怀。

热血一腔献九州，国强民富志欣酬，忠诚为党颂咏讴。

巨擘科学彰典范，精神遗产永存留。人生无愧耀春秋。

注：本文刊载于2022年第2期《中国科技教育》"开卷有益"栏目。

埋名隐姓愿欣酬

中国的氢弹是在拥核国家的关键技术封锁下，完全凭自己的努力研制成功的，而那位在中国氢弹原理突破中解决了一系列基础问题，提出了从原理到构形基本完整的设想，并起到关键作用的科学家，就是被誉为"中国氢弹之父"的于敏院士。拜读了湖南科学技术出版社2023年2月出版的《于敏：隐身为国铸核盾》（以下简称《于敏》），让我不由对这位隐姓埋名长达28年的共和国英雄肃然起敬。

这是一部全面反映于敏院士传奇人生的青少年读物。于敏是著名的核物理学家，"共和国勋章"获得者，长期领导并参加原子核理论研究，填补了我国原子核理论的空白，为氢弹研制理论突破做出了卓越贡献。《于敏》一书共24章，讲述了于敏传奇、绚烂、高光的人生历程：少年"立志科学救国""文理通达兼修"；青年"孜孜求学北大""数学物理双优"；在中国科学院近代物理所工作，成为"出类拔萃的人"；后来"转入国家任务""开展多路探索""深入研究机理"，最终氢弹研制"百日会战功成""巨龙腾飞惊世"。功成名就后的于敏，继续"勇担时代重任"，开展新一代国防尖端武器预研；"联名建言中央"，加快国防尖端科技事业发展进程；他"无私提携后进""悉心指导学生"。作为"揭秘氢弹之人"，他"此生心系国防"，一辈子从事"高新技术研究""科学严谨求实""无愧中国脊梁"；当然，"人民不会忘记"他。

据悉，这是市面上第一部全面反映于敏院士传奇人生的青少年读物，首次揭秘了于敏从旧社会一个普通家庭孩子成长为共和国脊梁的拼搏、奋斗经历。《于敏》是《"共和国勋章"获得者的故事》丛书的分册之一，丛书旨在用讲故事的形式，将于敏等9位"共和国勋章"获得者的人生重大节点、感人事迹、高光时刻、重大贡献和所获荣誉串联起来，为青少年提供阅读体验、获得人生感悟。诚如丛书主编武向平院士所言："青少年可从这些英雄模范人物身上汲取不平凡的力量，热爱科学，爱岗敬业，担当作为，从点滴做起，把平凡的事做好，获得不平凡的人生，长大后努力为党、为国、为民多做贡献。"

这是一部彰显中国"氢弹之父"探索与创新、突破与超越精神风范的科普图书。在中国研制核武器的权威物理学家中，于敏几乎是唯一一个未曾出国留过学的人，完全是中国自己培养出来的专家，许多国内外一流科学家冠之于他"国产土专家"称号，未尝不是对于敏个人才华的赞美与肯定。《于敏》一书通过解读于敏院士在平凡中成就伟大事业的成功密码，彰显了他不懈奋斗、勇于探索、开拓创新的科学精神，以及"淡泊以明志、宁静以致远"的高尚品格，引导青少年从中获得教益、受到启发、得到激励。

于敏原本在北京大学工学院学习，读大二时，他谢绝了同学父亲的资助，改学自己喜爱的理论物理专业，为之后从事核物理理论研究奠定了坚实的基础。他肯钻研，"碰到有难度的学习内容，他的方法是反复研读，反复琢磨，一本《电磁学》不知道被他翻阅了多少遍。他不放过任何一个疑点，但凡觉得有知识点要深入探究，他就到图书馆借阅相关图书认真地学习"。他"咬住青山不放松"，曾一心一意从事原子核理论研究近10年，带领研究小组取得了具有国际一流水平的成绩。

于敏十分重视实验研究，注意通过观察实验结果，分析相关的物理现象，据此总结有关物理规律，从而有所发现、有所创新。他善于抓住物理的本质，分析物理问题时总是从物理量纲入手，估计数量级大小，因此很快就能抓住事物的本质，并栩栩如生地描绘出物理过程。书中给出了于敏坚持真理、不畏权势、实事求是的生动事例。1970年，在青海核武器研制基地，于敏领导的研究团队三次重要的冷试验都没有获得满意结果，上级领导严令团队严肃对待，按照他们的意图表态发言，否则就不让"过关"，并将作为反面典型批判。于敏秉持实事求是的工作态度，坚持原有的理论方案只需在技术上进行修改。上级领导很不满意，要求于敏深挖意识形态上的问题。于敏被逼急了，拍案而起，厉声说道："我讲的话完全是实事求是，完全遵从科学规律，要我违背科学说话，那是绝不可能的！"铮铮铁骨，学者风范，令人肃然起敬。

这是一部集思想性、科学性、文学性于一体的励志图书。《于敏》的作者吴明静女士曾与于敏院士共过事，她长期从事科学家口述访谈和科技发展史研究工作，承担过于敏、邓稼先、周光召等"两弹一星"元勋的学术资料采集工程课题，对于敏院士的生平和事迹十分了解，是于敏传记的不二人选。她善于用一个个动人的故事展现于敏的优秀品格和崇高精神，给青少年的成长和发展予以教育、引领和示范，帮助青少年系好人生"第一粒扣子"，激励他们向往并努力追求人生的"第一枚勋章"，绽放真正属于自己的青春华彩。

书中描写了于敏服从国家需要，两次转行的感人故事，彰显了他服务国家、顾全大局、无私奉献的高尚情操。1961年1月，钱三强先生约谈于敏，直截了当地告诉他："国家希望你参加氢弹理论的预先研究！"于敏意识到：一旦转向氢弹研究，自己就要放弃正在从事且已经看到重大突破曙光的原子核理论研究，且从此再也不能公开发表论文、自由地参加学术活动，必须隐姓埋名，在学术上销声匿迹。于敏没有犹豫，欣然接受了时代赋予他的光荣使命，郑重表示："为了国家利益，我个人的一切都可以舍弃掉！"

《于敏》一书语言朴实、文笔优美、插图生动，在作者笔下，于敏院士文理兼修、多才多艺，古典文学和京剧艺术造诣极高，经典文学名篇随口就能吟诵，对京剧大家和门派的风格、特点如数家珍。读到动情之处，能让人会心莞尔一笑。书后附有"大事年表"，高度概括了于敏的光辉人生；"知识窗口"对文中所涉"裂变反应""聚变反应"等专业名词予以通俗释义，让人获益良多。

掩卷沉思，感触万千，元勋已逝，风范长存，特填《喜迁莺》词一首，以表对"氢弹之父"于敏院士的敬仰之情。

少年志，欲何求，发奋固金瓯。拼将才智解国忧，科海探核游。

倾身心，研氢弹，一爆五洲震撼。埋名隐姓愿欣酬，殊功耀千秋。

注：本文刊载于2023年第4期《中国科技教育》"开卷有益"栏目。

一代师表栋梁英

《大地之梁——梁希传》（以下简称《大地之梁》）于2021年11月由浙江科学技术出版社出版，这是科普作家季良纲先生创作的第二部科技人物传记，上一部《科普年华——联合国"卡林加科普奖"获得者李象益》于2018年由科学普及出版社出版，两部图书都受到了业界好评，其创作经验值得总结、借鉴。

一是立体写人，纵向写史。梁希先生1883年12月28日出生于浙江省吴兴县，早年曾留学日本、德国，先后在国立北京农业专门学校、浙江大学、国立中央大学任教，长期从事林产化学方面的教学与研究，1955年当选中国科学院学部委员。他是中国科学工作者协会、九三学社、中国林学会等社会组织的主要发起人，新中国首任林垦部部长，曾任九三学社中委会副主席、中华全国科学技术普及协会主席、中国林学会理事长、中国农学会理事长、中国科协副主席等党派和社团组织领导职务，是杰出的林学家、教育家和社会活动家，也是中国近代林学开拓者、新中国林业事业奠基人、新中国科普工作领路人。

《大地之梁》是关于梁希个人的传记，全书共14章，每章对应于梁希人生不同阶段所充当的社会角色和主要从事的工作以及做出的主要成就。诚如作者在"写在前面的话"中所言："梁希的一生，历经清末革命、民国创立、北洋政府、国民政府、中华人民共和国等历史阶段，从一介书生到政府高官，历经乡绅子弟、晚清秀才、武备军人、大学教授、林学专家、学会理事、民主人士、党派领袖、政府部长等多种身份和多种社会角色的转换，不平凡的生活学习、教育科研经历，心怀美好理想的长期探索，映照着'跨越两个世代'的知识分子的独特人生。"因此，《大地之梁》不仅书写了梁希从武备救国、科学救国到爱国奉献、责任担当的辉煌人生，塑造了他毕生从事林业科学教育的丰满的科学家形象，彰显了中国知识分子独有的家国情怀。而且，因梁希与中国现代史上的许多重大事件、重要人物、重大活动有着千丝万缕的联系，传记勾勒了他所处的时代背景，展现他在历史大潮中的思想演变，挖掘他在特定时代、特定环境、特定事件进程中的价值和作用，为读者奉献了一部鲜活的社会进步史、思想发展史、科技教育史，可谓立体写人，纵向写史。

二是**聚焦科技，落笔人文**。《大地之梁》虽然写的是科技人物，但着笔却充满人文意味。除书名"大地之梁"别有深意外，全书每一章都以"嘉木名诗"开篇，精心选取一种名木，并配一首描写该名木的诗词作为引子，同时以"林人树语"解读名木所蕴含的寓意，可谓别开生面、别具特色、别有意境。如第一章"书香少年"选的是"树中珍品"银杏，配以宋代文人葛绍体《晨兴书所见》七绝："等闲日月任西东，不管霜风著鬓蓬。满地翻黄银杏叶，忽惊天地告成功。"通过名木、名诗诠释生命的盛衰过程，描写四季的变化更替，为梁希日后的成长、发展做铺垫，给人以珍惜时光、不负光阴的启迪。全书通篇紧扣一个"林"字，很好地体现了该书作为林业科学家梁希传记的特色，以及林业科普读物的特点。

梁希喜欢写诗，人称"森林诗人"，常常以诗记事、抒情，"一路行来一路诗"，是一位非常有诗意、有情怀、有人文底蕴的科学家。作者特意设立"森林诗人"一章，解读梁希的主要诗作，彰显他对森林、林产和林业教育及科研的深厚感情，增进读者对他诗意人生的理解，让读者领悟文学底蕴、人文情怀和文化浸润对一个人的全面发展所起到的重要作用。

三是**删繁就简，细处铸魂**。梁希的一生是热爱祖国、热爱科学、热爱林业、热爱教育的一生，可谓经历丰富、征程曲折、事业辉煌、人生精彩，可书可写的内容非常多。作者善于提纲挈领、删繁就简、采撷精华，谋篇布局"追梦林人""林化先驱""林学名家""学会掌门""九三领袖""民主教授""政府部长""科普名家"和"一代师表"等章节，都突出了梁希作为林学科学家、林业教育家、新中国林垦部长、社会活动家这四个最重要的角色，用有限的篇幅构筑起了一个丰满、立体、全面、真实、可信的科学家人物形象。

作者注重实地观察，善于发掘史料，通过细节描写来丰富全书的脉络、主线，营造传记的人文氛围，彰显传主的性格品行。图书开篇描写了梁希故居老宅仅存的一棵银杏树，讲述了梁希童年的生活趣事；书末《附件》收录散文《一棵银杏联想》，记述这棵银杏树的来历、现状及参观者的感悟。一株银杏，前后出现，首尾呼应，突出"林"字主题，贯穿全书主旨，足见作者用心之良苦。

为了彰显梁希作为科学家求真务实的品德、作为政府官员顾全大局的操守，"政府部长"一章详细记述了梁希在黄河三门峡水利建设工程决策过程中的态度。他认为，在泥沙送河问题没有得到有效解决之前，在水情最为复杂、最为凶险的黄河中游建造大坝，失败是必然的，其观点鲜明，态度坚决。但是，一旦中央确定了工程建设方案，他又能以国家利益为重，保留个人意见，积极配合，尽力补救，积极倡导在黄河上游植树造林，建设西北防护林。

四是尊重历史，合理想象。人物传记必须尊重历史，需要在浩如烟海的史料中认真辨析、去伪存真，对史料中记述不全或与历史不尽相符之处，季良纲采取认真考证、适度存疑的态度，既如实记载，又给读者和相关研究者留下思考、探究空间。梁希1906年被选送日本留学，最初在日本士官学校念书，有资料记述他在那儿"学习海军"。季良纲查阅了大量资料后，发现那个时期的日本士官学校只培养陆军军官，设有步兵、炮兵、骑兵等科，并没有海军科，故予以纠正。

在基于事实和史料的基础上，作者对梁希在重要人生转折关头或重大历史事件中的思绪和心境，做了合理的想象描写，使得传记更加生动、亲切。例如，1916年在从日本东京帝国大学农学部林学专业学成回国的远轮上，1943年在周恩来等人在重庆新华日报社驻地为他60大寿的寿宴上，1945年在毛泽东主席赴重庆谈判时会见包括他在内的民主党派人士座谈会上，作者结合在场人员的回忆等资料，都对梁希在上述情境下的心理感受进行了适度的描写，使得人物形象更具感染力。

作为曾多年从事科普工作的同人，喜读季良纲的《大地之梁》，多有感慨，特填《画堂春》词一首，以表情怀。

江南望郡栋梁丁，青春热血国倾。育林兴会普科行。一代师英。
传记平生书就，浓情翰墨盈萦。精神不朽品德晶。青史垂名。

注：本文刊载于2023年第2期《中国科技教育》"开卷有益"栏目。

国士无双伍德隆

2019年11月12日，北京媒体公开报道，内蒙古自治区锡林郭勒盟苏尼特左旗2人经专家会诊，被诊断为肺鼠疫确诊病例，遂转至北京市朝阳区相关医疗机构并得到妥善救治。消息一经披露，立刻引起公众高度关注。16日，为解除民众担忧，媒体又发布消息，称目前一名患者病情相对稳定，另一名危重患者病情出现反复，正在进行对症治疗，同时强调目前全市无新增鼠疫病例。

肺鼠疫为鼠疫的一种，鼠疫与霍乱一道被《中华人民共和国传染病防治法》列为甲类传染病。肺鼠疫可通过飞沫传播，临床症状主要表现为畏寒高热、头痛胸痛、呼吸急促、嘴唇发紫、咳嗽等，具有潜伏期短、起病急、传染快、死亡率高等特点。感染肺鼠疫后，患者若得不到及时有效的治疗，常因心力衰竭、出血、休克而在2~3天内死亡。

鼠疫在历史上曾有过三次大暴发，其中最近的一次就发生在中国。1910年10月，肺鼠疫从西伯利亚传至中国东北；当月26日，第一例病例报告出现在满洲里；27日，哈尔滨被肺鼠疫攻克，随后蔓延至长春、沈阳；11月15日，疫情最严重的哈尔滨傅家甸被隔离；到了12月，东北地区疫情"如水泻地，似火燎燃""死尸所在枕藉，形状尤为惨然"。此时，整个东北地区人心恐慌，人们四处逃亡。

我们应该记住这样一个人，他就是时任天津陆军军医学堂副监督的伍连德博士。年仅31岁的伍连德受命于危难之际，被朝廷任命为全权总医官，派往东北疫区开展防治工作，用了不到两个月的时间，就彻底消灭了肺鼠疫，成功控制住了疫情。

2010年4月，我调任科学普及出版社暨中国科学技术出版社社长兼党委书记。这一年正值东北抗击肺鼠疫100周年，出版社的肖叶副总编辑策划出版了《发现伍连德——诺贝尔奖候选人华人第一人》（以下简称《发现伍连德》）一书，使我对伍连德这个之前完全陌生的人物，以及他在100年前那场惊心动魄的抗击肺鼠疫战斗中所建立的丰功伟绩有了全面的了解。

到达东北后，伍连德深入疫区，凭借高超的医术和过人的胆识，实施了一系列惊世骇俗的防疫、治疫创举：第一次打破国人禁忌解剖尸体，从而准确判断出疫情为肺鼠疫；第一次提出肺鼠疫主要通过飞沫传播，并发明了用于防疫的加厚口罩；主持了中国首次大规模的对瘟疫死者尸体的焚烧；第一次通过隔离病患接触者、调动军队封城来阻断疫情的扩散……

读到这些惊心动魄、惊神泣鬼的感人故事，禁不住要为敢为人先、舍生忘死的伍连德博士赋诗叫好。

死亡恐怖罩冰城，无人知晓是鼠瘟。

水银泻地染病快，星火燎原传播疯。

临危受命判疫准，涉禁担责施爱浓。

高超医术解危局，国士无双伍德隆。

2010年9月21日，《发现伍连德》新书出版首发式暨新闻发布会在北京大学人民医院举行。在这所当年SARS疫情最为严重医院的"伍连德讲堂"里，我在致辞中发出了如下感慨："我们都经历过2003年的SARS疫情，感受过由此带来的万人空巷的恐慌，完全能够想见伍连德博士当时所面临的是什么样的危局，遇到的是何等的困难。伍连德对肺鼠疫传播途径的准确判断以及及时隔离病人的举措，挑战了当时日本、法国、俄罗斯医学同行的权威；他为探究病理而对染病死亡者尸体进行解剖，为阻断疫情而焚烧全部感染致死者尸体，都

冒犯了当时中国的民俗禁忌。这些所作所为不仅需要创新的智慧、无比的勇气,更需要博大的胸怀、悲天悯人的大爱,以及舍生忘死的职业道德。"

我们应该记住伍连德,还因为他对中国乃至全人类的防疫工作以及医学事业发展做出的巨大贡献。东北疫情危机解除后,他不仅在中国主持召开了万国鼠疫研究会议,还通过不竭努力使中国收回了海关检疫主权。他在全国范围内不遗余力地主持兴办检疫所、医院、研究所,还创办了医学高等学校(哈尔滨医科大学前身),与同道共同发起建立了中华医学会,创办了《中华医学杂志》等医学刊物。1935年,伍连德获诺贝尔生理学或医学奖候选人提名,成为中国历史上最早被提名诺贝尔奖候选人的科学家。

肺鼠疫虽然恐怖,致死率极高,但今天中国的医疗条件和防护措施已经能够很好地控制疫情的扩散与传播。据媒体报道,2014年7月,甘肃省玉门市曾有过鼠疫暴发,151位密切接触者被隔离观察,虽有1人因患鼠疫死亡,但因医疗管控、防治措施得力有效,疫情很快得以平息。这次北京接受外地疫情患者,市疾病预防控制中心为此专门发布公告安定人心:"北京不是鼠疫自然疫源地,经过多年监测从未发现鼠间和人间疫情,发生本地鼠疫病例的风险极低。因此,市民不要为此感到恐慌,但有必要了解有关鼠疫的防控知识。"

这正是:

久绝鼠疫今又闻,防范把控众志城。
疫情知识勤科普,不必蛇影惊杯弓。

注:本文刊载于2019年11月22日《科普时报》"青诗白话"栏目。

淦星闪耀照寰球

2018年12月10日，这一天是著名核物理学家、"两弹一星"元勋王淦昌院士逝世20周年纪念日。15年前，也即2003年9月，在中国物理学会第八届全国会员代表大会上，一颗由中国科学院国家天文台于1997年11月19日发现、国际永久编号为14558的小行星，经国际天文学联合会小天体命名委员会批准，被正式命名为"王淦昌星"。

小行星是太阳系内类似行星环绕太阳运动，但体积和质量都比行星小得多的天体。这些天体不能清空其轨道附近区域，且主要集中在火星和木星之间的小行星带之中。自1801年1月1日意大利天文学家朱塞普·皮亚齐在西西里岛巴勒莫天文台发现第一颗小行星，至今人们已在太阳系内发现了大约127万颗小行星。

小行星的正式命名由两部分组成：国际永久编号和名字。今天，当观测者发现了一颗"新"的小行星，国际天文学联合会将首先授予这个天体一个暂定的编号，以便通过进一步的观测来确定它究竟是不是新发现的天体。当一颗小行星在至少4次回归中被观测到，其轨道又能够被非常精确地确定时，将得到国际天文学联合会小行星中心给它的一个国际永久编号。小行星的命名权通常属于它的发现者，小天体命名委员会一般根据发现者的提议来命名。对于已获得国际永久编号的小行星，发现者有权在编号后的10年内为它提出一个名字用于命名，并报小行星命名委员会审核批准。小行星中心每月都在其出版的《小行星公告》上，公布最新获得命名的小行星。

小行星的命名是天文学界赋予其发现者个人的一种权利，也是对发现者为天文学所做贡献的一种奖励。早期人们喜欢用希腊或罗马神话中女神的名字为小行星命名，女神名字不够用后，遂改用人名、地名、花名乃至机构名缩写来命名。对于一些国际永久编号为1000的倍数的小行星，人们通常以特别重要的人和物来命名，如1000 皮亚齐、3000 达·芬奇、6000联合国、8000 牛顿等。据不完全统计，以中国科学家命名的小行星目前大约有100颗，王淦昌先生就是其中之一。

作为一名杰出的科学家,王淦昌先生终身醉心于自己所钟情的科学事业。青年时期,仅仅通过在理论上提出验证中微子存在的实验方案,发现世界上第一个荷电负超子——反西格玛负超子,王淦昌就奠定了自己在国际物理学领域的牢固地位。晚年,他最早提出了激光惯性约束核聚变概念的雏形;与王大珩、杨嘉墀、陈芳允共同提出发展我国高技术("863计划")建议,更是彰显了他作为战略科学家的审时度势和远见卓识。

《中国核工业报》原副总编辑常甲辰讲述的王淦昌先生的两个科研小故事,令我印象深刻。一个是有关"变子"的故事:20世纪50年代初期,王淦昌与苏联科学家合作,质疑对方仅凭一个电信号就断言发现了一种新粒子——"变子",并明确表示这样的"发现"靠不住。事实证明王老判断正确。第二个是有关"第一粒子"的故事。还是和苏联科学家合作探测基本粒子,两国科学家在一张胶片上发现有一个很长的粒子的轨迹,于是,苏联科学家急于宣布发现了新的粒子,甚至打算命名为"第一粒子"。王淦昌则非常冷静,他认为发现新粒子的证据不充分,很可能是某种介子的反应,需要进一步分析、计算。最后证明这确实是一种介子的反应。在当时中国正"一边倒"全面学习苏联的情形下,王淦昌实事求是的科学精神和非凡的政治勇气实在令人钦佩。

作为中国核科学的奠基人和开拓者之一,王淦昌对我国核事业发展贡献巨大。1961年3月,受命开展核武器研制工作,他毫不犹豫地表示"我愿以身许国",并化名"王京",隐姓埋名17年,战斗在青海高原、新疆荒漠,为我国原子弹、氢弹研制以及地下核试验成功做出了重大贡献。晚年,针对我国经济大发展、能源日益短缺的形势,他率先提出和平利用核能,积极推动我国核电建设,为我国核电事业迈出艰难的第一步发挥了极为重要的作用。

2010年,我任职的中国科学技术出版社出版了《纪念核物理学家王淦昌文集》。

当年12月10日,我主持召开《纪念核物理学家王淦昌文集》首发式,纪念王淦昌先生逝世12周年,会上,即兴赋藏头诗一首,以表达对王老的怀念之情、景仰之意。

　　王老功勋驻千秋,淦星闪耀照寰球。
　　昌业强军富国日,颂偈献君祈愿酬。

注:本文刊载于2018年11月30日《科普时报》"青诗白话"栏目。

浓情翰墨映丹心

合上《笔墨丹心——陈康白诗文赏析》（以下简称《笔墨丹心》）文稿，思绪万千，感慨颇多。该书主要编著者王民先生不仅曾是我在北京理工大学工作时的同事，还是志趣相投的好朋友，拜读《笔墨丹心》，自然倍感亲切、喜悦，禁不住要为新书的付梓连连点赞。

一赞王民好友坚持不懈研究中国共产党自然科学高等教育发展历史，发掘延安时期著名科学家、教育家陈康白的历史价值，全面展现陈康白的精神风采，成为陈康白先生研究的第一人。王民自1986年起就一直在北京理工大学工作，早在校招生办公室任职时，他就注意搜集学校不同历史时期的重大事件、重要人物、重要新闻和重要成果，将其编入招生简章并予以重点宣传，以吸引更多的考生报考母校。2008年调任校档案馆副馆长后，他开始参与学校历史上第一个常设校史馆筹建工作，着手收集、整理、研究学校历史资料，聚焦于我党创办自然科学高等教育尤其是延安自然科学院发展史的研究。延安时期的自然科学院是北京理工大学的前身，创办于1940年9月，是中国共产党创建的第一所理工科大学，由此开启了我党创办自然科学高等教育的先河。作为真实的历史存在，延安自然科学院虽然广为人知，但由于解放战争期间延安曾一度"沦陷"，中央和各个单位的许多历史资料或被销毁或被掩埋或不幸遗失，保留下来的物证、档案少之又少。为此，王民一直在思考一个问题：用什么来展示延安自然科学院的诞生和早期建院的意义，以及对日后学校不同历史发展阶段的影响？校友们写的回忆录和为数不多的老照片，以及已出版的《延安自然科学院史料》固然珍贵，但仍然显得单薄，不足以说明延安自然科学院建院的伟大历史意义。带着这个问题，王民开始了持续十余年的艰难查找、探寻、收集、整理、研究工作，并取得了一系列骄人的成果。

功夫不负有心人。王民最终从中央档案馆、陈康白遗孀黎扬等处，找到了有关延安自然科学院创建等方面的许多重要档案资料。根据文献查询、实地勘察、校友走访等，他和其他同志一道落实校党委指示精神，创建了新校史馆，复原了延安自然科学院旧址沙盘，主编出版了《中共中央在延安十三年资料（4）——中央机关工作和建设》一书，协助拍摄了《徐特立》《党旗飘飘》《奠基中国》《传奇共产党人——刘鼎》《抗战中的财经》《红色育人路》《寻宝校史馆》等多部有关延安革命史的电视片，在《光明日报》《自然辩证法研究》《中华魂》等报刊上发表多篇相关研究文章，为研究延安时期党史和北京理工大学红色发展历史增添了新的内容。

在延安自然科学院跨度近6年的办学历史上，李富春、徐特立、陈康白、李强曾先后担任院长。王民在研究过程中发现，李富春、徐特立、李强三位老院长都出版过个人传记，相关史料都很多，唯独第三任院长陈康白既未见其个人传记，相关的历史资料也非常少，校档案馆和互联网上也很难找到有关他的详细介绍。作为当年延安最大的科学家，新中国成立后，陈康白先后任东北军区军工部总工程师、东北人民政府文化部副部长、哈尔滨工业大学校长、中国科学院秘书长、中共中央高级党校哲学教研室副主任兼自然辩证法教研室主任、中华全国自然科学专门学会联合会副主席、中共中央华北局文教办副主任和农办副主任、国务院参事等职，这样一位传奇历史人物却几乎被后人遗忘，实在是不应该。于是，王民又着手研究陈康白，经过11年的努力，终于写就《陈康白传》一书，并由中央文献出版社出版。如今，现任北京理工大学校史馆馆长、档案馆副馆长，中国延安精神研究会理事的王民好友，已成为中国共产党自然科学高等教育发展历史尤其是延安自然科学院院史研究方面的专家，成为研究陈康白先生的第一人和绝对权威。《笔墨丹心》是王民撰写《陈康白传》的附带研究成果，它与《陈康白传》一道，全面展示了陈康白革命的一生、奋斗的一生、公而忘私的一生、坎坷多难的一生、坚贞不屈的一生，同时也对《陈康白传》做了很好的细化和补充，使得《陈康白传》中的人物形象更真实、更立体、更饱满、更具吸引力。

二赞王民好友慧眼识珠，抢救性发掘陈康白诗文史料，为研究我党在延安时期的革命、科技、教育和工农业发展历史提供了极为珍贵的素材，填补了诸多空白，具有较高的史料和文献价值。为了撰写《陈康白传》，王民曾多次带领同事前往陈康白的遗孀黎扬和女儿陈明珠家，发现了大量陈康白遗存的诗文手稿和文件资料。2020年夏，他带领同事在整理这些手稿、资料时，被几个陈旧的笔记本所吸引，细心的王民在其中一个笔记本里发现了几首记载延安时期事项的诗词，诗的题目如《追记延安豹子川访田三》《跋边开盐田》《寿徐老》等。显然，这些诗句并不是陈康白摘抄的古诗文，将诗歌下方标注的创作时间与陈康白在延安的经历相比对，王民惊喜地发现，这些都是陈康白原创的诗文。沿着这条线索，在陈康白遗存的各种资料中，他们又陆续找到了陈康白创作的几十首诗词作品和一批从未面世过的文稿。

陈康白，原名陈运煌，1903年8月30日出生于湖南省长沙县麻林桥乡（今长沙县路口镇明月村）；1927年毕业于厦门大学化学系，先后在国立浙江大学、北京大学任教，1933年经诺贝尔化学奖获得者阿道夫·温道斯引荐赴德国哥廷根大学化学研究院讲学并从事科学研究；1937年回国后，在徐特立指引下奔赴延安参加革命，1939年入党。在延安时期，他先后担任中共中央军事委员会军工局技术处处长、边区工业展览会筹委会主任、三边盐业处处长等职，成为延安时期著名的科学家。

1939年5月，作为筹建小组组长，陈康白在李富春的领导下，负责筹建延安自然科学研究院并担任副院长；1940年3月，又作为筹建小组组长，在中央和边区政府领导下，筹建延安自然科学院并任副院长；1944年5月，出任延安自然科学院院长。王民考证的结果表明，陈康白先后担任延安自然科学研究院和延安自然科学院两个筹建小组的组长，是这项工作最具体、最直接的领导者和实施者，可谓创建延安自然科学研究院和延安自然科学院的最大功臣，是延安时期知名的教育家。

王民团队抢救性发掘的这些陈康白诗文史料，既有延安时期和解放初期的作品，也有新中国成立后的手稿和印刷品，几乎涵盖了陈康白老院长奋斗的一生。诗文不仅全面展示了陈康白在诗词方面深厚的历史底蕴和文学功底，以及在不同历史时期的主要工作成就，更展示了延安时期他在化学研究、石油开采、农业开发、经济管理、哲学研究、教育教学、军工生产、重工业管理、矿产开发、高等教育、科学机构设置和自然辩证法研究诸多方面的突出贡献，是我党在延安时期的革命、科技、教育和工农业发展史料的重要补充，填补了诸多空白，具有较高的史料和文献价值,为了解、研究我党领导的科技、教育发展史提供了珍贵的参考资料。

以第二部分"文章荟萃"中的《五月初在延安举行边区工业展览会》《边区工业展览会之召开与抗战之经济建设》《边区工业展览会的意义》为例,这3篇文章全面系统地介绍了我党第一次举办大型边区工业展览会的初衷以及筹备、开展与总结工作的全部过程和详细情况,为研究我党展览会历史提供了鲜活的史料和成功的案例。研读《笔墨丹心》,读者可以真切地感受到,陈康白不愧为我党在延安时期不可多得的科学家、教育家、政治家和社会活动家。

三赞王民好友带领团队成员对陈康白诗文进行认真、细致、全面、客观的解读,深入挖掘其内涵、价值,为北京理工大学文化建设做出重要贡献,为新生入学教育提供了极好教材。《笔墨丹心》分"诗词赏析"和"文章荟萃"两部分,共收录陈康白诗词66篇、文章32篇;第一部分"诗词赏析"重在对陈康白创作的诗词进行认真、细致、全面、客观的注解、翻译、赏析,第二部分则在认真考证陈康白撰写的每篇文章历史背景的基础上,给出了有助于读者阅读、理解的必要说明。可以说,在此基础上编著完成的《笔墨丹心》一书,体现了王民编著团队对陈康白诗文内涵、价值的深入挖掘,是一次文学、艺术上的再创造,不失为北京理工大学文化建设的一项重要成果,可作为新生入学教育的极好教材。

以第一部分"诗词赏析"中的《跻边开盐田(一)》为例:"革命旌旗映北山,长城万里敢登攀。春日繁花沙漠里,牧群棋布彩云端。平湖盐石欢心白,晶体骄阳满目斑。事到于今歌出塞,来游此地不知还。"此诗写于1940年春,正值延安艰难困苦之际,陈康白利用所学化学知识在边区组织开发盐田,克服重重困难开展生产自救;虽身处人迹罕至的荒漠,他却并未感到孤单寂寥,如同慷慨远征的将士高歌出塞,革命激情高涨,雄心壮志凌云。读罢此诗,老一辈革命家在困难面前的乐观主义精神如冬日火把,照耀在"攻城不怕坚,攻书莫畏难"的攀登科学新高峰的征程上,相信今天的莘莘学子一定也会充满豪迈的情怀。

第二部分"文章荟萃"中的许多文章,对今天的读者仍多有启发、多有教益。读《整理陕北石油矿建议书》《陕甘宁边区垦荒报告书》等文章，一个重调查研究、重实地考察、重分析研究、重数据事实、重系统规划、重实操落地的科学家形象跃然纸上，令人感动，让人敬佩。而写于1952年2月的《对〈巩固国防、发展经济〉草稿的修改意见》一文，则彰显了陈康白作为科学家不唯上不媚上、实事求是、坚持真理的精神风范，以及作为政治家襟怀坦荡、勇于担当、敢于谏言的品德修养。《巩固国防、发展经济》是时任东北人民政府主席高岗准备在东北人民政府委员会第三次扩大会议上所做的重要报告稿，陈康白的修改意见不仅没有一味逢迎或是简单敷衍，而且一针见血地指出了当时东北工业存在的大量问题，痛陈这些问题的严重危害性，并特别强调"为了建立制度而不流于形式，就应该认真反对形式主义"。时至今日，这些铮铮建言，仍然振聋发聩、催人警醒。

陈康白早年专攻化学，在专业领域颇有成就，从德国学成回国后，他并未就职校园，更未沉迷安逸、享乐生活，而是毅然奔赴延安，从此投身革命，献身祖国，服务人民，殚精竭虑，为今天的青年才俊树立了爱国爱民、拼搏奋斗、无私奉献的人生楷模。这位地道的理工男有着极高的文学造诣、艺术修养，品读《笔墨丹心》便可见一斑。陈康白写诗填词善于用典，尤喜借鉴诗圣杜甫的名诗，将古诗名句写出新意，写出新境界；其论文、报告、建议、书信、讲话、笔记等涉猎学科之广泛、探研问题之深入，更是彰显了他见识之高远、学问之渊博、见解之独到、才情之不凡。对今天文理普遍偏科的青年人来说，品读《笔墨丹心》，细究陈康白的成长之路，将更加知晓文学艺术对健全人格培养的重要作用，更加懂得科学人文相互融合对创新发展的积极意义。

四赞王民好友克服重重困难，组织编著出版《笔墨丹心》一书，彰显了他锲而不舍、坚韧不拔、努力钻研、虚心求教、无私奉献，忠实践行"团结、勤奋、求实、创新"校风的工作作风和优秀品质。陈康白的诗文被发现后，王民带领团队成员认真抄录、悉心整理。有的文稿字迹模糊，难以辨认，有的遣词用句较为生僻，不好理解，这些困难都没有难住他们，最终都被一一解决。团队成员只有一人是文学专业毕业，对古诗词也只是爱好而已，并无相关的专业基础，要想比较全面、客观、准确地解读和赏析陈康白的每一首诗词，难度之大、挑战之艰，可想而知。但是，这同样没有难倒王民他们。为使诗词解读更为严谨、准确，王民带领团队成员发挥集体智慧，共同研究探讨，虚心吸收朋友好的意见和建议，反复修改、不断完善。以第一部分中的第七首诗《夜渡汾河平原》为例，全诗如下："夜寒风黑到汾西，水灌冰封步步迷。过客正须愁出入，行军不自解东西。寻村问路亏枪托，野店山桥信马蹄。敌顽缩首乌龟壳，百八平川未足奇。"编著者最初将诗中四五两句理解为，"寻村问路"要凭借"枪托"做探杖，途经"野店山桥"要靠"战马"辨别方向。友人指出这样的理解过于浅显，不一定正确。该诗创作于1944年冬，正值抗日战争"大反攻"时期，陈康白随南下部队跨汾河、过同蒲，日夜征战，此处"枪托"和"马蹄"应该是代指南下武装力量。王民欣然接受友人建议，全诗重新翻译后，我军攻城略地、摧枯拉朽、一路南下，打得敌人闻风丧胆的英姿顿现，全诗的文学、艺术、思想境界马上就提升到了一个新的高度。

陈康白生性耿直，按他夫人黎扬老人所说："陈康白是一个书生似的科学家，不会当官，说话不会拐弯，很容易得罪人。他干工作总有自己的想法，他的有些想法很超前，所以很多人不理解他，不赞同他。有的时候，一些领导也不支持他，批评他是'大军工、大计划、教条主义'。"或是个人性格使然，陈康白在新中国成立后的一段时期内屡遭排挤，甚至遭人迫害，身陷囹圄，受尽磨难。这或许就是在此之前人们见不到陈康白的传记、很难查找到有关他的详细资料的缘故吧。

编著出版《陈康白传》《笔墨丹心》等史料图书，并非王民的硬性本职工作，而是出于他高度的使命感和责任感。这也需要他拥有高超的理解和把握现行出版政策的能力。在为数不少人信奉"多一事不如少一事""躺平""润"的复杂官场，王民这种爱党忧国、主动担当、积极作为、敢于创新的精神，更是弥足珍贵。我以为，这也是王民好友带领团队成员践行"要实事求是，不要自以为是"的延安自然科学院精神和"团结、勤奋、求实、创新"的北京理工大学校风的具体体现。

有感于老一辈革命家陈康白的一片丹心光昭日月、新一代学者王民的赤诚情怀忠心可鉴，遐想于数代人隔空互为知音、惺惺相惜、共担忧乐，特填《浪淘沙令》词一首，以示褒赞之心，以表敬佩之意，以抒感慨情怀。

陕北理真寻，沐浴新霖。科研生产手拿擒。建院办学才俊育，鼓瑟鸣琴。

　　行路雨风侵，孤枕沉吟。浓情翰墨映丹心。赏析诗文圆鹤梦，喜遇知音。

　　才疏学浅，自不量力，是以为序。

注：本文是为宋逸鹤、王鹏、王民编著的《笔墨丹心——陈康白诗文赏析》一书所作的序，该书于2023年4月由北京理工大学出版社出版。

科学大师目光远

2009年2月7—19日这近半个月的时间里,全世界的目光都聚焦在丹麦的哥本哈根。192个国家和地区的政要在这里出席的世界气候变化大会,被认为是人类联合起来遏制全球变暖行动的一次最重要的努力。会议的声势浩大和牵动人心无可争议地说明,气候变化已成为人类历史上无法回避的严峻挑战。

"20多年前,'人类活动引起气候变化'这一观点还没引起人们重视,在学术界内部也存在着争议。但多年从事气象研究、开创了中国全球变化研究的叶笃正,却敏锐地意识到这是一个前沿而且重大的战略问题。"我手中这本《国家荣誉——最高科技奖获得者报告文学》(以下简称《国家荣誉》)中由郑培明专门撰写的报告文学《站在珠峰之巅——记大气物理学家叶笃正院士》,就有上述这段精彩的描述文字。

尽管由于各个国家、不同代表的利益诉求不同,哥本哈根的谈判显得异常芜杂艰巨,会议也只是取得了很有限的成果,但中国代表在会上所表现出来的从容和自信,以及中国政府为推动哥本哈根会议取得现有成果所发挥的建设性作用,再联系《国家荣誉》里的上述文字,我认为,跟这次会议毫无关系的叶笃正院士对此却可以说功不可没。我们理应记住这位著名大气物理学家,理应对这位科学大家的远见卓识和未雨绸缪感到由衷的敬佩。

科学工作者的责任是追求真理,优秀的科学工作者主动把自己的事业与祖国的命运和人类的利益紧密地联系在一起。这里实际上涉及一个科学家的目光和情怀问题。在郭曰方先生主编的这本《国家荣誉》一书中,和叶笃正先生一样,吴文俊、黄昆、王选、刘东生、吴孟超、李振声、闵恩泽、吴征镒、徐光宪等其他9位国家最高科技奖获得者,同样都具有高瞻远瞩的如炬目光和悲天悯人的博大情怀。

"关注人类的命运,肩负科学家的责任,叶笃正每天都在思考着人类的生存环境问题。"(郑培明《站在珠峰之巅——记大气物理学家叶笃正院士》)这就是叶先生的胸怀和情怀。2003年,叶笃正领导他的研究团队首次提出"有序人类活动"的概念。支持他的这一理论的反例是：科学家经过长期的研究已经证明，如果没有人类的无序活动的影响，是不会出现像现在这样严重的全球变暖现象的。因此，倡导"有序人类活动"，实际上就是号召人类自己拯救自己。

《国家荣誉》于2009年由江西高校出版社出版，它是庆祝中华人民共和国成立60周年、中国科学院成立60周年的献礼图书，本书的10位作者都是活跃在我国文坛的作家和新闻记者。丛中笑撰写的报告文学《汉字做证——记计算机专家王选院士》生动地讲述了王选院士攻关创新的感人故事。我长期从事编辑出版工作，之所以对王选院士敬佩有加，最主要的原因是我切身地感受到，如果没有王选主持研制成功的汉字激光照排系统，我国的印刷业就不可能"告别铅与火，迎来光与电"，就不可能迅速跟上日益迅猛发展的计算机技术和媒体传播技术发展的步伐。王选院士在选择科研课题上的超前意识和将科技产品推向市场的超人洞察力，以及改变中国印刷业落后现状的强烈使命感，不同样也是体现了一位真正科学大师的深邃目光和伟大情怀吗？

其实，关于科学家的目光和情怀，中国科学院院长路甬祥院士在《国家荣誉》这本书的序言中已经有了很好的表述："他们是我国科技战线上的杰出代表，在他们身上集中体现了我国科学家热爱祖国、无私奉献、求实求是、创新开拓、团结协作的时代精神，和科学民主、严格严谨严密严肃的优良学风，以及我国科学家的高尚品德、人格魅力。在数十年的科研生涯中，他们不仅为我国的科技发展、社会进步和人类文明做出了重大贡献，而且，还为国家培养了大批科技人才，成为广大科技工作者学习的楷模。"

拜读《国家荣誉》，科学大师的目光和情怀，令人震撼，让人感动。这真是：

　　科学大师目光远，高瞻远瞩做科研。
　　博大情怀人感动，创新创造惠人间。

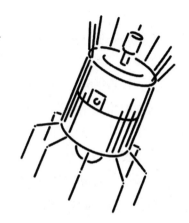

注：本文刊载于2009年12月25日《科学时报》。

历史澄清正本源

2020年9月13日,作为北京理工大学80周年校庆系列文化活动之一,《待到山花烂漫时——丁敬传》(以下简称《丁敬传》)新书发布会暨学术座谈会在该校机电学院举办。

北京理工大学是我的母校。丁敬教授是著名的爆炸力学专家、我国爆炸理论及应用学科的倡导者和主要奠基人,曾任北京工业学院(北京理工大学前身)副院长,力学工程系(机电学院的前身)由他亲手创办。我就是在这个系读的大学和研究生,又是最早写丁先生小传的人,还是"老科学家学术资料采集工程——丁敬传"的项目负责人之一,因而对《丁敬传》的出版尤为关注,深感欣喜。

丁先生一生历经坎坷,贡献颇多,其中两件鲜为人知的事件最令人称道,一是参与创建"留美中国科学工作者协会"(以下简称"留美科协"),二是澄清火药发明归属权西方学者的谬误。我有关这方面的文章可见1997年福建教育出版社出版的《中国科学技术专家传略·工程技术篇力学卷2》和2000年第2期《国际人才交流》杂志。

1948年9月,目睹国民党政府的腐败,从浙江大学毕业3年后,丁敬遂赴美国求发展,并进入得克萨斯农工大学化学工程系读研究生。还在浙大读书、任教期间,丁敬就结识了中共地下党员,并受他们影响给师生宣传进步思想;到美国后,他在国内共产党员朋友的指导下,继续在留学生中开展各类爱国进步活动。

1949年6月12日,鉴于国内革命形势迅速发展,在美留学生开始聚会讨论应该为即将诞生的新生红色政权做些什么工作等问题,"留美科协"遂在匹兹堡成立,并通过了由丁敬起草的会议宣言,推选葛庭燧、侯祥麟、华罗庚和丁敬等主要发起人为协会理事。在之后的一年多里,丁敬负责主编并蜡刻《留美科协通讯》简报,报道国内形势变化,转载解放区和香港进步报刊文章,刊登回国参加新中国建设的"留美科协"会员来信,给在美中国留学生以巨大鼓舞。

到了1949年10月，年仅25岁的丁敬已任"留美科协"常务理事，全面负责协会工作。1950年6月，"留美科协"召开年会，丁敬主持会议，确立了以"认识新中国，为回国参加建设做准备，一切为了回国去"的协会工作重点，继续广泛动员留学人员回国参加社会主义建设。新中国成立初期，"留美科协"的近800名会员中，有400多名会员先后离美回国，为祖国输送了一批高级专门人才。参与创建、领导"留美科协"并动员广大留学生回国，成为丁先生一生中最光辉的一页，意义深远，影响巨大。

搞了几十年燃烧与爆炸理论研究，丁敬教授怎么也没有想到，火药是我国古代四大发明之一，这在国内可谓妇孺皆知的事实，但在国外竟然没有得到专家学者同行们的认可。1980年10月，丁敬出席第七届国际烟火技术学术年会，并就中国发明火药以及烟火技术发展做专题报告。他非常惊讶地发现，与会国外专家学者对火药是中国发明的这一事实并不认同，在他们看来，火药应该是13世纪的英国人罗吉·培根（Roger Bacon）发明的。

这件事对丁敬的震动非常大。回国后，他马上开始多方收集资料，考证中国古代火药的起源、火药在中国的早期军事应用、火药技术的发展，以及火药理论的早期研究等问题。经过近两年的努力，他以大量确凿的文献资料和事实，进一步证实了火药是中国人最早发明的这一铁的事实。

丁先生的研究表明，火药的原始配方及其燃烧性能初见于公元8世纪前后中国炼丹家的著作；到了公元10世纪，火药在中国开始应用于军事；宋仁宗时期（公元1040年）出版的官修兵书《武经总要》，就记载有火炮、蒺藜火球和毒药烟球的火药配方。这是世界上最早冠以火药名称并直接应用于3种实战武器的火药，远早于生活在13世纪的英国学者罗吉·培根。

丁敬还第一个考证出中国是世界上最早对爆炸冲击波及其杀伤作用进行科学描述的国家，明代科学家宋应星在《论气》这部著作中已经对火药爆炸产生冲击波的杀伤作用做了接近实际的描述和分析，并认识到冲击波可使人耳聋、内脏损伤或置人于死地。1990年在美国召开的第十七届国际烟火技术学术年会上，丁敬专门做了名为《火药和冲击波在中国的发现》的学术报告，以无可辩驳的研究史料，让与会者十分信服地接受了火药是中国人最早发明的事实。

　　有感于丁敬教授做出的上述两大突出贡献，特填《南乡子》词一首，以表对已故老领导、老专家的由衷敬意。

　　内战起烽烟，求索负笈美利坚。新政慕崇协会创，魂牵，书写归国报效篇。
　　火药禹城研，怎叫英人冠名前？考证确凿驳谬论，欣然，历史澄清正本源。

注：本文刊载于2020年9月18日《科普时报》"青诗白话"栏目。

寰球仓廪饱实充

2021年5月22日,中国"杂交水稻之父"袁隆平院士因病在湖南长沙逝世,享年91岁。噩耗传来,三湘悲痛,举国哀恸,微信刷屏,万众悼念,同表衷情。是日长沙,阴风凄雨,灵车从中南大学湘雅医院出发,开往长沙明阳山殡仪馆时,市民们自发地肃立在沿途道路两旁,齐声高喊"袁爷爷,一路走好",冒雨为这位泽被后人、倍受景仰的老人送行。

我因工作关系,间接和袁隆平院士打过两次交道,对这位祖籍为江西、出生于北京、工作在湖南的老科学家充满了敬意和好感。

2011年春,在中国科协召开的一次工作会议上,时任广西壮族自治区科协党组书记甘向群告诉我,他和自治区科协副主席朱东仿照《十万个为什么》,共同主编了一套《农博士答疑一万个为什么》科普丛书,希望科学普及出版社帮助出版。这是一套介绍农业科技知识、实操性很强的科普图书,丛书以服务广大农友为宗旨,对农民朋友在农业生产实际中遇到的一万个具体问题进行了翔实的解答。我时任科普出版社社长兼党委书记,选题很快通过,指定农业图书出版经验丰富的史若晗副编审担任责任编辑,全权负责丛书的编辑、出版,我挂名策划编辑予以支持。

当年8月底,丛书的第一批图书编辑完毕,我和史若晗商量,拟请袁隆平院士担任丛书顾问,并请他老人家为丛书题词推广。于是,一纸信函寄到了湖南省农业科学院,过了刚一星期,我们就收到了袁隆平秘书的电话回复,老人家不仅同意担任丛书顾问,还专门为丛书题词"服务农友,助推经济"。得知首批图书即将付印,为了赶时间,袁老还嘱咐秘书先将题词传真给我们,然后再把原件邮寄过来。9月23日,史若晗专程到长沙给袁隆平院士送样书,袁老拨冗接见并与她合影留念。老人家待人接物的细心和体贴,以及对普及农业科技知识的热心支持,令我们万分感动。

《农博士答疑一万个为什么》丛书涉及农业科技各个领域,2011年下半年首批出版,2014年年初全部出齐。丛书先后五次重印,广受农民朋友欢迎,多次入选新闻出版总署的"农家书屋",并荣获科技部全国优秀科普作品奖、广西科普创作大赛奖等奖项。

2020年上半年,为纪念国家最高科学技术奖实施20周年,中国科技馆联合国家科技奖励工作办公室,共同策划实施"国家最高科学技术奖获得者手模墙"项目。该项目旨在弘扬科学家精神,拉近科学家与公众距离,激发青少年对科学的兴趣,项目包括采集国家最高科学技术奖获得者的手模、录制其对青少年的寄语、制作科学家铭牌等内容。袁隆平院士去世后,"手模墙"项目策划人——中国科技馆观众服务部欧亚戈副研究员给我讲述了他带队赴长沙采集袁老手模的过程。

2020年7月22日,在位于国家杂交水稻工程技术研究中心后面的袁隆平家中,袁老按要求缓缓在印模上按下双手,并表示这项工作做得好,有意义。手模采集完后,他又招呼家人在印模前合影,记录下这美好的一刻。90岁高龄的袁隆平精神矍铄、风趣幽默,大家都夸他是"最帅90后"。

随后,袁隆平院士对着摄像机,饱含深情说起他成功的"秘诀",作为他给青少年的寄语:"有人问我,你成功的秘诀是什么?我说没什么秘诀,我只有经验,我搞成功的经验可以用8个字来概括,那就是知识、汗水、灵感、机遇。知识是基础。汗水是实践,像孟子讲,要饿其体肤、劳其筋骨,要实践、要吃苦、要耐劳。还要有灵感,灵感在科学实践里面,与艺术创作一样重要。再就是机遇,法国著名微生物学家巴斯德曾说过,机会宠爱有心人,机会都有,就看你是不是有心。这8个字不是所谓的'秘诀',它们是我切身的体会和经验。"这段视频经中国科技馆播放后,引发海量传播,成为袁老晚年的一段珍贵视频。

"一稻杂交饱天下,两梦圆合慰平生。"袁隆平院士生前曾说过:"科学探索无止境,在这条漫长而又艰辛的路上,我一直有两个梦,一个是禾下乘凉梦,一个是杂交水稻覆盖全球梦。"可以说,为了圆这两个梦,袁隆平院士一辈子和水稻、农田打交道,可谓辛勤耕耘、默默奉献、鞠躬尽瘁、死而后已。

我是湖南人,生长在江西,工作在北京,当过知青，插过秧、种过稻、挨过饿，深知粮食的金贵，更知道水稻增产的意义所在。有感于袁隆平院士在解决人类尤其是中国人吃饱饭这个问题上所做出的无可估量的贡献，特填《定风波》词一首，以表对他的敬仰之情、哀悼之意。

五月潇湘起朔风，斑竹滴泪悼袁公。水稻低头掀哀浪，悲唱，伤心震恸九州同。

赤子情怀千古颂。两梦，寰球仓廪饱实充。禾下乘凉悠自在，爱戴，福泽万世建殊功。

注：本文刊载于2021年5月28日《科普时报》"青诗白话"栏目。

机遇垂青有备人

2015年10月5日，中国药学家屠呦呦研究员因首先发现和解释了青蒿素治疗疟疾的原理，找到了有关疟疾的新疗法，与爱尔兰医学研究者威廉·坎贝尔和日本学者大村智一道，共同荣获2015年诺贝尔生理学或医学奖。当月下旬，科学普及出版社迅即出版新书《呦呦有蒿——屠呦呦与青蒿素》。喜讯连连，欣喜之余，不禁感慨万千：这个世界从来没有免费的午餐，机遇总是垂青有准备的人。

疟疾是全世界广泛关注的重要公共卫生问题之一，历史上它不仅曾给人类造成过重大危害，而且至今仍在一些国家和地区（尤其是非洲）广泛流行。人类对付疟疾的最有效药物均源于金鸡纳树和青蒿两种植物的提取物。1820年，法国化学家皮埃尔·约瑟夫·佩尔蒂埃和约瑟夫·布莱梅·卡旺图合作，从金鸡纳树树皮中分离出抗疟疾成分——奎宁，并于1850年前后开始大规模使用；第二次世界大战期间，美国以此合成了氯奎宁，其成为战后抗疟疾的最重要药物。之后，奎宁和氯奎宁因大量应用而逐渐产生抗药性，迫使人们开始寻找具有耐抗性的特效新药治疗疟疾。

从青蒿中提取抗疟特效药物的故事，在中国演绎得更为精彩。公元340年，东晋的葛洪在其撰写的中医方剂《肘后备急方》中的"治寒热诸疟方"里，首次介绍了青蒿的退热功能，并描述了提汁制剂的具体方法："青蒿一握，以水二升渍，绞取汁，尽服之。"明代医药专家李时珍在其所著的《本草纲目》中则说，青蒿能"治疟疾寒热"。20世纪60年代，越南战争爆发，为帮助越南劳动党部队解决因疟疾流行导致战斗力大减的急难，应越共中央主席胡志明请求，毛泽东、周恩来指示有关部门紧急研制能替代氯喹来治疗疟疾的新药，"523项目"（1967年5月23日，总后勤部和国家科委在北京召开抗药性恶性疟疾防治全国协作会议，将防治抗药性恶性疟疾定为一项援外战备紧急军工项目，并以开会日期为代号，将该项目称为"523项目"或"523任务"）研究团队遂开始了历时近20年前赴后继、艰苦卓绝的科研攻关。

研制青蒿素抗疟疾系列药物是一项非常复杂的系统工程，是在中国特定时代下"全国一盘棋，科研大协作"科研模式中的又一个成功范例。该项目集中了全国的科技力量联合研发，组织、动员了60多个单位的500多名科研人员参与，有近10位科技人员做出了突破性的重要贡献。屠呦呦更是创造了"三个第一"：第一个把青蒿素带到"523项目"组，第一个提取出对疟原虫的抑制率达100%的青蒿素，第一个做青蒿素抗疟临床试验，并由此先后获得了拉斯克奖和诺贝尔生理学或医学奖等科研大奖。

对屠呦呦是否应该获得这些重大奖项，业界和坊间一直没有中断过争论。这些大奖的评选标准其实很简单，就是鼓励科研工作的原创性，奖励第一个发现者或发明者。曾庆平教授在《呦呦有蒿——屠呦呦与青蒿素》一书的《科研的思路何其重要》一文中指出："屠呦呦的创意有两个：一是改'水渍'为'醇提'，因为青蒿素为脂溶性而非水溶性，适合用有机溶剂提取；二是改'高温乙醇提取'为'低温乙醚提取'，因为高温能使青蒿素失效。"在曾庆平看来，"屠呦呦发明的青蒿素低温萃取法不仅是一种方法创新，更是一种思路创新"，这对研制项目最终取得成功至关重要。

屠呦呦研究员之所以能够获得这些大奖，主要就是基于她对青蒿素的最初发现，基于她的方法创新和思路创新。诚如诺贝尔物理学奖获得者丁肇中教授所言：科学研究，只有第一，没有第二。屠呦呦荣获诺贝尔生理学或医学奖当之无愧。当然，庆贺屠呦呦荣获诺贝尔奖，并不意味着否认其他科技工作者在青蒿素研究中所做出的成绩和贡献。对此，我相信，参与"523项目"的广大科技工作者都能报以平和的心态对待。

科学研究从来都是一件老老实实的事情，来不得半点投机和取巧。饶毅教授在总结青蒿素科学史经验教训时曾指出，青蒿素的科学史在今天的最大启示就是扎实做事。发现青蒿素的工作不是天才的工作，屠呦呦研究员和她的小组成员以及参与"523项目"的科技工作者都不是天才，但他们认认真真、扎扎实实做研究，当机遇来临的时候，能够很好地把握并把工作做好，而不是一遇到困难就简单放弃。饶毅可谓一语道出了所有成功者的共同奥秘：机遇总是垂青有准备的人。

长期以来，饶毅教授一直关注青蒿素的科学史研究，2000年曾建议他的一位研究生开展这方面的研究，后来这位研究生做记者去了，没能实现他的愿望。2007年回国后，他与北京大学医学人文研究院院长张大庆教授合带研究生黎润红，专门研究青蒿素科学史。《呦呦有蒿——屠呦呦与青蒿素》一书就是由饶毅、张大庆、黎润红师生3人共同编著的，前4章为青蒿素科学史研究，通过翔实的史料，忠实记载了20世纪六七十年代中国科技工作者发明青蒿素治疟新药的攻关历史，热情讴歌了广大科技人员团结协作、无私奉献的精神；第5章分析、总结了青蒿素治疟新药攻关历程的成败得失，客观评价了屠呦呦在其中所发挥的重要作用以及所做出的重大科学贡献；附录列出了"523项目"大事记，以及青蒿素研究大事记。全书具有很强的学术性、史料性和可读性，不仅对屠呦呦荣获诺贝尔科学奖是一份很好的献礼，而且对普及科学知识、弘扬科学精神、宣传科学方法更是意义重大。

科学普及出版社历来就有捕捉热点选题迅疾出版的好传统，得知屠呦呦研究员荣获诺贝尔奖的当天，社领导遂即决定出版与屠呦呦相关的图书选题。社长助理杨虚杰很早就得知饶毅、张大庆、黎润红等学者长期从事青蒿素的科学史研究，并与相关人员一直保持着密切的联系，她所带领的团队当晚即拿出图书编写方案，第一时间与作者接洽，并很快得到作者的首肯和授权，使得这本图书能在如此短的时间内顺利出版。由此可见，天道酬勤，机遇还是垂青有准备的人。

严格说来，《呦呦有蒿——屠呦呦与青蒿素》一书的书名与书中内容并不十分贴切，虽然这对图书的热销无疑是有帮助的，却有损于作品的严谨性。但是，瑕不掩瑜，在欢庆屠呦呦研究员作为中国大陆科学家首获诺贝尔自然科学奖的同时，出版这样一本由一流学者撰写、反映一流科学成就的学术科普图书，无疑具有重要的意义，并同样值得庆贺。这真是：

从来成功无轻松，一份付出一收成。
莫道成功有捷径，机遇垂青有备人。

注：本文刊载于2015年第20期《科技导报》。

运笔析震说理深

"本书站在地震科学的高度,从科学研究和社会实践的广阔领域,选取了50个为公众关注的专题,聚焦于地震科学基础知识的普及,积极渗透和传播科学思辨的思想方法,弘扬科学精神,传递有温度的科学。"这是地震出版社对陈运泰院士科普新著《地震浅说》所给出的推荐语。

陈运泰院士是著名的地球物理学家,曾担任第二、第四、第五、第八届中国地震学会理事长,国际大地测量学与地球物理学联合会执行局委员、亚洲与大洋洲地球科学学会主席、中国地震局地球物理研究所所长、北京大学地球与空间科学学院院长等职。他主要从事地震学和地球物理学研究,并长期专注于地震波和震源理论与应用研究,是我国震源物理过程研究工作的开创者。《地震浅说》可谓是他集数十年地震科学研究理论与实践成果的科普经典之作,无怪乎被列为"中国地震局地震科普图书精品创作工程"系列图书之首。

地震,是一种会给人类造成巨大人员伤亡和财产损失的自然现象,通常由地球内部板块与板块之间相互挤压、碰撞、错动、破裂并快速释放巨大能量所引起。大的地震经常会引起严重的自然灾害,自然备受人们关注,由于又具有极难预测的特点,更是成为广大公众关注的热点话题。我国的华北地区、西南地区、西部地区、东南沿海地区以及台湾省及其附近海域均为地震活跃带,加上半个多世纪以来先后发生了破坏性极大的唐山地震、汶川地震、芦山地震等大地震,国人对地震的恐惧心理和关注程度更是无以复加。因此,普及地震科技知识,强化防灾减灾意识,既是社会稳定、和谐、可持续发展的需要,更是地震科技工作者义不容辞的责任。

陈运泰院士撰写《地震浅说》一书,为大科学家投身科普创作做出了示范、树立了榜样。该书以介绍大陆漂移、海底扩张、板块构造等地球科学理论为铺垫,系统普及了地震的形成原理、特点特征、相关现象、地理分布、震级、烈度、次生灾害、防灾减灾等知识,并就地震预警预测、全球数字地震台网发展等学术问题进行了有益的探讨和展望。全书内容丰富,图文并茂,深入浅出，不仅依托地球物理学专论地震学，还涉及大地测量学、天文学、地质学、地理学、岩石力学、水文学、自然灾害学、信息科学等学科，诚如著名地质学家刘嘉麒院士在本书的序言中所写："既揭示了地震的形成机理，又展现了它的行为特征，为监测预报地震提供了先进的理论和方法，为防灾减灾指明了方向和措施，是了解地震、研究地震、防范地震的百科全书，也是探究地球动力学、地球系统科学的经典之作。"

我曾一度从事科技、科普出版工作，在盛赞《地震浅说》的同时，也想从科普图书出版角度指出它所存在的一些不足。首先，图书的目录安排还可以更加合理，使得50个问题排序之间的逻辑关系更加清晰。其次，问题的标题有的是专业术语，有的是短语，有的是成句，如果能大体一致，将使全书的写作风格更加统一。最后，我更欣赏"大陆漂移""海底扩张""板块构造"等章节的撰写，这些部分将科学知识融于科学故事之中，生动有趣，读来毫不费力，《聆听地球的音乐——地球自由振荡》一章更是文笔优美，标题与内容高度统一，堪称科普写作范例。其他章节如果也能如此撰写，对非地震专业读者的科普效果将会更好。

陈运泰院士极为重视地震科普并一贯身体力行。2008年汶川地震发生后，他为我就职的《科技导报》出版"汶川地震特刊"做出了重大贡献，先是接受本刊记者采访，成就了专访《陈运泰：地震预报要迎难而进》，接着又惠赐《汶川特大地震震级和断层长度》专稿。他强调："地震预报要知难而进……困难不能作为放松或放弃对地震预测研究的借口。"他的专稿详细解释了汶川

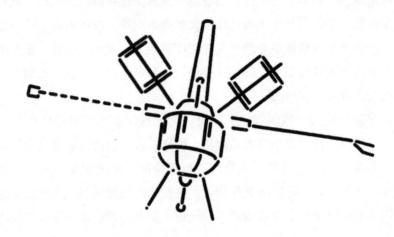

大地震震级为什么要从7.8修订为8.0,被各大媒体纷纷报道、引用,起到了很好的释疑解惑作用,受到各界好评。2013年4月20日芦山地震发生后,我所在的科普出版社仅用10天就出版了《地震应急科普丛书》,陈运泰院士作为丛书顾问,给予我社大力支持和悉心指导。我在中国科学技术出版社组织实施"中国科协三峡科技出版资助计划"时,他又贡献了《可操作的地震预测预报》这一高水平的学术译著。

2017年春节前夕,有感于陈远泰院士对地震科学研究和普及事业的贡献,以及对我工作的支持,我特为他写藏头诗一首,以表敬佩之情、祝福之意。

陈事桩桩忆感人,运笔析震说理深。
泰岳耸立地物界,院主谦待天下朋。
士气高涨探预报,春晖尽洒育门生。
节近春浓多念旧,好酒闽语乡味芬。

注:本文刊载于2020年10月16日《科普时报》"青诗白话"栏目。

群星闪耀照科航

自2017年起，中国科学院学部科学道德建设委员会举办"科学人生·百年"院士风采展，线上线下征集百年诞辰院士的箴言语录、科学故事、影像资料等，多角度、立体化展现这些科学大家刻苦攻关、献身科学、服务祖国的精彩人生。浙江少年儿童出版社"嗅觉"灵敏，迅即跟进，强强联手，以此为主题出版重大选题，于2022年12月就出版了相应的图书《国之脊梁——中国院士的科学人生百年》（以下简称《国之脊梁》）。品读这部面向青少年读者的优秀科普佳作，倍感欣喜，不禁点赞，以表心迹。

《国之脊梁》策划精心，多层次普及科技历史知识，启迪青少年追梦。该书从大约100年前出生的中国科学院院士当中，精选出了40位有代表性的杰出科学家，按年龄排序，最长者为地质学家李四光院士，出生于1889年，年龄最小者为1924年出生的核物理学家朱光亚院士。通过讲述这些科学大师在各自领域拼搏奋斗的故事，展现他们所取得的杰出成就，绘制出一幅现代中国科技事业发展波澜壮阔的历史画卷。这40位院士研究的领域涉及数学、物理、化学、天文、地理、地质、考古、医学、生物、化工、建筑、气象、农业、航空、航天等学科，读者据此可了解这些学科的基础知识、发展历史、代表人物、科学传承和重要成果。40位院士当中既有人们熟知的李四光、竺可桢、茅以升、周培源、华罗庚、钱学森……也有一些媒体宣传得比较少、不广为人知但同样杰出的科学家，如在国际上第一个证明豆科植物根瘤中含有血红蛋白、成功组织了世界上首次"人工合成结晶牛胰岛素"和"酵母丙氨酸转移核糖核酸的人工全合成"两项重大研究的王应睐院士；我国抗生素事业的开拓者、生物有机化学的先驱者之一——汪猷院士；巾帼不让须眉、成功领导研制我国第一台大型铀扩散机、为我国第一座铀浓缩气体扩散工厂分批启动做出重要贡献的王承书院士等。诚如中国科学院学部科学道德建设委员会主任胡海岩院士在序言中所言，这些科学家的事迹"全方位地展示了极具中国特色的科学精神与科学力量"。可以说，《国之脊梁》同时也是一部浓缩的中国现代科技发展史，一扇重要学科精选的重大成果展示窗,一张彰显科学大师风采魅力的光荣榜,是青少年了解科技发展史、接受爱国主义教育、追逐科学梦想的优选课外读物。

《国之脊梁》故事精彩,全方位弘扬科学家精神,陶冶青少年情操。2020年9月11日,习近平总书记在科学家座谈会上发表重要讲话,总结、归纳了独具中国特色的科学家精神:"科学家精神是胸怀祖国、服务人民的爱国精神,勇攀高峰、敢为人先的创新精神,追求真理、严谨治学的求实精神,淡泊名利、潜心研究的奉献精神,集智攻关、团结协作的协同精神,甘为人梯、奖掖后学的育人精神。"《国之脊梁》从不同侧面精选40位院士科学家的故事,用生动的事例诠释"爱国、创新、求实、奉献、协同、育人"的科学家精神,诠释什么是公众榜样、民族精英、国家栋梁。20世纪50年代,钱学森、郭永怀、林兰英、华罗庚、师昌绪等一大批科学家,放弃国外优厚的科研、生活条件,义无反顾回到祖国,参与新中国建设。"隐于时代的女先生"王承书在谢绝导师乌伦贝克的挽留时说:"我的祖国现在的确很穷,但是我不能等到别人把条件创造好了再回去,我的事业在中国!"为了中国的核武器研制工作,"从1961年到1978年,王淦昌隐姓埋名整整17年!但他无怨无悔,只为践行那一句'我愿以身许国'的誓言"。叶企孙院士是我国物理学界的一代宗师,他长期从事教育工作,大力培养物理学人才,为我国物理学发展以及科技人才培育做出了不可磨灭的贡献。他一生共培养了79名院士,23位"两弹一星"功勋奖章获得者中,有一半以上都是他的学生,他由此被誉为"大师的大师"。这些鲜活的院士形象和感人事迹,无疑将滋润青少年的心灵,陶冶他们的情操,激励他们的人生。

《国之脊梁》设计精巧,高站位展示民族脊梁风采,激励青少年奋进。从图书的整体策划、编排,可以看出编辑和出版者的用心、精心、上心、费心。"院士名片"高度概括科学家的生平简介和主要成就,让人一目了然,过目难忘。"院士语录"则是科学家价值取向、生活感悟、科研经验、人生智慧的精心提炼，可谓传道授业，睿智隽永。"院士故事"取材真实、内涵丰富，读来生动有趣，给人启迪。介绍每位院士的文章都配以黑白老照片，尽显历史沧桑、人物厚重、史料珍贵，读者仿若身临其境、穿越百年。巨幅的院士个人照片张张洋溢着生活气息、创造激情、智者风采，极具时代感、冲击力、感染力。40篇文章的标题显然都经过仔细斟酌、精心打磨，凝练出每位院士百年科学人生的"魂"，入木三分，直抵人心。封面设计更是独具匠心，除李四光、竺可桢、茅以升、叶企孙、俞大绂5位院士科学家外，其余35位院士的肖像均被折叠的封面遮住，意蕴着这些科学家"干惊天动地事，做隐姓埋名人"的奉献精神。

高尔基说："书籍是人类进步的阶梯。"我以为，《国之脊梁》给青少年成长提供了优秀的榜样力量，留下难忘的精神印记，架设了心灵沟通的桥梁，定将会给青少年成长提供强大的精神动力。有感于斯，填《浪淘沙令》词一首，以赞《国之脊梁》的出版，以表对40位院士的敬佩之情。

何者谓脊梁，无上荣光？国家危难勇担当。严谨创新甘奉献，桃李芬芳。

情蕴铸华章，榜样弘扬。群星闪耀照科航。院士精神传万代，民富邦强。

注：本文刊载于2023年第10期《中国科技教育》"开卷有益"栏目。

猜想定理攻无数

"少年十五遇罡风,不畏闲言不畏穷。二十学成羽毛丰,冲天无惧效冥鸿。三十论剑畴林丛,横跨两城世罕同。四十镜对卡丘中,算学物理得共融。五十重谈时与空,相对论叹造化工。六十疏发未成翁,老骥伏枥立新功。"2016年4月4日,丘成桐在他67岁生日之际,写下了这首题为《六七感怀》的七言诗。这首诗不仅是他多难童年困顿清苦、异国求学艰苦卓绝、功成名就风起云涌坎坷人生的真实写照,也是他初入数界一鸣惊人、数学物理跨界夺隘、屡克难题登顶摘冠辉煌成就的高度概括,更是他科学人文交相辉映、施教育人博大胸怀、爱国情怀拳拳丹心科学精神的自我凝练。在我看来,这首诗也是品读《我的几何人生——丘成桐自传》(以下简称《我的几何人生》)的最佳索引和导读。

丘成桐,当代最具影响力的数学家之一,美国国家科学院院士、美国艺术与科学院院士、中国科学院外籍院士,现任清华大学求真书院院长、丘成桐数学科学中心主任,香港中文大学博文讲座教授兼数学科学研究所所长,北京雁栖湖应用数学研究院院长等职,曾荣获菲尔兹奖、沃尔夫奖、克拉福德奖、美国国家科学奖、马塞尔·格罗斯曼奖、中华人民共和国国际科学技术合作奖等国际大奖,成为当代数学界的传奇人物。

《我的几何人生》于2021年3月由译林出版社出版,由丘成桐口述,史蒂夫·纳迪斯英文笔录,全书讲述了丘成桐从一个中国乡村的贫穷少年成长为一名举世闻名的顶级数学家的励志故事,不仅是普及数学、几何、物理等学科知识的优秀科普图书,更是激励青少年健康成长、发奋成才的极好教材。

凡成大事者必经坎坷,丘成桐也不例外。他14岁时父亲突然病逝,家中栋梁摧折,顿陷贫困,以致他几近失学。好在母亲坚强刚毅、深明大义,独自撑起全家生活重担,坚定不移地支持丘成桐继续学习、深造,成就了儿子日后的辉煌。父亲的去世,也让丘成桐很快懂事、成熟,小小年纪就开始兼职数学补课,不仅帮助母亲补贴了家用,还对自己所教授的数学内容有了更加深刻的理解。每读"童年颠沛""何去何从"两章，都让人感慨万千：父母言传身教，家长目光远大，孩子自强不息，遇挫奋发不馁，这些走向成功的经验值得青少年及其家长学习、借鉴、铭记。

  1969年9月1日，这是丘成桐人生的重要转折点。这一天，他在萨拉夫博士的举荐下，被加州大学伯克利分校破格录取，投到著名数学家陈省身教授门下读研究生，离开香港只身奔赴美国深造数学。成功者除了勤奋外，最优秀的品德是懂得感恩，从而为自己赢得更多的机遇。在《我的几何人生》中，丘成桐记录了所有曾经给予过他帮助的人和事，对自己父母亲的感恩就不用说了，无论是初中老师梁君伟予以的数学启蒙，善良班主任潘宝霞的慈怜关爱，大学期间周庆麟、萨拉夫、奈特等数学教师的慧眼识珠，关键时刻萨拉森、小林昭七、陈省身等知名数学家的鼎力举荐，或是初入异国他乡埃尔伯格、里费尔、林节玄的热情接待、解囊相助，攻博时莫里、费舍尔、卡拉比、陈省身等数学大师的言传身教，还是尼伦伯格、辛格、米克斯等数学同道的惺惺相惜，甚至世界级科学家华罗庚、霍金的潜移默化影响，尤其是中美两国文化对自己成长、发展的浸润和帮助，丘成桐都无不铭记在心、感恩不已。在丘成桐看来，如同每一个科学难题的攻克都离不开前人所付出的努力，自己人生每一个重要转折点都有贵人相助，感恩就是给自己成功的道路铺路搭桥。

  人的一生难免会遇到各种各样的选择，不同的选择将决定不同的人生走向。丘成桐在做重大选择时的主见和果断，玉成了他的科学成就和辉煌人生。父亲去世时，丘成桐如果听从大舅建议去农场打工挣钱，这个世界将失去一位伟大的数学家。上大学时，他如果天真地相信电影《心灵捕手》里的数学大咖只需几分钟就能搞定数学难题，也不可能日后百折不挠地去攻克卡拉比猜想等科学难题。读博时，恩师陈省身建议他将黎曼猜想作为论文题目，丘成桐深知自己"对几何问题的兴趣远比对解析数论的大"，同时意识到黎曼猜想并非一日之功所能攻破，因而"不为黎曼猜想所动"，坚持按自己选定的方向研究。有主见有远见还表现在丘成桐志存高远，不为一时之利所动。博士毕业后，同时有哈佛、麻省理工、耶鲁、普林斯顿高研院等六所大学愿意聘请他，但他却听从了导师陈省身的忠告，最终选择了薪水最低的普林斯顿高研院，因为陈先生告诉他"每个人在事业生涯中总要去一次高研院"。由此可见，独立思考，胸怀理想，拥有主见，不随大流，乃是事业走向成功的重要特质。

《我的几何人生》还彰显了丘成桐广博的数理知识、深厚的国学根底和博大的人文情怀，这无疑也是他走向辉煌的重要基石。全书共12章，每章都以一首高度凝练本章内容的原创短诗词做引子，附录大都为他的重要学术演讲，文采斐然；末篇《中华赋》从华夏远古到五代十国点评颂唱，洋洋洒洒两万五千余字，指点江山，评点历史，纵横捭阖，才气逼人，让人叹为观止。

在学术研究上，丘成桐立足数学、渗透物理，横跨数理两界。他成功破解了卡拉比猜想、正质量猜想、弗兰克尔猜想、史密斯猜想、镜像对称猜想等一系列数学和物理科学难题。他是几何分析学科的奠基人，以他的名字命名的卡拉比—丘流形是物理学中弦理论的基本概念，关于凯勒—爱因斯坦度量存在性的卡拉比猜想破解结果被应用到超弦理论，对统一场论有重要影响。他的研究成果深刻变革并极大扩展了偏微分方程在微分几何中的作用，影响遍及拓扑学、代数几何、超弦理论、广义相对论等众多数学和物理领域。丘先生真可谓：数理共融，人文交汇，创几何分析之学，穷物理宇宙之源。

《我的几何人生》文笔幽默风趣，故事曲折传奇，人生跌宕起伏，作者高山仰止。细细品读，受益良多，不胜感慨，特填《蝶恋花》词一首，以表对丘成桐先生的褒赞、敬佩情怀。

颠沛童年贫坎路。北美求知，不倦登攀步。仰望卡峰拨雾雾，猜想定理攻无数。

物理数学相景慕。融汇人文，果硕花繁树。旁鹜心无神贯注，几何拓扑诗吟赋。

注：本文刊载于2022年第6期《中国科技教育》"开卷有益"栏目。

出版肩任勇为先

《翰墨鸿影——陈芳烈科学文化随笔》（以下简称《翰墨鸿影》）于2021年3月由人民邮电出版社出版时，我曾撰写推荐联概括该书内容，庆祝该书付梓："科技新域苦探索，穷究宇宙信息奥秘，橡笔深解知识传播谐趣事；梨枣故园勤耕耘，铸造图书特色品牌，美文畅抒编辑出版善真情。"今天，重温这本出版大家的随笔力作，尝试破解陈芳烈老师功成名就的奥秘，为青少年成长成才树立学习的榜样。

青壮当努力，莫负时光鲜。陈芳烈1962年毕业于北京邮电学院（今北京邮电大学），同年入职人民邮电出版社，曾任《电信技术》和《电信科学》主编、人民邮电出版社总编辑，获授"有突出成绩的科普作家""全国先进科普工作者"等荣誉称号，策划、主编的"e时代N个为什么"丛书荣获2007年度国家科技进步奖二等奖。《翰墨鸿影》分"文化记忆""科普随笔"和"编创杂谈"三部分，读罢全书，你就能清晰地理出陈老师青壮努力、不负韶光、艰辛跋涉、走向成功的人生轨迹。

《小院的故事》展现了陈老师对事业的追求和热爱，即使在艰苦环境下，仍然始终保持积极向上的精神状态。《悠悠笔墨情》彰显了他对工作的积极主动：当《电信技术》载波专业编辑时，他在天津和苏州的载波站设立了联络点，经常与两站技术人员联系，鼓励他们写作，帮助他们改稿，先后在两站发展10多名作者。自25岁在《人民邮电报》发表第一篇科普文章，他的创作从此一发不可收拾，《留住兴趣》一文道出了他成功的奥秘：兴趣教他学会坚持，学会积累，学会沙里淘金，学会珍惜时间，引导他走向事业成功。

感恩重情义，不负前辈贤。在《翰墨鸿影》中，陈芳烈以感恩之心深情地回顾那培育他成长的土地，怀着高山仰止之情缅怀对他有引路之恩的先辈。第一部分"文化记忆"收录的文章大多与他成长的人和事有关，无论是《难忘恩师崔东伯》写中学恩师的教书育人、言传身教，《主编遗风》写佟树龄老主编对编辑工作的极端认真、对下属和弱者的慈心关爱，还是《风波》写出版社老书记张惠仁在恶劣政治环境下为下属主持正义、鼎力呵护，读来都十分感人。《成长的沃土，生命的摇篮——为人民邮电出版社65华诞而作》，更是将陈芳烈对为之奋斗了36个春秋的工作单位的一往情深表达得淋漓尽致。

陈老师十分感恩、珍惜这些前辈先贤对自己的指导、关心和帮助，视他们或为"编辑精神的集中体现者"，或为"人生的楷模"，并将他们的优秀品质予以传承、发扬光大。刘庚业还是一位普通基层电路技术员时，陈芳烈就鼓励他投稿，并一遍遍帮他修改稿件，使得他的文章终于登上《电信技术》，后又成为这份学术刊物的老作者。刘庚业由此逢人便说，他是人民邮电出版社培养出来的。

铁肩担使命，创新敢为先。古今中外，凡有成就者，无不具备"铁肩担使命，创新敢为先"的品质，陈芳烈参与、亲历与外资合作创办《米老鼠》连环画月刊的全过程就是最好的佐证。《邂逅〈米老鼠〉》一文，讲述了实现这一创举的生动故事。1992年6月1日，经过整一年的艰辛谈判，克服重重困难，突破种种"禁区"，人民邮电出版社与丹麦艾阁萌公司终于达成协议，由中国出版的第一本《米老鼠》杂志正式与读者见面。在此基础上，1994年在中国又诞生了首家中外合资出版企业——童趣出版社。

陈芳烈的使命意识、创新思维，在"科普随笔"和"编创杂谈"里都多有体现。他创作的许多科普文章，如《一个伟大的预言——克拉克与卫星通信》《剪断"脐带"的革命——浅谈移动互联网》《走向融合》等，都传播了当时的高新电信技术。他撰写的论文，如《创意：出版业不竭的源泉》《跨界思维与融合意识》《对科普创新的认识和思考》等，都反映了时代最新的编辑出版理念。

编辑甘作嫁，成果丰硕妍。人们常说，编辑工作就是为人作嫁，难成大气候。陈芳烈老师一辈子从事编辑工作，不仅成为优秀的编辑家，还是一位出色的出版家、著名的科普作家和电信专家。在陈芳烈看来，为人作嫁是编辑的神圣使命，但编辑同时也可为自己做几件"新衣"。于是，"多年来，在书香中夜读，在孤灯和清茗的陪伴下寻章觅句，成了我生活中的一项重要内容，也给我平添了几多乐趣"。他从写编辑应用文开始，然后写一些"豆腐块"大小的文章，再后来写与自己专业有关的科普文章，最后出版自己的科普图书。

数十年来，陈老师著译有《电信革命》《现代顺风耳——电话》《我的科普情结》等书籍20余本，主编"e时代N个为什么"丛书、"爱问科学"丛书、"少年科技百年图说"丛书等10余种，发表科普文章、论文300余篇。他以科学文化的积累和传播为使命，努力探索编辑出版规律，将编辑学带入大学课堂，成为把编辑出版实践升华为理论建构的积极尝试者。《翰墨鸿影》昭示读者，即使是编辑这样普通的职业，只要你尽心尽力，同样可以做得出彩、出色、出类拔萃。

如今，陈芳烈老师已年届耄耋，仍活跃于业界，著书、撰文、授课、咨询……正如刘嘉麒院士《序一》标题所言，"不要人夸好颜色，只留香气满乾坤"。掩卷沉思，感慨万千，谨填《水调歌头》词一首，褒赞陈芳烈老师及其大作《翰墨鸿影》。

前辈富何有？解密阅高篇。科学文化随笔，鸿影翰墨妍。皓首传知编创，电信激情探访，梨枣沁甘鲜。作嫁绣衣慰，成美育人甜。

字诚切，丰意蕴，善达贤。著书授课，出版肩任勇为先。实践真经凝聚，理论杂谈撷取，付梓普及宣。莫道秋菊晚，香气满坤乾。

注：本文刊载于2024年第1期《中国科技教育》"开卷有益"栏目。

济世悬壶溥爱单

2023年9月22日,《国医大师熊继柏手书疑难危急病症医案》(以下简称《医案》)新书首发式,以别开生面的形式在湖南中医药大学举行,81岁的国医大师、湖南中医药大学熊继柏教授将图书手稿捐赠给学校,并向湖南中医药大学15所附属医院赠送新书。《医案》由湖南科学技术出版社倾情出版,内容包括熊继柏教授书写的48个经典疑难杂症医案,是熊先生从医60余年的经验总结和心血结晶,个个精辟可师。细读《医案》,感触良多,窃以为,《医案》具有以下三大特点。

《医案》是熊继柏教授中医诊治成果的精华呈现。熊继柏教授1956年6月开始行医,之后在湖南省常德市石门县维新中医院从事中医一线临床工作;1979年被选调至湖南中医学院(现湖南中医药大学)工作,历任内经教研室主任、中医经典古籍教研室主任;1999年获评湖南省"名中医",2008年和2022年先后获聘第四批、第七批"全国老中医药专家学术经验继承指导老师",2017年入选第三届"国医大师",2020年当选中国中医科学院学部委员。长期以来,他坚持中医理论与临床实践相结合,善于辨证论治,精于理法方药,擅长诊治内科杂病、儿科病及妇科病,在诊治急性热病和疑难病症等方面更是有独到的经验,可谓理、法、方、药俱佳,是一位名副其实的中医全科老专家。《医案》收录的48个经典疑难杂症医案,凝聚了熊继柏先生毕生从医的心血,是他一辈子从事中医诊疗经验的高度总结和丰硕成果的精彩呈现。

新书发布会上,据同行专家介绍,熊继柏先生尤其擅长疑难病症和急症的诊治,曾创新性地提出辨清病性与病位的诊治思路,以及中医因证选方、依方遣药的治疗方法,治疗病患百万人次有余,临床疗效十分显著。2020年,为抗击新冠疫情,熊继柏先生临危受命,担任湖南省中医高级专家组顾问,亲临一线诊治、抢救新冠危重病人,所定方略彰显疗效,广获好评。如今,熊先生精选医案,结集出版,慷慨公布,可谓大爱仁医,功德无量,泽被后人。

《医案》是传统中医诊疗方法的直观演示。清代江苏名医徐大椿尝言:

"欲治病者，必先识病之名；能识病名，而后求其病之所由生；知其所由生，又当辨其生之因各不同而症状所由异；然后考其治之之法。"中医大夫诊疗医病，首先得"望""闻""问""切"，以察病情，以究病因，以明病理，以开药方，遂对症施药、察观疗效、继作改进。可见，认真书写中医处方，仔细书列方中药名、克数、剂量、煎服方法，既是传统中医诊疗的重要步骤，又是中医大夫的基本功夫，患者据此可体察出行医人的爱心、医术、品行、作风……熊继柏先生亲写的医案，字体俊秀、笔迹流畅、疏朗有致、收放自如，尽展扎实书法功底，可谓赏心悦目，尽显深厚人文情怀，让人肃然起敬。

《医案》中的处方尽量选用寻常中药，鲜见名贵药材，大医者总能多为黎民百姓着想，宅心仁厚，医爱博大。《医案》处方行文精准洗练：病情描述清晰，病史载录翔实，病因诊断明确，病方开得利落。处方文字既不故弄玄虚，更不拖泥带水，读来通俗明了；医案字体工整、清晰，绝无日常医生多见的龙飞凤舞、不知所云，熊继柏先生处处替就诊患者考虑，时刻把药品质量放在心上。品读《医案》，国医大师"高大上"的医德、医术、医风、医貌历历在目，让人难忘。

《医案》是中华优秀中医文化遗产的宝贵传承。《医案》的这种传承分别体现在形式传承、内容传承和精神传承上。在形式传承方面，《医案》的装帧、设计、印刷可谓匠心独具。中医乃中国传统医学，《医案》按古籍样式付梓，文字全部竖栏书写、排版，全书往右翻展书页、从右至左阅读；封面采用米色缎面精装，尽显古朴典雅周正；内页选用上等宣纸，单面印刷对折装订，油墨优质，黑灰养眼；全书仿照线装书锁订，翻阅轻松，摊展顺畅。《医案》的内容传承，前文已叙，不再赘述。至于精神传承，读者当可通过阅读《医案》，知晓熊继柏，了解熊继柏，认识熊继柏，继而学习熊继柏先生及其精神品德。

熊继柏先生从医67年，治病救人无数，栽桃育李万千，硕果累累，精神感人。自2014年始，他开办"中医临床现场教学课"80余期，专选疑难病人，边诊疗、边讲析、边传授，近万名临床中医大夫听课受惠。他在全国各地开设学术讲座300余场，分别在《中国中医药报》和《中华中医药杂志》开设"熊继柏医案专栏"和"熊继柏经典指导临床系列讲座",桃李满天下。他还把在湖南东健药业有限公司担任顾问的收入,每年以20万元的额度连续捐献5年,设立"东健·国医大师熊继柏奖励基金",用于奖励中医学科优秀青年师生。为此,熊继柏先生先后荣获湖南省卫生厅优秀教师奖、三湘好医生"大医精诚奖"、专家门诊医生德技双馨奖、湖南省新冠疫情防控先进个人立大功等奖项、称号。拜读《医案》,内行学医术,外行学精神,各有所得,都有所获。

中医药学是中华民族的伟大创造,是中国古代科学的瑰宝,《医案》无疑也是一份宝贵的文化财富,当倍加珍惜。有感于斯,填《南乡子》词一首,祝贺《医案》出版,褒赞熊继柏先生。

险重疑难,妙手开方转乐安。问切观闻医大道,心宽,济世悬壶溥爱单。

付梓书坛,翰墨珍稀细阅勘。今古揽收奇病案,标杆,文化传承惠杏繁。

注:本文刊载于2023年第11期《中国科技教育》"开卷有益"栏目。

诗意远方寄念情

日常生活中，人们心中常怀有一种向往未知的梦想和情愫，那是一种对诗意远方的想象和期许，更是一种心灵深处对美好、真善、仁爱以及自由的探索和追求。拜读好友刘合院士的《诗意远方》，我以为，这部新著对"生活不止眼前的苟且，还有诗和远方"这句名言做出了直观、深刻的诠释。

刘合是中国工程院院士、著名能源与矿业工程管理专家，作为科技领域响当当的人物，他在摄影界同样声名震耳，2022年出版了《科学之光　艺术之影——刘合摄影作品集》，2023年又应邀出任北京公益摄影协会名誉主席。《诗意远方》是他新近出版的摄影、诗文作品集，全书共分"人间印迹""人间风物""人间四时""人间烟火"4篇，收录摄影作品125幅、五绝配诗123首。摄影与诗词交相辉映，文字与图片相得益彰，诗意与远方相互融汇，令人赏心悦目、心旷神怡、击节称赞。

远方，因赋予诗意，更加浪漫绚丽、意蕴丰富，给人无限遐想。刘合老师用镜头记录地球上的万千气象，捕捉自然界的百态美景，以物咏人，摄物抒怀，呈现的是自然写真，表达的是真情实意，创作的摄影作品和五言绝句自然别具一格、独具魅力。"蜡梅花吐蕊，一缕暗香飘。绽放枯枝上，忠贞傲骨娇。""盛夏荷花映，多姿百态仙。暗香浮动净，傲骨配红莲。"拍的、写的都是凌霜傲雪的蜡梅和多姿百态的荷花，《蜡梅》和《夏荷》这两首五绝，映照的却是刘合院士身为知识分子的铮铮风骨和高洁品德，令人敬佩，让人仰慕。

我和刘合老师相识已五六年，与之交往，如饮甘泉，总是被他的真诚、坦率打动。2022年6月，刘合院士应邀在第二届科学、艺术与文化遗产高峰论坛上做主旨报告，因报告人多，我担心时间失控，主持时便对第一个做报告的他提出了必须守时的要求。谁知他竟提前15分钟结束报告，给后续报告人做出了表率、预留了时间，令人感动。"幽谷观君子，缤纷五彩妆。花开香四溢，风雅自流芳。"《咏兰》的摄影作品和五绝诗句，描述的不正是刘合老师这种乐于成人之美、待人宽厚诚恳的谦谦君子吗？

远方，因存续友爱，更加感情丰沛、温馨动人，让人倍加珍惜。我与刘合老师交往，受益良多，感触颇深。2023年我出版科学文化随笔集《青诗白话道真言》，刘老师欣然撰写推荐语，并专门赋诗祝贺："好书情意读，受益者心欣。布道从容谈，诗文学海勤。"这首题为《好书推荐》的五绝，也被收入《诗意远方》，是对我文学创作的莫大鼓励，令我深受鼓舞、十分惊喜。

刘合老师是东北人，生长于白山黑水，一生从事石油勘探、开采、管理工作，虽外表粗犷、性格豪放，但内心纤细、心藏仁爱。"夜眠清早起，应有惜花人。夏日艳阳照，平安你我身。"对应这首《惜花》五绝的摄影作品，是蓝天下三朵盛开的娇媚睡莲。表面上看，作者是在写惜花、拍爱花，内心表达的却是刘合老师对亲朋好友身体健康、生活美满的衷心祝福。

2020年12月8日，刘合老师的一位老领导、同事、好友因病不幸逝世，一年后，刘合写下五绝《老友周年祭》："周年诗祭拜，师友谊亲情。心感知恩遇，苍天念至兄。"与诗相配的是一丛鲜艳的金菊摄影作品，表达了刘合老师对亦师亦友故人的深深感激和怀念，读后令人动容。

《诗意远方》完成于三年新冠疫情期间，第三和第四篇中有多首五绝记录了广大民众在这段艰难时期的苦闷情愁、担心期盼、拼搏抗争的复杂心理，而《疫情狞》《齐援手》两诗则彰显了刘合院士的忧思和大爱："静赏飞花落，随缘旨在清。心翔矜动跃，谨记疫情狞。""江城临病毒，肺疾染黎民。四面齐援手，炎黄一脉亲。"

远方，因寄托愿景，更加多彩多姿、充满神秘，令人无比向往。人们努力工作、学习，就是为了追求美好的生活，实现憧憬的愿景和梦想。远方，或许是一朵悠然自在的白云，或许是一片广袤青盛的草原，或许是一汪蔚蓝浪卷的大海，也或许是一望浩瀚无涯的星空，更或许是一方安宁友善的净土。这些都是我们向往的愿景，它们有着无穷的魅力，吸引着我们

为之跋涉、登攀。"夜色雪山秀，蓝天寂静清。高原行摄苦，美景眼球赢。"这就是刘合镜头里、诗意中的《雪山》：险峻、圣洁、深邃；没有"高原行摄苦"，哪来"美景眼球赢"？

有梦想的地方，就会有风景；有愿景的地方，就要去追寻。当我们怀揣着诗意远方的梦想和愿景前行时，随处都可感受到这个世界种种的神奇美妙，时时都能触响我们内心细细的感动琴弦。此时，你会觉得，所有为之的付出、痴迷、癫狂，都是完全值得的。有刘合老师拍摄的《夕照佛香阁》和配写的五绝为证："夕照佛香阁，金光沐浴朦。百年奇景美，影友摄魂疯。"

远方，因预示难达，更加艰辛曲折、筚路蓝缕，催人努力奋进。刘合院士是我国采油工程领域的重要领军人物，常年工作在油田一线，单在大庆油田就工作了28年之久。科研、摄影与诗词创作，看似风马牛不相及，但他却在这三个截然不同的领域自由行走、融会贯通、硕果三收。我想，这无疑得益于他的专注、勤奋和创新。

抽油机是油田数量最为庞大、最具标志性的设备和景物，也是刘合老师最为专注的摄影对象。"叩首荒原上，油龙出海忙。黑金能奉献，机采美名扬。"五绝和摄影作品《抽油机》，与其说是在颂赞不分昼夜地向大地"鞠躬叩头"，把埋藏在地下的石油源源不断地举升到地面的抽油机，不如说是千千万万个像刘合这样"身披天山鹅毛雪，面对戈壁大风沙，嘉陵江畔迎朝阳，昆仑山下送晚霞"中国石油工人的真实写照。

我和刘合老师曾多次一同参加学术、科普活动，每次见他都是见缝插针安排时间，微信中见他常常也是赶最早的飞机出发，乘最晚的航班归来，公务繁忙，效率奇高。一首《夜航》五绝，道尽了奔波中的辛劳和收获后的欣慰："红眼航班乘，身心疲乏怜。辛勤加使命，努力肯钻研。"

刘合院士善于理论联系实际，创造性地解决生产实际中的各种疑难技术问题。他创建了采油工程技术与管理"持续融合"工程管理模式，攻克了精细分层注水、油气储层增产改造等一系列采油工程关键技术，解决了尾矿资源最大化利用和低品位储量规模效益开发等重大难题，先后五次荣获国家发明奖和科技进步奖。"创新无止境，认识再提升。勘探禁区进，能源产业兴。"这首《创新无止境》五绝，从一个侧面反映了他对科研、生产中创新、创造、创意的永无止境追求，是《诗意远方》仰望星空、脚踏实地的具体体现。

远方，因充满禅意，更加超凡脱俗、清澈明透，引人宁静致远。诗意的远方是一种美好的精神寄托，更是一种生活的探索和拼搏。现实生活中，当我们陷入琐碎和烦恼之中时，远方成为我们心灵的避风港，成为引导我们搏风斗浪的指示标。2007年，刘合老师被诊断患有恶性肿瘤并做了大手术，术后曾一度情绪低落、不知所措。后经朋友点拨，他开始拿起相机钻研摄影艺术。从此，自然风景、历史遗迹、人文景观、工作场景都成为他镜头捕捉的对象；行山川湖泊，观落日朝霞，看花鸟虫鱼，揽晨云暮霭，以镜头为笔，以摄影为乐，以作品抒情，对生活和世界的热爱再度被激发。"得失随缘走，心无苦恼愁。只求轻简过，更上一层楼。"一首《随缘》五绝，昭示着他生活的变化、心境的转换、眼界的提升、思想的升华。

刘合老师待人随和、宽容、大度，与人交谈，脸上总是挂着微笑，让人如沐春风。2023年年底，我拉他参加在温州举办的科普活动，一同为公众做科普讲座；接待方是一群热心科普、有志作为的年轻人，主人在街头排档用一碗十几元钱的当地特色鱼粉招待我们，刘合老师吃得津津有味，我想添一点小菜、饮料，他硬是不肯。大会报告时，年轻的主持人既未事先告知刘老师报告的时间安排，还把他安排在最后一位做报告，轮到刘老师时，他已在台下坐等了4个多小时。我直埋怨主持人考虑不周，刘老师却毫不介意，不让我批评活动组织者。"清雾湖滨起，微风绿树飘。仙家缘自我，心绪伴明昭。"读《清雾》五绝，赏《清雾》摄影，一个淡然、洒脱、宽厚、仁慈的学者形象浮现在我眼前。

近年来，刘合老师又开始了学写诗，"试图给自己的生活增添乐趣和文化人的恬淡""把中华文化底蕴加深一点，把自己的文学素养提升一点，把老年生活丰富一点"。他从字数最少的五言绝句起步，四处拜师，随时讨教，笔耕不辍，诗影合璧，《诗意远方》便是他坚持不懈的收成、孜孜不倦的回报。

科学研究旨在破解未知、了解真相、寻求真理、发现规律；摄影通过光学

万千肖像动心扉

镜头用眼睛观察世界、探寻自然，重在精神文化创意；诗词创作更是一门直击灵魂的艺术，重在人文情怀的表达。在刘合老师看来，这三者并没有严格的界限，本质上是相通的，都是求真、求善、求美，都寄托着人类对美好愿景的向往和追求。

诗意的远方也是一种内心的自由，更是一种生活的体验和享受。当我们受到各种束缚和限制，无法尽情展现自己的才华时，在诗意的远方，我们可以放飞想象的翅膀，尽情表达自己最真挚的情感和渴望，释放内心的冲动与激情。"日上白山夜江听，黑水云航静。素衣孤影，丘壑难平，年少踏歌行。//借得东风化寒冰，九州会群英。尘烟拂尽，寒窑生辉，归来自清明。"（调寄《少年游》）曾经的书生意气、风华正茂、激扬文字少年，如今已是功成名就、横跨多界、超脱卓然的花甲学者，端的是："蓦然回首事，欲语少言轻。淡泊头清爽，心平悦色明。"（《淡泊》）

作为中华传统诗歌的一种常见体裁，五言绝句具有简洁明了、含蓄深远、以小博大、以少见多的特点，寥寥二十个字便能展现出一幅幅清新、娟丽的画图，描绘出一种种壮美、辽阔的意境，传达出一行行深邃、隽永的哲思。因字少、句短、意丰，五绝可谓最难写，要求炼字、炼句、炼意，惜字如金，力争每个字都具有最大的弹性和张力，每一句诗都包含最为丰富的意蕴和情感。如此看来，刘合老师在这方面还有很大的改进空间，还有更大的提升潜力，也给我们留下了更多的欣喜期盼。

谨填《浣溪沙》词一首，祝贺《诗意远方》出版。

诗意远方寄念情，五绝摄影念情倾，交叉跨界贺才英。

科技人文相互映，真仁美善共和鸣。新书付梓献瑰琼。

注：本文是为刘合院士2024年3月在化学工业出版社出版的摄影、诗词文集《诗意远方》写的序。

宣讲精神培幼少

2020年9月11日，习近平总书记在科学家座谈会上发表重要讲话，对科学家精神做出了全面、精准的概括："爱国，创新，求实，奉献，协同，育人"。自此，有关科学家精神的科普图书蜂拥而出，而江西高校出版社2023年9月专门针对青少年出版的《礼赞科学家》一书，则独树一帜，备受欢迎。

一是篇章结构呈特色。市场上常见有关科学家精神的科普图书，或是某位卓越科学家的传记，或是一批著名科学家小传的集合，或是优秀科学家事迹的汇总，青少年读者很难从中体味科学家精神的方方面面，故学习科学家精神也难以做到有的放矢。《礼赞科学家》由"爱国篇""创新篇""求实篇""奉献篇""协同篇"和"育人篇"6大篇组成，分别对应科学家精神的6大特质，青少年阅读起来非常方便、顺畅，据此可对应学习科学家的高尚品德、卓越成就、崇高精神、博大情怀。

因为爱国，物理学家叶企孙少年时期便立志科学救国，为了民族解放而舍生忘死。为了创新，杂交水稻育种专家袁隆平一生躬耕稻田，期盼早日实现"禾下乘凉梦"。为了造福苍生，药学家屠呦呦一门心思搞科研，求真务实发明了青蒿素类新一代抗疟药。核潜艇设计师黄旭华隐姓埋名三十载，默默奉献为国铸核盾。像航天专家孙家栋一样，无数科技工作者团结协作、集智攻关，成就了"两弹一星"伟业。物理化学家徐光宪耕耘三尺讲台六十余载，桃李满天下。这样的篇章结构可谓条清理晰，对应的科学家故事自然生动感人；可见，策划编辑是动了脑筋、下了功夫的，效果自然显现。

二是精心遴选科学家。《礼赞科学家》每篇讲述了3位科学家的故事，全书共遴选18位杰出科学家作为科学家精神的典型代表。他们当中既有出生于19世纪末期的老一辈科学家如茅以升、叶企孙、竺可桢，又有新中国培育的中坚才俊如王选、王泽山、南仁东等。他们当中有的是"两弹一星"元勋如钱学森、程开甲、王大珩等，有的是"共和国勋章"获得者如孙家栋、屠呦呦、黄旭华，还有人是国家最高科技奖获得者如袁隆平、吴文俊、李振声等。这些科学家所从事的学科涵盖物理学、电子学、天文学、气象学、应用力学、农学、植物学、数学、中药学、计算机科学、船舶工程、应用光学、航空航天、土木工程、物理化学等领域。他们是弘扬科学家精神的楷模，是中国科学家群体的榜样，具有典型性和代表性。

三是内容取舍见功夫。科学家精神是科技工作者在长期科学实践中积累的宝贵精神财富，"爱国，创新，求实，奉献，协同，育人"既是中国科技工作者行为规范的历史记载和传承，又彰显了时代的特征，更是新时代科学家精神风貌的真实写照。茅以升的故事可谓妇孺皆知，但在"爱国篇"中，作为"中国现代桥梁之父"的他，既在积贫积弱的旧中国主持修建了铁路、公路两用的钱塘江大桥，打破了近代以来中国铁路桥梁的设计、施工全由外国工程师垄断的历史，又在抗日战争危难时刻毅然亲手炸毁了这座自己修建的大桥，以阻断日寇疯狂南侵的脚步，抗战胜利后他又主持大桥的修复工程，使之重获新生。从这样的角度讲述茅以升爱国的故事，可谓新颖、独特，进一步深化了"为国架桥，自立自强"的主题。

在讲述小麦遗传育种专家李振声"麦田拓荒，兴农强国"故事时，作者选用了"荣誉属于集体"这桩令人难忘的事件，巧妙地彰显了"协同"这一科学家精神。2007年，李振声荣获国家最高科学技术奖，同时获500万元奖金。按规定，其中450万元用作获奖人的自主科研选题经费，另外50万元可归获奖者个人。但在李振声院士看来，远源杂交的成果不是他个人的，而是团队全体成员共同努力的结果，奖金也应该属于集体。于是，他将这50万元个人奖金全部捐给了中国科学院遗传与发育生物学研究所，所里也拿出50万元，共同设立了"振声奖学金"。

四是作者群体彰实力。《礼赞科学家》的编撰集合了尹传红、李峥嵘、姚昆仑、丛中笑、吕春朝、星河、熊杏林、曹静等一批知名科普作家。尹传红现任科普时报社社长、中国科普作家协会副理事长，其作品曾荣获国家科技进步奖二等奖等奖项；李峥嵘现任北京日报出版社副社长，曾长期担任《北京晚报》科学记者。尹、李二人采访过许多科学家，尹传红还曾以《科技日报》记者身份采访、报道过"红色科学家"罗沛霖院士。在《礼赞科学家》一书中，这两人分别撰写了罗沛霖、吴文俊、王大珩和茅以升、叶企孙共5位科学家的故事。

现任王选纪念陈列室主任的丛中笑，曾担任王选院士的秘书，非常熟悉王选的先进事迹，她撰写的《王选：献身科学，创新典范》真实、感人。《程开甲：隐姓埋名，功勋卓著》的作者熊杏林将军，是程开甲院士唯一授权研究其生平和思想的专家，她曾多次深入戈壁滩搜集创作素材，文中披露的最新史料和照片令人耳目一新。姚昆仑研究员曾就职于国家科技奖励工作办公室，是最早出版袁隆平传记的创作者之一，他撰写的《袁隆平：躬耕稻田，心怀天下》无疑具有权威性。中国科学院昆明植物研究所原副所长吕春朝研究员曾任吴征镒院士办公室主任，与吴征镒一同编纂过《中华大典·生物学典》；他现任吴征镒科学基金会办公室主任，是讲述吴征镒科学家精神故事的不二人选。

科学家精神不仅是科学技术发展的动力和源泉，也是社会主义核心价值观的生动体现，更是人类社会发展和文明进步的重要支撑。这些优秀科学家群体为广大民众尤其是青少年树立了榜样，我相信，《礼赞科学家》将激励青少年读者保持对科学的热爱和对未知的好奇，爱国为民，追求真理，勇于创新，甘于奉献，团结协作，砥砺前行。

有感于斯，特填《浪淘沙令》词一首，褒赞《礼赞科学家》一书，并在2024年"全国科技工作者日"来临之际，向广大科技工作者致敬。

赤胆爱国家，奉献年华。创新科技探无涯。协作求实彰典范，桃李繁花。

事迹感人嘉，学者骟骅。鲜活生动纵情夸。宣讲精神培幼少，书映彩霞。

注：本文刊载于2024年第5期《中国科技教育》"开卷有益"栏目。

大爱仁医术业精

培养一个医术高超的大夫，并不是一件非常容易的事情；这样的医生对病人还有悲天悯人的菩萨心肠，就更加难能可贵了；满足上述条件，同时又能撰写畅销科普图书、吸粉开公众号，这样的医生可谓凤毛麟角；具备这三方面的素质，还能写漂亮的毛笔字，灵魂更是有趣，这样的极品网红优秀大夫恐怕打着灯笼都难找。

但是，我却可以自豪地告诉大家，我就认识这样一位大夫，他就是北京协和医院妇产科主任医师、博士生导师谭先杰教授。拜读他的科普大作《协和妇产科医生手记》，更是坚定了我对他的认识和看法。

《协和妇产科医生手记》于2022年9月由人民卫生出版社出版。这是一部临床一线医生写的科普手记，总共46篇文章，分"身为医生""诊问随笔""协和印记""医在旅途"和"百味人生"5章。作者以临床医生的视角，真实记录了自己在学医、接诊、医治疑难病症过程中所发生的故事，全方位展现了一位出身农家的中年医生成长的酸甜苦辣、大爱仁心，悉心描述了一个个重病甚至绝症患者求医的艰难曲折、唏嘘经历，深情展示了在当前医患关系紧张情形下医生和病人及其家属之间的相互信任、真挚情谊；46个有趣、感人、励志故事汇成了一部传播妇科知识、关爱女性健康、重视生命教育、体现人文关怀的温馨交响曲。

第一章"身为医生"收录的都是发生在妇产科手术前后的真实故事。"近年来，人们对医学的期望值越来越高，一旦出现问题，有时难以接受，导致大大小小的医患纠纷越来越多，医生们的胆子也越来越小。"《手术背后》讲的就是谭先杰冒着巨大手术风险，成功从一位青年孕妇腹中摘除两个比足球还要大的肿瘤，成功挽救病人生命的故事。故事情节惊心动魄、扣人心弦，作者更多的是赞颂病人及其家属对自己的绝对信任，麻醉师及其同事们的全力配合，以及恩师郎景和院士作为坚强后盾给予的倾力支持，读来感人至深。这一章既讲述了作者"过五关，斩六将"的成功医案，也披露了"输吕蒙，走麦城"值得吸取教训的手术。在作者看来，对于极为罕见的疑难病患，医生必须万分重视，不能心存丝毫侥幸；因为"万分之一只是概率，摊到了就是百分之百。过去了，就是故事；过不去，就是事故"。对生命如此敬畏，对工作如此负责，这样的医生怎能不优秀？

第二章"诊问随笔"收录了谭大夫9篇医学随笔，"多半是在出完门诊之后，或等待手术开台之前的灵光一现，庄谐成趣，并包含健康知识"。我读这一章更多地感受到的是谭先杰大夫设身处地为就诊者、病人考虑所彰显的关爱、仁慈、体贴和细心。《进妇科诊室别带"闺密"》是作者给年轻女性求医者苦口婆心的忠告，因为涉及与病情有关的性生活、怀孕史之类极为私密的医生问诊，女性就医者在闺密陪伴下极有可能不讲实话，这有可能导致医生误判，从而耽误治疗。因此，谭大夫一如既往地给出了金句般的规劝："有一种财富，叫作隐私；有一种关爱，叫作回避。"

谭先杰为什么选择学医？他是怎样走进协和医院这座医学圣殿的？协和医院的学子们又是怎样传承前辈们的优良传统的？第三章"协和印记"给出了这些问题的答案。"从医的头20年，我一直在兑现自己对母亲的承诺——上医学院，当医生；到大医院，当什么病都能治好的医生。"协和医院建有实习医生给病人抽血制度，实习生即使一针不能见血，通常也不会招来病人责骂。谭大夫由此感叹道："医生不是天生就会抽血的，病人是医生真正的老师，医生需要感谢病人。"正因为对医患关系有着如此通透、清醒的认识，步入协和医院的第二年，谭先杰就被评为"年度最佳住院医师"。协和素来以住院医生培养严格、规范著称，"最佳住院医师"奖项的含金量最重，即使之后又获得过许多更为重要的奖项，谭先杰至今仍把这个奖项看得最重，因为它影响了自己的人生走向。

作为医生尤其是临床医生，人在旅途遇见病患，你会怎么办？此时此刻，不仅考验人性和良知，更考验医生的医术和担当。《飞机上，有人捂住了女子的嘴》《7号车厢，紧急呼救》《高铁上，又有人"非法行医"》，第四章"医在旅途"的这三篇文章讲述了作者旅途出诊的故事，个个既令人心惊肉跳又感人肺腑。三个故事中遇到的都不是作者专攻的妇产科病例，常言道"隔行如隔山"，但是，谭先杰每次都是第一时间冲出去，毫不犹豫地参与抢救。真可谓，人间有真情，仁医有大爱啊！

第五章"百味人生"讲的是作者脱下白大褂后，作为父亲、作为兄长、作为儿子、作为亲戚、作为朋友、作为一名普通人生活中的另一面，充满亲情、温情和友情。《协和妇产科医生手记》文笔平实，幽默风趣，娓娓道来；作者敢于自嘲，感情真挚，亲近可爱；书中故事因真实而格外生动，因有趣而愉悦耐读，因隽永而值得品味。

和谭先杰教授打交道，你会觉得他单纯得像个孩子，喜怒哀乐溢于言表，情绪丝毫不加以掩饰。他在书中写道："我不是一个优秀的医生，因为，我不够单纯，想得太多。但我是一名合格的医生，因为，我敬畏生命，尽心尽力。"在我看来，正是因为单纯，毫无私心杂念，才能如此优秀；正是因为敬畏生命，尽心尽力，才能如此出类拔萃。

品读《协和妇产科医生手记》，不胜感慨，特填《浣溪沙》词一首，以表对谭先杰教授的敬佩之情，对这部优秀图书的褒奖之意。

大爱仁医术业精，扶伤救死解危情，协和妇产美扬名。

接诊医疗书手记，传知叙事写冰清。先锋科普踏歌行。

注：本文刊载于2023年第9期《中国科技教育》"开卷有益"栏目。

第三篇
智者风采

蔡伦造纸惠千秋

2023年11月3日下午,湖南省耒阳市蔡伦纪念园。在一阵清亮、悠长的号角声中,87岁高龄的著名纸史专家李玉华女士缓步向前,高声诵读蔡伦祭拜文,拉开了"第二届衡阳旅游发展大会纸文化传承活动"的序幕。

耒阳是纸圣蔡伦的故里,同时也是诗圣杜甫的卒葬之地,享有"荆楚名区""三湘古邑""汉白玉之乡""油茶之乡""楠竹之乡"等美誉,拥有中国连片面积最大的竹海,旅游业已成为当地重要的支柱产业。向蔡伦坐像敬献花篮、行鞠躬礼后,与会嘉宾、游客遂步入以油纸伞、岳州扇、南岳剪纸、滩头年画等非遗传承项目为载体汇聚成的纸文化长廊,参观蔡伦纪念馆,在蔡伦古法造纸技艺传习所体验古法造纸技艺的精妙,感受中华传统文化的魅力。

据中国造纸学会秘书长曹春昱教授介绍,蔡伦发明造纸术深受前人丝絮生产工艺的影响。古人用上等蚕茧抽丝织绸,将余下的恶茧、病茧用漂絮法制取丝绵;每次漂絮完的篾席上都会遗留一些残絮,用篾席多次漂絮,残絮便会累积成一层纤维薄片;纤维薄片晾干后剥离下来,便可用于书写。古籍把这种絮片称为赫蹄或方絮。方絮因数量稀少,价格昂贵,只能供达官显贵书写使用。

时任尚方令的蔡伦,在主管御用器具制造期间,经多年摸索、实践,发明了用树皮、麻头、敝布、渔网等为原料制造植物纤维纸的办法。东汉元兴元年,也即公元105年,蔡伦将自制的植物纤维纸献呈汉和帝,得到和帝的褒赞和赏赐,并下令在全国推广使用,纸张逐渐取代笨重的竹简和昂贵的丝帛,成为即使是平民百姓也用得起的书写用品。后人把蔡伦发明制造的这种植物纤维纸称为"蔡侯纸"。

在"蔡侯纸"发明前的一百多年,人们就已经开始寻找造纸的方法,全国多地考古发现的"灞桥纸""中颜纸""金光纸"等,就是西汉时期先人找寻、探索的具体反映。这些所谓"西汉纸"的考古发掘,使得蔡伦造纸术的发明曾一度受到质疑,一些学者甚至认为蔡伦并非造纸术的最早发明者,他只不过是改良了已有的造纸术。但是,更多的研究者用事实证明,"灞桥纸"等

"西汉纸"只是纤维物的简单堆积，相较于制作原料，其物理、化学性质并没有发生根本的改变，因而都不是现代意义上的"纤维纸"。

蔡伦发明的造纸术，不仅降低了生产成本，还规范了工艺流程，使得这种创新技术易于学习、推广。在原料选择上，蔡伦主要利用废弃的麻料和易得的树皮，生产成本得以大幅降低。在生产制作上，他根据植物纤维原料特性和手工作坊生产要求，创造了"锉、煮、捣、抄、烘"五步造纸工艺流程。"锉"即切断或砍碎原料，今天的造纸业谓之曰"切料"；"煮"是为了脱掉树皮、麻料中的果胶和木质素，等同于现代造纸工艺中的"脱胶"；"捣"就是将切碎、煮烂的原料舂捣成浆，即今天造纸行业里的"打浆"；"抄"就是用篾席或丝网在纸浆里抄纸，今天的造纸行业仍沿用了这一工艺名称；"烘"是把"抄"出来的纸页摊平晾干，它是蔡伦造纸法的最后一道工序。

史籍记载：蔡伦"每至休沐，辄闭门绝宾，暴体田野"。可见，蔡伦发明造纸术并非轻松所得，每逢节假日，他都闭门谢客，深入田间地头，走访工场作坊，学习、探寻与造纸工艺相关的方法与技术。真可谓，锲而不舍，天道酬勤。蔡伦之后近2 000年的今天，世界各国造纸的主要工艺流程，基本上还是沿袭他发明的"蔡侯纸"生产原理，无非是把手工操作改成机械操作，继而把机械操作改进为自动控制，不断提高造纸的效率和质量。

蔡伦发明的造纸术直接推动了人类社会文明的进步，公元400年前后传到朝鲜，又过了约200年传到日本，约公元700年传到中亚和西亚，公元900年前后传到北非，大约在公元1100年传到欧洲。纸张在世界各国的推广、应用，快速推动报刊、图书业发展，给先进思想的传播和优秀文化的传承插上了翅膀，继而对世界文明的进步产生了一系列深远的影响。

"举办纸文化传承活动旨在招贤纳士、集思广益，挖掘蔡伦造纸深厚的创新文化，领悟蔡伦造纸伟大的创新魅力，把握蔡伦造纸蕴含的创新理念，以此作为耒阳加快转型发展的重要文化和智力支撑。"活动期间，耒阳市委书记赖馨正告诉笔者。

"诗里，画里，蔡伦故里，耒阳在这里欢迎你。"感受"千年纸都"的文化魅力，畅想"荆楚名区"的美好未来，特填《浪淘沙令》词一首，以表情怀。

怀圣耒阳游，胜景寻收。三湘古邑玉白柔。竹海绿涛歌万顷，杜甫诗讴。

盛会聚名流，思绪悠悠。蔡伦造纸惠千秋。古法传承新创造，集智筹谋。

注：本文刊载于2023年11月10日《科普时报》"青诗白话"栏目。

科乐王子露真颜

20世纪30年代，英国国王爱德华八世（1894年6月23日—1972年5月28日）因追求爱情而选择主动退位，成为英国和英联邦历史上唯一自动退位的国王。"不爱江山爱美人"的佳话，一直流传至今。

400多年前的中国，也有一位王子，不爱江山爱科学、爱艺术，他就是明太祖九世孙、郑恭王朱厚烷的长子朱载堉（1536—1611）。1591年，朱厚烷去世，朱载堉理应继承王位，但他却七次上书推让，终得辞位去爵，归隐山林，遂潜心研究，著书立说，开辟出另一片光彩夺目的自由天地，成就了多学科高山仰止的学术伟业，被中外学者尊崇为"东方文艺复兴式的圣人"。

这正是：

风流倜傥钟情专一不爱江山爱美人英伦温莎公爵传佳话，
志存高远兴趣广泛尤迷艺术迷科学明代郑蕃王子留美名。

2018年5月30日，"爱科技的音乐王子：朱载堉科学艺术成就展"在中国科学技术馆举行开幕式；在之后的一个月里，详细展示了朱载堉在律学、乐学、舞学、历法学、算学、物理学、天文学、文学等领域所取得的辉煌成就，宣传这位百科全书式的伟大历史人物。

作为音律学家，朱载堉的最大贡献是证明了匀律音阶的音程可以取为2的12次方根，创建了十二等程律（又称十二平均律），该理论之后被广泛应用于键盘乐器。

作为乐器制造家，他精心制作出了世界上第一架十二等程律定音乐器——弦准和律管，把十二平均律的理论推广到音乐实践之中。

作为舞学家，他首创"舞学"，为舞学制定了大纲，奠定了理论基础；绘制大量舞谱和舞图，创作的"天下太平"字舞谱，为今天的团体操开了先河。

作为舞蹈家，他把踩高跷和抬花轿两种民间表演艺术结合起来，精心设计出高抬火轿的表演形式，提高了民间艺人的地位。

作为算学家，他是历史上用珠算进行开方运算的第一人，所开出的高次方程根精确到小数点后24位；在世界上最早解答了已知等比数列的首项、末项和项数，解决了不同进位制的小数换算问题。

作为计量学家，他对累黍定尺、古代货币和度量衡的关系等都有极其细密的调查和实物实验，特别是关于历代度量衡制变迁的研究一直影响至今；他还提出了一系列管口校正的计算方法和计算公式，精确地测定了水银密度。

作为历法学家，他经过仔细观测和计算，求出了计算回归年长度值的当时最精准公式。1986年，专家们用现代高科技测量手段对他关于1554年和1581年两年的计算结果进行了验证；结果发现，两次的误差值分别仅为17秒和21秒。

作为天文学家，朱载堉首次精确测得洛阳地区的磁偏角为4°48′，这是中国历史上第一个精确数值的地磁偏角记载。他还推算出北京的地理纬度。

作为文学家，他的诗词小令堪称批判现实主义文学的典范。

明代有许多科学家，公众对他们可谓耳熟能详，如李时珍、徐光启、宋应星等。但是，很少有人知道并了解朱载堉及其在科技、艺术等领域所取得的伟大成就。朱载堉出生于河南怀庆府河内县（今河南省沁阳市）。沁阳素有"覃怀古郡，河朔名邦，商隐故里，律圣之乡"的美誉，可谓民风古朴，英才辈出。关于沁阳名人，人们都很熟悉"沧海月明珠有泪，蓝田日暖玉生烟"的晚唐杰出诗人李商隐，也很了解为掩护群众撤离英勇阻击日寇、宁死不降、舍身跳崖的"狼牙山五壮士"之一的宋学义，甚至还知道人民空军第三任司令员马宁将军。但是，很少有人知道并了解作为"律圣""乐圣"的朱载堉。翻开中国任何一本历史教科书，无论是小学的中学的还是大学的，都很难找到朱载堉的名字。对这种现象，英国现代生物化学家、科学技术史专家李约瑟博士曾有过一句辛辣的评论："这真是不可思议的讽刺。"

中国科学技术馆是国家重要的科普基础设施，肩负着普及科学知识、弘扬科学精神、传播科学思想、倡导科学方法、提升全民科学素质的重任。值改革开放40周年、中国科协成立60周年、中国科学技术馆开馆30周年之际，以及第二个"全国科技工作者日"之时，中国科学技术馆与沁阳市人民政府共同举办"朱载堉科学艺术成就展"，对于弘扬科技传统，宣传优秀成果，增强文化自信，营造尊重劳动、尊重知识、尊重人才、尊重创造的良好氛围，促进创新创造，都具有重要的意义。

有感于斯，谨作《科乐王子露真颜》诗一首，以颂先贤，以表情怀。

世说承运乃奉天，功名利禄众趋前。
七疏让国艺术幸，二数开方音律全。
累黍定尺度量衡，历法精算回归年。
文艺复兴东方圣，科乐王子露真颜。

注：本文刊载于2018年6月8日《科普时报》"青诗白话"栏目。

近代先驱颂张謇

晚清多产作家李伯元在其所著《南亭四话》里记载了这么一个楹联趣事：乾隆皇帝南巡时，得一刁钻上联"南通州，北通州，南北通州通南北"，随行官员无人能对，最后还是聪明的纪晓岚以绝妙下联"东当铺，西当铺，东西当铺当东西"得以应付解围。

以前，我只熟悉属于北京市辖区的通州，到过江苏省南通市后，才知晓地处南国的通州。南通，古称通州，别称静海、崇州、崇川、紫琅，位于长江三角洲中心区，集"黄金海岸"和"黄金水道"优势于一身，为中国首批对外开放的沿海城市，被称为"中国近代第一城"。而这一美誉又与南通市第一历史名人张謇密不可分。

张謇，近代杰出的实业家、教育家、政治家，1853年7月1日出生于今南通市海门区常乐镇，曾被清廷授翰林院修撰，担任过北洋政府农商总长兼全国水利总长。弃官从商后，借助家乡这块宝地，张謇践行"实业救国"理想，励精图治，发奋作为，一生创办20多家企业、370多所学校，为中国近代民族工业兴起、教育事业发展做出了卓越贡献。

1895年，两江总督张之洞委派张謇以"总理通海一带商务"的名义在南通筹办纱厂；历时4年纱厂终建成，张謇遂取《周易》中"天地之大德曰生"之意，为纱厂取名"大生"，开启了他在南通州大办实业、大兴教育、大助社团的筚路蓝缕历程。我的职业生涯局限在高校和科技社团，因而对张謇在教育领域和群团组织所做贡献更感兴趣。

张謇认为，"父教育，母实业"，教育可启迪民智，能促进实业；因此，在创办实业的同时，他还提出了"民智国牢兮""实业、教育迭相为用"的主张，希冀以此推动积贫积弱的中国跻身于世界先进行列。1902年，张謇创办了中国第一所师范学校——通州师范学校并亲任校长，后将招生扩展至江苏各地，乃至江西、安徽、山西、陕西、甘肃等省；1906年，学校增设农、工、蚕、土木、测绘等科，发展成为一所多学科的师范学校。

自此，张謇创办学校、兴办教育的劲头一发不可收拾，随后陆续创办了中国第一所民办女子师范学校——通州女子师范学校，中国第一所特殊教育学校——狼山盲哑学校，中国第一所新型戏剧学校——伶工学社……主持创办了中国第一所纺织高等学校——南通纺织专门学校，中国第一所水产高等学校——江苏省立水产学校，中国第一所航海高等学校——吴淞商船学校……参与创办了复旦公学、中国陶业学堂、国立东南大学、南京高等师范学校、同济医工学堂等高校，创建了从学前教育到高等教育，从普通教育到职业教育、社会教育、特殊教育一套完整的示范性学校教育体系，有效地促进了近代南通教育体制由传统向现代转型，其所办学校数量之多、范围之广，可谓前所未有，堪称奇迹。

我曾在中国科学技术馆公干4年，现仍任《自然科学博物馆研究》杂志主编，十分关注科技博物馆发展历史。也是到了南通才知道，1905年，张謇创建了中国第一家民间公共博物馆——南通博物苑。博物苑起初附属通州师范学校，按天产、历史、美术、教育四部收藏展品，主要用于辅助教学，后脱离学校独立，面向社会开放。

濠南别业为张謇的故居，它的主楼为一英式建筑，如今是南通博物苑的重要组成部分。参观博物苑，瞻仰濠南别业，我对张謇扶助、创建民众社团组织，开创文化、科技事业的丰功伟绩有了更多了解。1907年，张謇创办南通农会，下设农事实验场、桑园等，担负起改良种植、指导农业和筹办荒歉救济等责任。1920年，张謇等人发起成立江苏自治组织"苏社"，在周围各县倡导自治，号召不要依赖无能的政府和腐败的社会来谋取地方事业的发展，遂将南通改造成为全国模范县。

1912年，张謇将城南东岳庙改建成图书馆，并亲任名誉馆长，设读书房67间、书橱200架、藏书13万卷，供民众启蒙、开智。1916年，他在军山峰顶建造了中国第一家气象台，并把气象记录资料汇编成中英文对照日报、季报和年报，与40多个国家和地区的1000多个气象台交流。1922年，他还盛邀中国科学社到南通召开年会，将"赛先生"之火引燃南通。

万千肖像动心扉

改革开放以来，南通市发展迅猛，2020年国内生产总值（GDP）已超一万亿元，成为江苏省第四大经济城市，并于2021年9月新晋为国家级区域中心城市。忆昔抚今，感慨万千，张謇先贤勇于开拓，通州后辈敢于作为，南通市"强、富、美、高"宏伟愿景定能实现。有感于斯，特填《风入松》词一首，以表情怀。

滥觞科教数南通。名不虚空。办学建校兴实业，创博苑、启智开蒙。近代先驱张謇，崇州商企昌隆。

濠河城抱古民风。朴善勤浓。黄金水道连天下，改开放、气势恢宏。强富美高画卷，拼搏奋斗飞腾。

注：本文刊载于2021年11月5日《科普时报》"青诗白话"栏目。

滴水映辉彰典范

1985年5月，我从北京工业学院（北京理工大学前身）力学工程系硕士研究生毕业，遂留校分配在《学位与研究生教育》编辑部工作。这份期刊由当时的国务院学位委员会办公室和国家教委研究生司主办，编辑部设在北京工业学院，办刊人员归学校研究生院管理。截至1992年12月，我在编辑部从事编辑工作长达7年半，见证了从试刊到创刊，季刊到月刊，铅字排版到激光照排，黑白印刷到彩色印刷，内部期刊到重要核心期刊的整个发展历程。

那段时间，由于工作性质的缘故，我经常与高校的一些著名专家学者打交道，他们中的许多人给我留下了深刻的印象，但令我肃然起敬的并不是那印在名片上的一长串称号、头衔，他们的人格力量和学者风范更令我敬佩、让我折服。

结识高景德院士还是在他当清华大学校长时。那是1988年初春的一天，我和编辑部的刘恢银老大哥一道，赴清华大学机电系采访我国自己培养的第一位工学女博士——倪以信。交谈中，倪博士告诉我们，她是高景德校长的学生，攻读博士学位时受教于高先生门下。碰巧的是，这一天高校长正好到机电系参加博士生毕业论文答辩。陪同我们采访的研究生院王心丰老师提议，把高校长请过来与倪以信合拍一张照片，用在《学位与研究生教育》封面上不是很好嘛！建议确实不错，但高先生这样的大学者、全国最好大学的校长能说来就来吗？我和老刘心里很是犯嘀咕。王心丰老师是机电系研究生毕业后到研究生院工作的，对高校长非常了解，成竹在胸的回答打消了我们的顾虑："没问题，高先生特好说话。"不一会儿，他就把高校长请了过来。

高校长果然特好说话。这位老先生一点架子也没有，老刘噼里啪啦一口气拍了十几张片子。在这十几分钟里，高校长被我们摆弄过来摆弄过去，脸上始终挂着微笑，没有一句怨言。他时而回答我们的提问，时而和倪以信低声交谈，时而询问我们办刊情况。他告诉我们，《学位与研究生教育》他每期都看，对他指导研究生颇有帮助。高校长的神情是那样的自然，没有一丁点的做作。此时此刻,在我的眼里,他不再是一位海内外著名高等学府的一校之长,也不是一位国际闻名的电机与电力系统专家,而是一位慈祥的长者、熟悉的朋友。

在高校长和倪博士的密切配合下,照片拍得很成功,不仅被用作刊有采访稿的那期《学位与研究生教育》封面,《人民日报海外版》记者后来采访倪以信时,也采用了老刘拍的这张师生合影照。

蒋慰孙教授是华东化工学院(华东理工大学前身)博士生导师、著名的工业过程自动化专家。他在"生产过程模型化与控制"领域所取得的成就,以及应用高级过程控制技术为国民经济带来的巨大经济效益,令海内外学者瞩目。1987年第5期《学位与研究生教育》刊登了蒋教授的《博士生培养之我见》一文,这篇文章是该校通讯员提供给我们的,发表后反响很好。几个月后,编辑部收到了蒋先生的一封来信和一张40元的汇款单。蒋慰孙教授在信中写道:"感谢编辑部发表我的文章,现将40元稿费退回,因为这篇文章我已先给《上海研究生教育》杂志且在创刊号上刊登了。给你们添麻烦了,请原谅。"

这是我在《学位与研究生教育》编辑部工作期间收到的唯一一份稿费退款单。其实,蒋教授完全没有必要把这份稿费退回,因为《上海研究生教育》只是一份刚创刊的内部刊物,况且《学位与研究生教育》是在它之前登出蒋教授文章的。退一步说,蒋教授要是觉得一篇文章拿两份稿酬于心不安,完全可以退掉《上海研究生教育》的那一份,因为该刊的稿酬标准比我们低得多。可蒋先生没有这样做,在他看来,《学位与研究生教育》发表的文章是通讯员推荐给编辑部的,而刊登在《上海研究生教育》上的则是他自己主动投稿,理应把我们这份稿酬退掉。我虽然没有见过蒋教授,但这件小事却让我永远记住了他。

作为一名工科专业出身的社科期刊编辑,我的文字功底应该说是在《学位与研究生教育》编辑部工作期间打下的,这在很大程度上得益于忘年之交杨波洲教授当年对我的言传身教、悉心指导。1984年8月,国务院批准北大、清华、复旦等22所高校首批试办研究生院时，杨老师刚从复旦大学研究生部副主任位置退休。当时，为了解决稿源不足和编辑人手短缺问题，编辑部从这22家研究生院分别聘请了特约编辑、通讯员各一名，特约编辑由各研究生院推荐在任副院长或处长担任，主要任务是帮助我们审稿、改稿、荐稿，杨波洲老师是22个特约编辑中唯一一位已退休但仍被复旦大学推荐的特约编辑。

创刊初期，《学位与研究生教育》编辑部只有四五个人，每个人都兼任多个岗位，我除了承担日常编辑、记者等业务工作外，还负责联系特约编辑和通讯员。1985年12月，杨老师来京参加第一次编辑部工作会议，我到车站接他，尽管我俩年龄相差三十多岁，但彼此一见如故、格外投缘，随后书信不断。杨老师审稿、改稿极为认真，审稿单上通常都写满审读意见，录用的稿件经他编辑加工后基本上就不用我们再费心了。

杨老师是复旦大学历史系毕业，曾在校办当过秘书，文字功底很棒，之后到校研究生部工作，并被任命为副主任，专职负责研究生工作。当时的研究生部由著名数学家、复旦大学校长苏步青院士和著名历史学家蔡尚思教授兼任正、副主任，他们对杨波洲的工作作风影响很大。杨老师做事严谨、周到，给我这个晚辈写信同样规范、讲究，文字书写整洁、漂亮。他向我传授信函的写作秘诀：准确、精练、得体。"准确"要求意思表达清楚、无误，"精练"要求文字言简意赅；而"得体"最不容易做到，需要细心体会、用心琢磨，通过运用合适的文字、恰当的语气和适当的方式把双方的身份、地位、处境等关系恰如其分地反映出来。为此，写信人不仅要有很强的文字功底，还要有良好的素质修养。

1987年12月，第二次编辑部工作会议在厦门大学召开，厦大中文系专门对编辑部全体工作人员以及所有特约编辑、通讯员进行了一次业务培训。中文系主任从《学位与研究生教育》过刊中随机抽取了三篇文章进行现场讲评，指出了其中的语病、文法、编校等方面的错误。碰巧的是，这三篇文章都和我有关，一篇是我以"本刊记者"名义写的会议综述，另两篇是经我编辑加工后刊出的论文。这位系主任水平非常高，把所有问题讲得十分透彻，批评也很不讲情面，对我震动非常大。事后，杨老师得知我一度很沮丧，遂写信安慰我，并给我讲了影响我一辈子的这样一段话："小苏，我们当编辑的，就像战士守战壕，你只有永远不期望还有第二道防线可退守，才能丢掉幻想，真正守住阵地，才能真正把好文字关。任重道远，加油努力吧！"

如今，高景德、蒋慰孙、杨波洲三位长辈学者都已作古，但他们高大的形象今天仍在我眼前浮现，他们的精神风范至今仍滋润我、教育我、影响我。谨填《浣溪沙》词一首，以表对先贤们的景仰、敬佩、怀念之情。

遥忆当年故事多，专家学者爱温呵，青苗成长势如波。

滴水映辉彰典范，高山仰止耸巍峨。小文追记奉心歌。

注：本文刊载于2022年第2期《上海研究生教育》。

愿得灵象塑新形

1993年2月下旬的一天，时任北京理工大学校长朱鹤孙教授交给我一封钱学森院士写给他的信函，希望我认真阅读消化后，协助他起草给钱老的复函。钱老为"两弹一星"元勋，被誉为"中国导弹之父"，是享誉海内外、令我辈高山仰止的战略大科学家；我那时刚任学校校长办公室副主任，朱校长将这么重要的事情托付给我，惶恐之余，我更觉责任重大。

钱老的这封信写于1993年2月16日，内容是谈艺术设计问题。这一年第2期的《科学美国人》（*Scientific American*）杂志刊登了一篇题为《动态艺术工艺学》（*A Technology of kinetic Art*）的文章，钱老读后认为很重要，遂致函朱校长，希望他在北京理工大学创设这一新兴学科。钱老在信中指出，这篇文章的作者乔治·瑞斯基（George Rickey）"1946年开始搞在微风中会动的'塑型'，1953年第一次展出"。他认为，乔治·瑞斯基"的确具有创造力，创出前所未有的'动艺（Kinetic Art）'"。钱老建议把这门新兴艺术称之为"灵象"，希望中国的高校尽快发展这门艺术。在钱老看来，乔治·瑞斯基在这个领域"只是开了个头，我们要发展它""胜过乔治·瑞斯基"。

接到任务后，我细心研读了钱老的来信和随信所附这篇文章的复印件，从朱校长那儿了解了钱老写这封信的来龙去脉，查阅了钱老有关艺术设计方面的大量论述文章，着手复函的起草。

1984年，北京理工大学在全国高校率先设立工业设计专业，钱老对朱校长的这一远见卓识极为赞赏，并予以鼎力支持。钱老非常关心工业设计这门新兴学科的建设和发展，在很多场合对我国工业设计学科的发展方向做过重要指示。他认为："工业设计是综合了工业产品的技术功能的设计和外形美术的设计，所以使自然科学技术和社会科学哲学中的美学相汇合。"他还强调："把技术跟艺术、技术跟美术完全割裂开是不对的，不符合人类建设的历史。"朱校长在交代复函任务时特别向我指出，钱老写这封信，表明他对北理工的信任以及所寄予的厚望，我们应在实际工作中认真贯彻落实。

乔治·瑞斯基是美国著名的动态雕塑家（kinetic sculptor），1907年6月6日生于苏格兰，他先在英国格莱纳尔蒙学院（Glenalmond College）获历史学学位，后自费进入巴黎洛特学院（Lhote Academy）学习现代绘画；移居美国后，他曾在多所学校教授艺术课程，第二次世界大战期间曾加入美国空军从事地勤工作。战后，乔治·瑞斯基开始创作在微风等外力的作用下会动的雕塑。通过观察钟表摆的运动，他创造了"动艺"这一独特艺术，经过几十年的不懈努力，他给城市中静止不动的雕塑赋予了活力，让它们能随自然风的吹拂款款摆动，变换不同的形态。这种在公共开放空间进行的艺术创作，创作者不仅要考虑雕塑设置的场所，还要考虑其周边的环境及其个性化造型，以及光线明暗和在风的动态下所表现出的情态。因此，对于这种"动艺"的创造，创作者除了必须具备良好的艺术素质，还得精通力学原理，掌握材料在各种情况下的平衡技巧。诚如钱老所说，"这是科技与艺术的结合"。

但是，乔治·瑞斯基创造的"动艺"并非十全十美，这种艺术的表现形式还很单调，还没有完全摆脱钟表机构机械运动的局限。钱老对新兴学科的发展有着敏锐的洞察力，他认为，中国的高校应在现有工业设计的基础上，学习、借鉴乔治·瑞斯基的"动艺"，进一步开拓比"动艺"更具"灵气"，具有更多可供人们欣赏、能够陶冶人们性情的艺术形式，使其发展成为具有中国特色的"灵象"艺术。

我总算没有辜负朱鹤孙校长的期望，最终协助他完成了给钱老的复函。后来，钱老与朱校长的这次通信被《设计》杂志1993年第3期刊载，2007年又被收入钱老的秘书涂元季主编、国防工业出版社出版的《钱学森书信》（10卷本）中，我们的复信被收入1994年人民文学出版社出版的钱学森著作《科学的艺术与艺术的科学》。

如今，距当年我协助朱鹤孙校长起草给钱老的回函已经过去近30年了，钱学森院士和朱鹤孙校长也先后于2009年和2015年作古。谨追记此文，并填《画堂春》词一首，以表达我对钱学森院士和朱鹤孙校长的怀念之情。

洞察巨擘火金睛，科学艺术娉婷。愿得灵象塑新形。风动雕迎。

函复今成追忆，铭心提命叮咛。卓识远见寄遥情。仰岳聆听。

附：钱学森院士致朱鹤孙校长函全文

朱鹤孙教授：

  今附上一复制件，是美刊 Scientific American 1993年2月号上的文章。作者 George Rickey 1907年生，1926年自费入巴黎 Lhote Academy 学现代画，1942年第二次世界大战入美国空军为地勤人员，1946年开始搞在微风中会动的"塑型"，1953年第一次展出。

  他的确具有创造力，创出前所未有的"动艺（Kinetic Art）"。我们能不能称之为"灵象"？一种新的艺术。

  这是科技与艺术的结合，您那里能搞吗？中国要胜过 Rickey，他只是开了个头，我们要发展它。

  行不行，请考虑。

  此致

敬礼！

钱学森

1993年2月16日

注：本文刊载于2022年7月8日《科普时报》"青诗白话"栏目。

母鸡下蛋自家窝

在高明的画家眼里，山水草木、万种风情皆可入画。在我看来，那些受人敬仰的仁人贤达，他们的思想、他们的举动，同样是一幅幅美丽的图画，印在我们的心底，愉悦我们的身心，陶冶我们的情操。

我在担任《学位与研究生教育》杂志编辑期间，结识了不少研究生导师，他们绝大多数不仅是学术界的精英，同时也是做人的楷模。他们的学者风采、智者风范，无不洋溢着对事业执着的追求，对祖国和人民深深的爱，轧钢机械专家连家创教授就是其中的一员。

20世纪80年代后期，东北重型机械学院由黑龙江省齐齐哈尔市整体南迁至河北省秦皇岛市，连家创教授是首任东北重型机械学院院长兼燕山大学校长。这位著名的轧钢机械专家，自1958年于哈尔滨工业大学机械系轧钢设备及工艺专业毕业后，历任东北重型机械学院轧机教研室助教、副教授、教授以及学院副院长、院长。30多年来，他一直从事轧钢机械的研究和教学工作，主编了《热带钢连轧机》《轧机基本理论进展》《板厚板形控制》等专著，主持、参加了十几项重大科研项目并屡次获奖，其中"1000三机架冷连轧机液压弯棍"获1978年全国科学大会奖。

1990年8月，我赴燕山大学参加机电部高校研究生教育学会招生工作会议，结识了连家创教授的几个博士生弟子，听到了许多有关连教授教书育人的感人故事。这些同龄人告诉我，连教授是他们学校首位博士生导师，也是他们非常敬重的导师，老师治学严谨，对学生要求严格，同时又像慈父一般关心学生、扶助学生。

一次，一位博士生在计算冷轧轴向力时，把摩擦系数选定为0.12，结果计算数据与实验结果非常吻合。这位博士生很高兴，急忙拿着论文向导师报喜。连教授仔细审读了他的论文，遂严肃地指出："冷轧时，摩擦系数通常都在0.09~0.11，不可能有你取的那么大的值。尽管你的计算结果很理想，但这个数学模型并没有反映真实的冷轧状况。要记住，从事科学研究一定要实事求是，可来不得半点想当然啊！"

这位博士生感慨地对我说："有这样的导师督促，我们做学生的哪还敢有半点的懈怠、半点的糊弄啊！"

博士生杨景明还给我讲了这么一件感人的事。一天，他在图书馆查到了一篇俄文资料，可他不懂俄文，而这份资料对他写博士学位论文又很有帮助。于是，他抱着试试看的态度找到连教授，希望导师帮忙看看，给他讲讲文章的大意。没想到，几天后，连教授把整篇资料全部翻译过来送还给他。小杨说，当时他手捧着厚厚的翻译稿，望着导师那亲切的目光，泪珠儿直在眼眶里打转。

连家创祖籍为广东省潮阳县人，1933年7月出生于台湾省苗栗市，1937年"七七事变"发生后，他随母亲经香港回到广东老家，他的父亲则旅居新加坡经营药材生意，之后父母均成为新加坡有名的药商。20世纪六七十年代，连家创因患重度肾结石到广东治疗，母亲闻讯专程从新加坡到广州探望，希望他携全家人到新加坡定居，但他委婉谢绝。改革开放后，他曾多次到新加坡探亲，都推脱掉了父母为他精心安排的工作；两位老人年事已高，非常希望作为长子的连家创能定居新加坡，继承家产。1990年2月，父亲病逝，母亲含泪恳求奔丧的儿子留下来重整家业，连教授耐心地说服了母亲，料理完父亲的后事，很快就返回了祖国。

我从燕山大学研究生处领导那儿得知了连家创教授的这段故事。于是，会议结束的当晚，在连校长简朴的办公室里，我和他便有了如下这段采访谈话：

"连校长，现在不少科研人员都纷纷往国外跑，寻求更好的物质生活和科研条件，您曾经受了政治运动的多次冲击，现在有条件定居新加坡，享受富足、舒适的物质生活，在优越的环境里从事科研工作，为什么最后还要选择留在国内工作呢？"

连教授悠悠地答道："我们这一代知识分子长期接受党的教育，早已把物质享受抛到脑后了，爱国是我们的第一选择。在我的心中，祖国的事业高于一切。再说，我生长在中国，是祖国和人民培育了我,我就好比祖国喂养大的一只'母鸡',正是到了'下蛋'的时候,我怎能把'蛋'下到国外去呢?"

　　　　祖国人民培育我,母鸡下蛋自家窝。
　　　　朴素语言蕴深情,冰心玉壶暖意多。

在这位对祖国和人民充满了爱和情的长者面前,我还能问些什么呢?

注:本文写作于1992年,曾刊载于1992年第12期《大学生》杂志。

建功立业抛安逸

2022年3月8日，又是一年一度的国际妇女节。该节日在中国被称作"三八妇女节"，联合国则把它定义为"妇女权益和国际和平日"，以表彰妇女在经济、政治和社会等领域做出的重要贡献、取得的巨大成就。

谁说女子不如男。时代不同了，男女都一样。我所认识的许多女性就以她们的慈爱、坚韧、奉献和业绩，为广大男性树立了榜样，成为我们心目中的"女神"。我的硕士研究生导师陈福梅教授就是她们中的杰出代表。

1978年，我考入北京理工大学火工品专业读大学，开学第一天就是陈教授给上的专业教育课。她开门见山就给这个神秘的军工专业以通俗的解释："火工品就是装有火药或炸药用于点火或起爆的各种装置的总称，火柴就是最简单的火工品，子弹底火、炮弹引信里的雷管、炸药包上的导火索、连接各级运载火箭的爆炸螺栓，也都是火工品。"

陈教授是学校最早的一批女教授、女博士生导师，也是我国在这个领域的开山鼻祖。1982年大学毕业后，我考上了她的研究生，对导师有了更多的了解。在北京理工大学，乃至全国整个火工行业，大家都称身为女性的陈福梅教授为"先生"。我想，其中除了衬托出陈教授巾帼不让须眉的个性外，更多地则透出了人们对这位女性学者的深深敬意。

陈先生1920年11月出生于浙江省乐清县，一辈子几乎都在北京理工大学工作，领导创建了我国第一个火工品专业及相关实验室，长期担任火工品专业教研室主任。我考上研究生时，陈先生已罹患淋巴癌2年，一直在接受化疗、放疗。我毕业留校后，陈先生病情多次反复，先后3次接受手术。但我从没觉得导师是重病患者，她始终乐观豁达，带病坚持教学、科研，患病期间还撰写出版了《火工品原理与设计》专著。

陈先生1940年考入浙江大学，大学毕业后曾在重庆化龙桥电讯机械修造厂工作；抗战胜利后，因不满国民党挑起内战，遂辞去这家兵工厂技术员职务，重新考回浙大读研究生；毕业后先后在英士大学和家乡中学任教，过着舒适、安逸的生活。新中国成立后，亲历新旧社会的巨大差异，她深切地感受到了新中国的朝气蓬勃和共产党的英明伟大，1950年10月遂致函华北大学工学院（北京理工大学前身），自荐到了这所中国共产党创办的第一所理工科大学工作。

陈先生告诉我，正是因为目睹了抗战时期我国军事工业的羸弱，她才选择了到北理工这所国防科技院校工作。火工品属易燃易爆产品，无论是科研还是生产都具高危性，包括我在内的不少学生并不十分安心专业学习。陈先生常常以自己艰苦创业筹建我国第一个火工品专业实验室的经历，教育我们要立大志，吃大苦，为国家和民族多奉献。

从系里老教授那儿得知，20世纪50年代，陈先生用不到半年的时间强化自学了俄语，翻译出版了《火工品》等俄文专业教材；改革开放后，又自学日语，翻译出版了《安全工程学》等日文专业书籍。在不同的历史时期，她为创建火工品和安全工程这两个专业都做出了杰出的贡献。

根据学位论文研究课题需要，1984年下半年，陈先生安排我到湖南一家兵工厂做了三个月的爆炸试验。厂领导非常重视，指定一位车间主任全程协调，并专门给我配备了一名技术工人助手。陈先生十分注重理论联系实际，经常深入一线帮助兵工厂解决技术难题，厂领导说，她的学生来厂做试验，必须全力以赴支持。

那个时代的研究生家庭条件大都很艰苦，陈先生就经常把我们请到家里接受指导，到了吃饭时间就让我们留下一起就餐，既照顾了我们的自尊，又让我们改善了生活。研究生的家属、孩子来京，她都会请到家里拉家常，嘘寒问暖，关怀备至。平时严厉的陈先生，此时俨然已是慈爱的"母亲"。

1997年4月15日，陈先生不幸病逝，享年76岁。我代表她的弟子，以一副挽联共同表达我们对导师的无比敬意和沉痛哀悼："与雷管炸药打交道干一辈子轰轰烈烈惊天动地事业，和学生弟子处朋友做两代人孜孜不倦教书育人导师。"

女性尤其是现代女性非常了不起，她们不仅要在职场上和男人一样打拼，回到家里需要操持家务，还要承担男人无法替代的怀胎十月、痛苦生子的神圣职责。从这点来说，女性非常伟大，母爱更是崇高,我们应该永远感谢那些伟大的女性,铭记她们无私的母爱。

值此国际妇女节,谨填《满江红》词一首,以褒赞女性,怀念恩师陈福梅。

孟母三迁,断机杼,督儿成器。岳武穆,精忠报国,萱堂激励。伺老持家甘奉献,建功立业抛安逸。颂千古,母爱酿真情,甜如蜜。

桃李育,循诱细。春晖洒,丹心碧。献军工科研,心血呕沥。职场拼搏人典范,亲和良善容颜丽。忆导师,数浩荡慈恩,当铭记。

注:本文刊载于2022年3月11日《科普时报》"青诗白话"栏目。

身体可靠难判断

结识杨为民教授是在同病相怜的病房里。1991年7月,我因胃出血住进了北京医科大学第三临床医学院的消化科病房,由于闲得无聊,整个病区的病人经常相互走动,大家很快就混得烂熟。不久,我发现,相邻病房有一个病床被北京航空航天大学预定好后,病人却一直没来住院。据护士小姐介绍,准备住院的是这所大学的一位患有严重肠胃炎的老教授,老先生工作太忙,号称没时间来住院。

过了五六天,一位长得高高瘦瘦、满头白发,一副仙风道骨模样的学者,被许多人"押送"来到了病房,这就是那位我们天天议论却总不见来住院的病人——北京航空航天大学系统工程系主任、航空航天辅机可靠性研究所所长杨为民教授。

这种恼人的事情已经不是第一次发生了,杨教授系里的总支书记陈翠娣老师告诉我。1977年,杨为民教授在北京通县机场搞科研,头部被一位同事不小心用手摇吊车击中,脸上顿时翻出一大块肉,鲜血直流。由于通县机场医疗条件太差,连简单的伤口处理都无法进行,杨教授只好捂上一块纱布乘车赶到北京空军总医院治疗。在那里,杨教授脸上的伤口被缝了40多针,住院的第一天他就嚷着要出院,医生被他缠得没办法,只好在第七天伤口拆线后,马上放他出了院,并嘱咐他在家好好休息养伤。老先生可好,从医院一放出来就直奔通县机场,不但没休息一天,反而加班加点工作,硬是把住院损失的时间抢了回来。

这一次,杨教授显然又是很不情愿地住进医院的,上午刚做完初步的病情检查,当天下午他就溜回了学校。第二天,我们看到他躺在病床上,鼻子里插着胃液分析管,手里已经捧着一本厚厚的研究生学位论文认真地看起来了。这真是一个要工作不要命的倔老头!

杨为民教授没有一点儿架子。后来,当我知道他是老革命家,曾任高教部部长、最高人民法院院长的杨秀峰同志的独子,且先后被评为北京市优秀党员、劳动模范,并荣获全国"五一"劳动奖章、国家级有突出贡献的中青年专家称号,更是对他充满了敬佩之情。没几天,杨教授就和我们这些病人以及医生护士打成一片。我注意到,尽管他也会和我们聊天,但时间总是很短,过一会儿他就回到自己的床边,或是审读论文、翻阅资料,或是长长地思考,这时候我们怎么劝他休息都无济于事。

　　住院病房规定病人不准随便离开医院,尤其是回家。杨教授却不守病房规矩,三天两头就溜回单位:开会、听汇报、取材料……开始医生护士还批评批评他,次数一多都不好意思再责怪,并且慢慢也习惯了他的这种任性。杨教授这下更来劲了,探视时间竟然成了研究生汇报工作、接受指导和研究所同事商量问题的时间,病房倒成了他的办公室。

　　杨为民教授是搞可靠性研究的,他负责组织的对国产运七飞机、强五飞机的可靠性研究,使得飞机的飞行寿命得以大大延长,为国家节约了上亿元的财富。他的这项成果荣获国家科技进步奖三等奖、航空航天部科技进步奖一等奖。谈到自己所从事的专业,他常常自嘲道:"我能对那些庞大而复杂的工程系统做出可靠性判断,但对自己身体各个部位的可靠性却毫无把握。"

　　言谈中,当我得知满头白发的杨为民年龄不过才50岁出头,充满敬意的心里直感到阵阵难过。可他却乐呵呵开玩笑说:"长得老相不是更让人敬重嘛!"

　　杨教授,您不应该那么拼命地工作,您实在是应该好好爱惜一下自己的身体。您把身体养好了,不就能干更多的事情吗?

　　各种各样的检查表明,杨教授不仅肠胃有问题,心脏、肝、肩周等部位也都有毛病。这下杨教授在医院待不下去了,他心里还装着研究生的毕业答辩、次年澳星发射的可靠性问题、研究所的建设工作……他对我们说:"我得出院,否则毛病越查越多,到头来什么也干不成。"在他的软磨硬泡下,医生实在是犟不过他,只好放行。

　　出院的那天,我们为他送行。望着他那渐渐远去的消瘦背影，我在心里默默地说：

"杨教授，您可一定要多多保重啊！"

2002年1月30日，杨为民教授因病医治无效不幸去世，享年仅67岁。2002年5月23日，国防科工委党组做出向杨为民同志学习的决定。

2003年7月24日，由人民艺术话剧院排演的话剧《杨为民》在北京民族文化宫首演，我应北京航空航天大学党委邀请现场观看。凝视舞台上的杨为民教授，我不禁感慨万千，热泪盈眶。

有感于斯，谨填《忆秦娥》词一首，以表思念、感怀之情。

头飞雪，丹心一片朝阳撷。朝阳撷，披肝沥胆，耀羞明月。

评估可靠开新域，国防巩固磐如铁。磐如铁，箫韶仙奏，候迎英杰。

注：本文写作于1992年，曾刊载于1992年第12期《大学生》杂志。

理工主政洒春晖

坐在前往河南省南阳市"第七届全国防震减灾科普讲解大赛"担任评委工作的高铁上,翻看微信朋友圈,一则《哀悼！北京理工大学发讣告》刺痛了我的双眼:"中国共产党优秀党员,北京理工大学原党委书记、原北京工业学院党委书记谈天民同志,于2023年4月22日19时许在北京逝世,享年86岁。"

谈书记既是我的老领导,又曾经教过我课,对我有培育之情、知遇之恩,如此亲近的领导、师长离世,自然让人深感震惊,不胜悲哀。

我1982年于北京工业学院（北京理工大学的前身）力学工程系大学毕业后,当年就直接考上了本校硕士研究生,其间选修的"变分法"课程就是由谈天民老师讲授。谈老师讲课充满激情,声音洪亮,即使坐在教室的最后一排仍觉震耳。这是他讲课留给我最深的印象。谈老师那时是飞行器工程系的领导,一年后即晋升为学校党委副书记、副院长,但仍然坚持一线教学。

1985年5月,我研究生毕业后留在学校研究生院工作,1993年1月调到校长办公室,开始在谈天民教授等校党政负责人的直接领导下工作,接受各位领导的耳提面命。其时,谈教授已担任学校党委书记多年,在这之后,我多次得到他的器重和栽培,至今难以忘怀、感恩不已。

1993年年底,谈书记把我叫到办公室谈话:"小苏,我一直有个心愿——编纂出版《北京理工大学志》,正好赶上北京市高教局组织编纂《北京高等学校校志丛书》。这项工作十分重要,时机十分难得。古代县官就任,主要做三件事:兴农、审案、修志。学校至今没有志书,很不应该。1995年时值学校创建55周年,我希望届时能出版《北京理工大学志》,作为55周年校庆的献礼。"谈书记告诉我,他已经组织人马着手这项工作,准备把史志办公室放在校办,让我兼任这个办公室的主任,负责修志的具体管理实务工作。我当时还只是校办副主任,听了谈书记的话,直摇头说不能胜任,唯恐辜负领导的期望。谈书记态度很坚决:"我了解你,你肯定行。"就这样,在谈书记的直接领导下,我有幸加入了以退休副校长马志清教授、老教务处长陆巨林教授、知名学者杨东平教授等为骨干的校志编纂团队，开始了紧张有序的工作。

谈书记对校志编纂工作特别重视，专门设立了编纂领导小组并亲任组长，负责志书的顶层设计、编纂体例、大纲目录、章节安排、工作计划、书稿审定等重要工作；成立了由全校各部门负责人组成的编委会，将任务层层分解到位。史志办公室主要负责组织安排会议、撰写会议纪要、收集整理材料、催收上交文稿、落实领导交办工作等，我本人最后与杨东平老师一道负责全部文稿的编辑、修改、加工。期间，谈书记还带领我们到北方交通大学（北京交通大学的前身）学习、考察，回来后反复提醒我们，北交大两次启动校志编纂工作，前一次半途而废，希望我们吸取教训，一定要一鼓作气，确保一次成功。

1994年下半年，校志编纂工作进入攻坚阶段，谈书记在香山中科院植物研究所专门主持召开了全体编委会工作会议，时任常务副校长焦文俊教授、党委副书记兼副校长李志祥教授也亲临一线指导工作，确保了后续工作顺利进行。

在编撰校志工作中，我不仅加深了对学校发展历史、学科专业设置、重要专家学者等的了解，而且从谈天民书记、马志清副校长等老领导那儿学到了很多工作方法。涉及十年浩劫的那段历史，由于留存的史料有限，加上许多问题非常敏感，难以把握，谈书记指示"宜粗不宜细"；在附录所列专家学者等学校名人的载录问题上，何人入"小传"，何人写"简介"，何人列"名录"，他充分尊重领导小组集体研究意见，同时也给出了有利于成书的明确指示。

1995年9月，55周年校庆前夕，一百多万字的《北京理工大学志》由北京理工大学出版社正式出版。由此衍生出来的"《北京理工大学志》编纂研究"科研成果荣获学校年度科技进步奖一等奖，我在马志清、陆巨林、杨东平之后，成为第四位获奖人。

1995年11月，经国务院批准，原国家计委、原国家教委和财政部联合下发了《"211工程"总体建设规划》，"面向21世纪、重点建设100所左右的高等学校和一批重点学科"的"211工程"正式启动。年底，谈书记又一次找我谈话，说学校已经着手"211工程"申报工作，准备设立"211工程"办公室，他已和校长王越院士商量好，让我兼任"211工程"办公室主任，协调学位办公室、实验设备处、科技处等部门共同做好相关的项目论证、申报、验收等日常工作。我当时刚任校长办公室主任不久，恐力不从心，又想推辞。谈书记还是那句老话："我了解你，你肯定行。"在谈书记为首的校党委领导下，学校在全国率先完成"211工程"论证、评审等工作，我有幸又一次得到了极好的学习、锻炼、提高机会。

我一直认为，20世纪八九十年代的中国大氛围是历史上最好的，充满了创新的活力。反映在北京理工大学，朱鹤孙、谈天民、王越、焦文俊、匡镜明、马志清、李志祥、宁汝新、俞信、范伯元、张敬袖等校领导对年轻教师和青年干部十分关爱、破格提拔、大胆使用，充分信任、遮风挡雨、甘当人梯，谈天民书记就是他们中的重要代表。我自己就是其中的受益者，至今思来，对这些老领导仍充满感激。谈书记处事低调、平易近人、决策果断、不言自威，令我敬佩、感恩、怀念。

我最后一次见到谈书记，是2017年9月22日在出席学校新校史馆落成暨开馆仪式上。谈书记由夫人搀扶，步履蹒跚；他非常高兴，不断拍打我的肩膀，反复询问我的近况，不停地说"人老了，不中用了"，让人十分伤感。

如今，老领导驾鹤西行，从此阴阳两隔，让人哀恸，谨填《浪淘沙令》藏"谈天民"姓名词一首，以表深切怀念之情、沉痛哀悼之意。

噩耗恸心扉，泪眼纷飞。音容笑貌忆中追。授课变分仍在目，难忘栽培。

说地谈天威，桃李芳菲。理工主政洒春晖。平易近人垂示范，民爱德巍。

注：本文刊载于2023年第1期《京工人》。

中国情结根深茂

1998年去美国做访问学者时，我接触的第一位华裔美国教授，就是现任加州州立大学北岭分校校长助理、地理系主任的王益寿。说来也许你不会相信，作为专攻中国人文地理的国际知名学者，年近花甲的王教授在1981年前还从来没有踏上过中国大陆的土地，尽管他对那块神奇故土的人文地貌早已如同自己手掌的纹路一样熟悉。也许正是为了了却这一夙愿、弥补这一缺憾，20世纪80年代以后，王益寿更多地把精力扑在了促进中美高校间科技、教育的交流与合作上。

坐在王益寿教授办公室里，墙上贴着的一组彩印陕西省人文地理分析图片吸引了我的目光，我们的话题也由此引出。"这些图片直观地反映了陕西省的人口数量、性别比例和人口素质，以及资源和经济状况等的分布情况，是我研究陕西省人文地理所获成果的一部分。1997年到陕西开会时，我把这本《陕西人口地图集》送给了时任陕西省省长，希望对制定陕西省的发展战略有所帮助。"一边抽着烟斗，一边回忆往事，王教授平缓的语调中充满了对故土的眷恋。

"我和大陆地理学界的正式交往始于1978年秋。当时，中科院地理研究所黄秉维所长等一批著名的地理学家来美考察，最后一站到北岭分校时由我负责接待。之后，我和大陆同行开始了长达20年的交往与合作。"王益寿出生于中国宝岛台湾省，1961年国立台湾大学地理系毕业后，遂赴美国明尼苏达大学继续深造。"我是中国人，选择中国人文地理作为主攻方向，能最大限度地发挥自身的优势，我的博士论文选题就是《1900年至1940年中国东北人口的成长和变迁》。1981年4月，我第一次前往大陆讲学、访问，真是百感交集，这不仅使得我的中国人文地理研究从此不再是纸上谈兵，也让我有机会为发展大陆的人文地理研究略尽微薄之力。"

受政治的影响，人文地理研究在中国曾一度被视为禁区、雷区。20世纪80年代初，我国在这一领域的研究还很落后，有关大学既没有开设人文地理专业，也没有人讲授这方面的课程。1981年4月那次来中国，王益寿有意要填补这方面的空白，他在陕西师范大学专门开设了"人口地理学"和"城市地理学"这两门人文地理专业的重要课程。听他授课的90多名学员中，有地理系77级一个班的学生，以及来自全国各地的30多名地理专业教师。王教授没有料到，他的这些学生在第二年中国大陆进行的全国人口大普查工作中马上就发挥了重要的作用，有的人后来还成为我国人口普查问题的专家。1985年6月，由王益寿倡议在中国召开了首次"中美人文地理研讨会"，会后，他负责编辑并出资在中国出版了《第一届中美人文地理研讨会论文集》。同年，他协助西安外语学院成立了"人文地理研究所"，提议并在该院创办了《外国人文地理》这本学术期刊，定期从美国提供刊物的全部外文资料，向大陆同行介绍世界各国人文地理研究、发展动态。该刊物后改名为《人文地理》，成为本领域国家级学术刊物。1997年6月，"第二届中美人文地理研讨会"在西安召开，近十个国家的人文地理学家出席了会议，研究中国地理的所有美国专家都被王益寿邀请到会。"看到中国的人文地理研究取得了长足的进步，我由衷地感到骄傲和自豪。"说到这儿，王教授的脸上露出了真诚的微笑。

说起王益寿对促进中美高校间科技、教育交流与合作的贡献，就不能不提到北岭分校由他倡议并亲手创办的中国研究所。"中国研究所成立于1982年秋，它是顺应中美两国正常交往潮流的必然产物，也是北岭分校与中国合作与交流的历史见证。"手中那根精致烟斗袅袅的青烟，悠悠不断地牵出王教授记忆的思绪。

"北岭分校有一批对故土有着深厚感情的华裔美国教授，中美恢复正常交往后，大家纷纷以各种方式积极从事有利于增进两国人民相互了解、加强彼此之间友好往来的活动。但这些活动起初大多由华人教授个人自发牵头开展，不仅各自为政，难成大气候，而且组织协调也很困难，举办一些重大活动更是显得师出无名。在这种情况下，我提出了创办中国研究所的设想，并得到学校领导的批准和支持，使得研究所成为北岭分校一个正式的民间学术机构。"

作为第一任所长，王益寿深感责任重大，他和同人们赋予了中国研究所如下使命：宣传、介绍中国的历史和现状，开展与中国有关的各类活动；促进北岭分校与中国的交往和合作；从事有关中国问题的学术研究。"中国研究所成立后干的第一件轰动本地的大事，就是于当年的11月举办'中国电影节'。那次'电影节'放映了《城南旧事》《小花》等一批优秀中国故事片和纪录片，并从纽约特邀第三届大众电影百花奖获得者、《小花》女主角陈冲参加。这次活动办得非常成功，不仅'电影节'由此成为惯例每年延续举办，而且陈冲也被挽留在北岭分校深造电影表演艺术。"往事像电影一样，在王教授脑海中一幕幕浮现。

1984年洛杉矶奥运会，中国研究所的同人们给第一次参加奥运会的新中国体育代表团留下了温暖、难忘的回忆。为了替代表团节省经费，中国研究所将60余名由各省市体委负责人组成的观摩团成员，全部安排住进了北岭分校的学生公寓；见观摩团成员没有交通工具到各运动场观看比赛，马上组织全体华裔教师每天驾车义务接送；看到同胞吃不惯西餐洋饭，便动员华裔教授家属以及中国留学生自办食堂，免费24小时提供中餐服务。"那段时间，中国研究所提供的周到服务和营造的家乡气氛，使得北岭分校成为中国体育代表团成员最为向往的地方。后来，李梦华、陈先、黄忠等负责人也忍不住搬出高级宾馆，跑到我们这儿来住。"说到这儿，王教授深深地吸了一口烟斗，显得兴奋不已。

加州州立大学北岭分校位于洛杉矶城西北约50英里的圣·福兰多山谷中，这是一所拥有两万多名全日制学生、以教学见长的综合性地方大学。在高校林立的加州，它的名气并不算很大，但在以王益寿为首的中国研究所同人的努力下，北岭分校却成为与中国交往最为活跃的大学之一。20多年来，该校与中国大陆的北京理工大学、哈尔滨工业大学、浙江大学等近30所高等院校签订了合作协议；长期负责执行世界银行贷款培训中国职教人员项目计划；每年组团到中国考察访问，在各个领域开展丰富多彩的合作、交流活动；大量接受中国访问学者……1991—1994年，王益寿出任北岭分校副校长，成为该校历史上第一位华裔校级领导。在他主管学术事务和国际交流计划期间，北岭分校与中国的交往得到了长足的发展。

"80年代初，我们开展与中国有关的活动，阻力确实很大。中美两国由于长时期处于意识形态对立状态，许多美国人包括一些华侨当时对共产党还抱有敌视态度。我记得，那时常有一些人责难我，并在背后'骂'我是共产党，联邦调查局也把我列入被监控的黑名单。当然，现在这些都已成为笑料。如同整个地球的地质构造和地理环境一直在不停地演变着，历史也在不断向前推进。中美两国战略伙伴关系的发展，有赖于两国人民更加深入、全面的了解，以及更多的合作与交流。为此，我们还有大量的事情要做。"说完，王教授发出了爽朗的笑声。

这真是：

中美交往破坚冰，华裔学者勇前行。
人文地理多成就，血浓于水两岸情。

凝视着面前这位和蔼可亲的长者、智者，我心中的敬意油然升起。是啊！这悠悠缠绵、割舍不断的故乡情结，不正是王益寿教授多年来辛勤培养中美友谊之花源源不断的动力嘛！

注：本文刊载于1998年9月的《中国科学报》上，原文标题为《王益寿教授的中国情结》。

不动笔墨不读书

"不动笔墨不读书。这是我几十年来的读书体会。"2011年4月23日，精神矍铄的柯有安教授在他的学生为他举办的80寿辰宴会上语重心长地说道。

柯有安，湖北武汉人，我国通信技术领域知名学者，1955年毕业于北京工业学院（现北京理工大学）无线电工程系，曾任北京工业学院副院长兼研究生院院长、国务院学位委员会第二届学科评议组成员、中国电子学会第三届理事和雷达学会第二、三届副主任委员等职。

我读研究生期间，时逢全国首批研究生院成立，柯有安教授成为我校第一任研究生院长。尽管出席宴会的几乎全都是他的嫡亲弟子，但作为研究生院早期毕业的研究生，我也可以算得上是柯先生的旁门弟子，在1985年春天我拿到的工学硕士学位证书上，就盖有柯有安教授俊秀的签名章。毕业后，我入职北京工业学院研究生院，参与创办《学位与研究生教育》杂志，刊物的第一任主编就是柯有安教授。因此，我是以学生和老部下的双重身份出席柯有安教授80寿辰宴会的。

我和柯先生的几位弟子代表大家致完祝寿词后，柯有安教授通过回忆自己的求学、治学经历，再次给我们上了一堂生动的研究生课程。

柯先生告诫我们不要过于相信自己的记忆力，在他看来，再淡的墨水也胜过最强的记忆。他说："我读书有个习惯，就是一定要记笔记。或许是我脑子比较笨，记忆不太好，或者是我脑子的'内存'比别人要小的缘故，无论是读书还是思考问题，我都要记笔记。"柯先生告诉我们："我从1955年开始做读书笔记，每年一卷，每卷约100万字，至今已记录了整整55卷，约5500余万字。"

无论是在上学期间，还是工作以后，每年我们都要参加若干次全校大会，柯先生自然要和其他校领导一道坐在主席台上。和其他校领导端坐在台上做沉思状不同，柯先生在主席台上我就从来没有见他闲过。他的面前总是放有一本摊开的图书或学术期刊，一边阅读，一边做笔记，从不浪费时间。

我问及柯先生笔记本里通常都记些什么内容。柯教授告诉我们，一是读书笔记，另一部分是针对某些问题的思考，还有就是学生提出的问题。他说："有一次，一位学生无意中看到我的笔记本上记有'某某学生提出的问题'字样，以及问题后面写出的思考答案。于是，他很惊讶地问我：'您这个问题也记上了，而且还给出了答案，答案怎么没有告诉我呢？'其实，有些答案我也是经过很长时间以后才得出的，有的也只是自己的一孔之见。我只不过希望通过这种方法来促进自己进一步思考，并对我的研究予以启发和帮助。"

改革开放前，北京工业学院一直是一所国防科技工业高等院校，柯有安教授早年主要从事雷达信号研究。这个学校过去一直是按军工产品而不是按学科来设置专业，毕业学生通常工程技术能力很强，理论根底相对薄弱。柯有安教授长期不懈地做读书笔记和不断地深入思考，使得他在雷达信号理论研究上颇有建树，成为学校理论研究成果颇丰的优秀学者。1963年，他在雷达散射矩阵与极化匹配接收方面最先给出了极化匹配接收的条件及几何表示方法，之后又与人合著了《雷达站》《雷达信号理论》等著作。

宴会上，我给柯先生赠送了一本我所在的中国科学技术出版社出版的大型爱因斯坦画册，并即兴为他口占一副寿联：

育人有道，桃李芬芳满天下；
科研安邦，成果丰硕誉神州。

衷心地祝愿柯有安教授和他的老伴健康长寿、万事顺意。

注：本文刊载于2011年4月29日《科学时报》。

万千肖像动心扉

刑侦科技探先鞭

"欢迎您来到李昌钰刑侦科学博物馆!"走近博物馆大厅一个顶尖相对的四棱锥建筑,里面透明液晶导电膜投影出的李昌钰博士身影和发出的原声欢迎辞让人倍感亲切。

位于江苏省如皋市的李昌钰刑侦科学博物馆,建筑面积3 047平方米,除辟有介绍李昌钰人生发展历程、鉴识研究成果及所获荣誉成就的六大核心展区外,还展出了他捐赠的刑侦类绝版书籍,参与办理重特大案件的原始手稿、案件物证、文献档案和个人收藏警务珍品等,并设有多功能厅、案件分析室、培训室、情景模拟室等辅助功能区。

李昌钰是享誉全球的美籍华裔刑事鉴识专家。他1938年出生于江苏如皋,1948年为躲避战乱随全家迁往台湾,1959年毕业于中央警官学校刑事系,1964年携妻赴美创业,先后在纽约大学约翰·杰伊学院刑事科学系、纽约大学生物化学及分子化学专业获学士、硕士、博士学位。1979年,他受聘康涅狄格州警政厅鉴识科学实验室主任兼州首席鉴定专家,1998年出任该州警政厅厅长,成为全美第一位出任州级警界最高职位的华人;退休后担任康涅狄格州科学咨询中心名誉主席,并兼任美国纽黑文大学和家乡南通大学终身教授。

作为全球第一家刑侦科学博物馆,博物馆二楼展厅重点介绍了李昌钰博士成功鉴识过的多起轰动全球的重大刑事案件,展现了这位"当代福尔摩斯""物证鉴识大师""罪犯克星""科学神探"的超人智慧、过人缜思和感人情怀。

碎木机灭尸案既使李昌钰一案成名,也让他一生引以为傲。1986年11月19日,家住康涅狄格州新镇市的泛美航空公司空姐海莉突然失踪。接到报案后,警方经一番调查,怀疑她已被丈夫理查德·克拉夫兹杀害。但是,费尽各种气力,警方也没找到克拉夫兹杀人的任何证据,甚至无法证实海莉已经死亡,万般无奈之下,只好向李昌钰求助。

李昌钰重点勘查了海莉夫妇的卧室,他在双人床床垫的侧面发现了一小块很不明显的长条状暗迹，在床垫弹簧上发现有几滴血迹；检验表明，暗迹和血滴的血型都与海莉的血型相同。他据此判断，卧室就是案发第一现场。

警方告知李博士，一位清雪车司机曾给警局打电话说，11月19日夜晚他曾见一中年男子在风雪交加的湖边公路上用碎木机粉碎树枝。李昌钰调查发现，克拉夫兹那天曾租用过一台碎木机。于是，他组织警员全面、细致地勘查了那段湖岸，经过三个多星期的努力，终于在成吨的碎木片和融化的泥土中筛找到了1颗牙齿、2660根头发、69块碎骨，一小片带有指甲油的指甲、一小块类似镶牙用的金属片，以及细碎的其他人体组织……

同时，潜水员在湖底也找到了一台被拆卸开的油锯，但油锯上的编号已被人刮掉。李昌钰从油锯上提取到了包括毛发、纤维、人体组织和血痕物质在内的微量证据，并通过技术处理重现了油锯编号，据此确定了油锯主人——克拉夫兹。

随后，李昌钰带领技术人员对所发现的各种微量物证进行了检验和比对：海莉平时使用过梳子上的头发样本与湖边找到的和油锯上提取到的毛发颜色、粗细、弯曲度、横断面形状等特征一致；湖边雪地里筛找到的及油锯上提取到的人体组织血型与海莉相同；海莉平时使用的指甲油与找到的那小块指甲上的指甲油为同款产品；海莉的牙医证实，那一小块金属片是他给海莉修补牙齿用的。

李博士还通过两个试验，现场模拟了受害者在卧室当头部被人重击倒地时鲜血蹭在床垫侧部、溅到床垫弹簧上的情景，以及凶手在湖边用碎木机搅尸毁迹的整个过程。在DNA技术尚未应用于刑侦的当年，李昌钰为法庭提供的这些确凿物证，折服了全体陪审团成员，让理查德·克拉夫兹这个曾在中央情报局工作过、具有丰富反侦查经验的凶犯再也无法狡辩。

李昌钰一生参与侦破过8000多件国际重大刑事案件，以一己之力极大地提高了刑事鉴识学在司法界的地位。刑事鉴识学是应用自然科学知识和方法对犯罪证物予以鉴定、评估，应用社会科学知识对犯罪心理进行推测、验定，并由此重建犯罪现场、还原犯罪动机，从而为刑事侦查和法院判定提供参考依据的一门学问。李昌钰认为，刑事鉴识学就是用科学的方法来体现法律的公正，还受害者以尊严，还被冤者以清白，收犯罪者于法网。他主张："案件不分大小，人不分贵贱。让证据说话，对历史负责。"对古今中外以往习惯于通过刑讯逼供取得证据的警界来说，李昌钰这一充满科学与人文关怀的刑侦理念，对于减少甚至杜绝冤假错案无疑具有重大的意义。

参观李昌钰刑侦科学博物馆，颇多感慨，填《浪淘沙令》词一首，以表敬仰、钦佩情怀。

物证据为先，人命关天。宁失嫌犯不生冤。案破刑侦佳理念，何惧烦艰。

科技探先鞭，细致察研，蛛丝马迹入眼帘。天网恢恢无恶漏，良善开颜。

注：本文刊载于2021年11月19日《科普时报》"青诗白话"栏目。

科学合理待荒漠

2007年7月7日上午,"巴巴耶夫院士与媒体记者见面会"在北京友谊宾馆举行,巴巴耶夫就土地荒漠化治理问题与记者对话。见面会由促进沙产业发展基金、《中国科技教育》杂志社联合举办,中国科协咨询中心、中国青少年科技辅导员协会资助。

巴巴耶夫·阿加德让·盖里季耶维奇是世界著名的沙漠和沙漠化研究学者、土库曼斯坦科学院院士、俄罗斯自然科学院院士、伊斯兰科学院院士,曾任土库曼斯坦科学院院长20年、沙漠研究所所长40年。中国科协原副主席、沙漠生态学家刘恕研究员主持见面会。

"我一辈子没有从事过政治研究,但我认为,科学研究应该和政策制定有机结合起来。"

"荒漠化(desertification)"一词是1949年法国科学家奥布里维尔提出来的。当时他把热带雨林在人为影响下变成稀疏草原乃至荒漠的过程称为荒漠化。1977年,联合国在肯尼亚首都内罗毕召开的世界防治荒漠化会议上首次正式启用"荒漠化"一词,并把"荒漠化"定义为"土地具有的生物生产力减退乃至破坏,最终变成荒芜状态的现象",后又重新定义为"主要起因于不恰当人类活动造成的干旱、半干旱和亚湿润地区的土地退化现象"。

巴巴耶夫长期从事土地荒漠化研究工作,撰写了300多篇相关学术论文,发表有《卡拉库姆沙漠》《苏联荒漠的昨天、今天和明天》等50多部学术专著。作为中亚地区对抗土地荒漠化协调中心主任和联合国环境署对抗荒漠化研究和干部培训地区中心负责人,巴巴耶夫院士就土地荒漠化问题考察过许多国家。在向记者介绍自己的开场词里,他特别强调:"我一辈子没有从事过政治研究,但我认为,科学研究应该和政策制定有机结合起来。"

他进一步指出,优秀的科学家不仅应深入研究荒漠化的有关科学问题,提出解决荒漠化地区脱贫致富的可行性建议,还应注重对当地民众的科普宣传和教育,使他们真正懂得保护环境、善待自然是一件与自身利益休戚相关的事情。此外，科学家同时还应积极影响政府官员，使他们做出的决策与荒漠化地区民众的利益达成一致，以便顺利推动荒漠化地区的脱贫致富工作。

但是，真正要做到这两点，却是一件非常不容易的事情。巴巴耶夫院士告诉记者，他今年已近80岁了，从事荒漠化研究50多年，曾亲自参加过苏联许多大的环境、生态治理工程。他说，在实施这些大的工程项目和计划时，政府官员往往重视的是政绩、资金等因素，因而与科学家的认识往往并不一致，而工程的具体实施者更是只关注做对自己有利的事情，常常把科学家们许多好的建议搁置一边。这些人在表态时，都声称保护环境、善待自然、改善生态非常重要，但在付诸实际行动时，却并不真正按照他们讨论时所说的那样去做。他比喻道，这种现象类似于一位英国学者说过的一句话："所有的人都想上天堂，但没有一个人真正想去死。"

1977年8月，联合国组织94个国家的科学家在非洲召开"世界防治荒漠化会议"，讨论通过了《阻止荒漠化行动计划》（以下简称《行动计划》）。1992年，联合国环境与发展大会把防治荒漠化列为国际社会采取行动的一个优先领域。同年，作为联合国环境规划署荒漠化问题巡视员，巴巴耶夫院士专程赴世界各地检查《行动计划》执行情况。结果表明，除了人们的认识有所提高和相应的科学研究有很大进展外，防治荒漠化的实际行动和实施效果并不乐观。1994年6月，联合国环境规划署又回过头来研究荒漠化问题，通过了《关于在发生严重干旱或荒漠化的国家特别是在非洲防治荒漠化的公约》（以下简称《公约》），并预定在2010年检查、评估《公约》的实施效果。巴巴耶夫院士认为，《行动计划》实施效果不理想，这里就存在一个政府官员的推动和当地民众的认识问题。

谈到民众认识上的阻力，巴巴耶夫深有体会地说："人们接受新鲜事物总有一个认识的过程，因为任何新事物都存在风险。"他举例说，在他的家乡土库曼斯坦的某个地方，那里的老百姓长年种粮食，但收成很低，日子过得很穷。当地政府根据科学家建议，想在这个地方推广种植棉花，但老百姓死活不愿意。后来经过政府引导，并采取了一些强制性措施，老百姓通过实践，发现种植棉花的收入比种植粮食要高，观念才慢慢转变过来。因此，他强调："要通过各种方式，引导荒漠化地区的农民转变观念，主动接受科学技术。只有接受了科学技术，农民才能有更大的收获。"

"人类不可能改变某种自然现象，要抛弃'和自然界做斗争'这类军事化运动的口号，学会与自然界和谐相处。"

巴巴耶夫院士认为，在保护环境问题上，人们一直存在许多误区。他指出，在苏联和中国，我们过去常说，人类要征服荒漠，与大自然做斗争。其实，人类是自然界的一部分，彼此应该和谐相处，为什么要去征服同属于自然界一部分的荒漠呢？为什么要去和荒漠做斗争呢？实际上，自然界也绝对不会顺从人类，它对人类任何不理智的干预行为都会予以反击、报复的；在尼罗河两岸、美索不达米亚平原等地区，历史上就都曾出现过由于人类的过度干预导致土地荒漠化，大自然反过来报复人类的现象。为此，巴巴耶夫提醒记者注意，科学技术越发达，人类对自然界干预的能力越强，就越要警惕这种干预行为可能带来的危害和不良后果。他举例说，一百多年前，人类对荒漠的干预还仅仅限于荒漠的边缘地带；但自从有了汽车、直升机等交通工具和其他现代化的开采设备，人类就可以深入荒漠的腹地进行干预，可以在荒漠开展大规模的开发和开采活动。

对记者提出的人类对征服日益严重的沙尘暴应该如何作为的问题，巴巴耶夫院士回答道："沙尘暴是由于地球旋转所产生的南、北半球上气团流动形成的动力所引发的土壤风蚀和尘埃搬运造成的。它是地球上存在的一种自然现象，通常发生在干旱、半干旱地区，因为这些地方植被稀薄、沙土裸露。既然是一种自然现象，沙尘暴就不可能被人类消灭，更谈不上要去征服沙尘暴。"他举地震的例子做解释："这就像对付地震，人类是没有办法制止地震不发生的——因为地震也是一种自然现象，只能通过加固房屋建筑等措施来减轻地震给人类所造成的危害和损失。同样道理，我们只能通过采取措施，来减轻沙尘暴给人类造成的危害，但不要奢望消灭沙尘暴。"巴巴耶夫由此强调："我们在进行科普宣传时，一定要让公众懂得这样一个道理：人类不可能改变某种自然现象，要抛弃'和自然界做斗争'这类军事化运动的口号，学会与自然界和谐相处。"

巴巴耶夫院士是中国人民的老朋友，曾多次来我国考察、交流，本次见面会前，他刚参加了第六届甘肃武威"天马"文化旅游节暨加快石羊河流域综合治理推进会，实地考察了民勤县等干旱地区。在谈到这类地区的发展问题时，巴巴耶夫特别指出："类似于民勤这样的地方，我去过很多。这些地方处于河流的末梢，由于水源缺乏，来水减少，因而很容易荒漠化，老百姓由此非常贫穷。这种地区的贫穷带有规律性，全世界很多地方都如此，包括我的家乡土库曼斯坦。我的家乡有句谚语：'上游富，下游穷'，说的就是这种地区规律性的现象。在这样的地区，你就必须强调节水，需要节制上游的用水，科学、合理地调配整条河流的用水。此外，这些地区还需要因地制宜寻找脱贫的出路，比如，充分收集雨水，科学利用好现有苦水和咸水，想办法利用当地充足的太阳能，推广大棚种植技术等。"

巴巴耶夫指出，过去，随着全球范围内灌溉农业的快速发展，大片的土地被开发；土地开发出来后，就需要大量的水去灌溉；人们一度错误地认为，给土地更多的水，土地就会产生更大的效益，致使农业灌溉用去了大量的水资源；这样做所带来的后果，就是水资源的严重短缺，以及土地的次生盐渍化。因此，他认为，这些地区正确的发展道路就是人与自然的和谐相处。人类任何不明智的做法都会让人们的生活复杂化，那些不明智的选择短期内或许会给农民带来一定的效益，但从长远看，最终还是会受到大自然的惩罚。他呼吁，人类要用更多的心思去关心生态和环境，要和自然界和谐相处；只有这样，自然界才会回报人类更多的恩惠。

"解决荒漠化问题，并不就是把这些地方封起来，不让人们介入；人类只要合理地、科学地、适度地利用荒漠，荒漠也是个好东西。"

在巴巴耶夫院士看来，任何事物都有正反两面性，荒漠化治理也不例外。他认为："解决荒漠化问题，并不就是把这些地方封起来，不让人们介入；人类只要合理地、科学地、适度地利用荒漠，荒漠也是个好东西。"以沙漠为例，保护沙漠并不意味着要把沙漠变成自然保护区，人类科学地、合理地、适度地干预沙漠生态群系有时甚至是有益的，否则沙漠在自然状态下也会退化。例如，在苏联的列别捷克沙漠，自从该地域被列为自然保护区后，许多地方就形成了"黑色的硬壳"——由黑色苔藓和地衣形成的板结层。这些"黑色的硬壳"因为会妨碍水分和空气到达植物的根部，因而会慢慢危害乔木和灌木的生长。巴巴耶夫指出，如果允许该地域适度放牧，牲畜的蹄子就会把这些地方的"黑色的硬壳"踏碎，不让它们把土层封住，从而有利于沙漠中植物的生长。

巴巴耶夫院士特别指出，在沙漠地区，沙子其实也是一种宝贵的财富和资源，沙子里面通常含有40多种矿物质，可以用作建筑材料。例如，沙子熔化后制作而成的一种特殊纤维，就可用作特殊建筑材料，继而替代荒漠化地区所需的钢筋和木料。他还强调，在荒漠化地区，一定要重视太阳能和风能的利用。20多年前，土库曼斯坦科学院就专门为散布在沙漠牧场上的牧民研制出了若干种太阳能综合装置，这些太阳能装置可淡化咸水供羊群饮用或灌溉土地，还可在冬季和夜晚为牧民住所供暖，帮助牧民绿化周围地带，保持饲料地植物的产量等。在中亚沙漠地带，许多地方几乎每天都刮风，在这种地方就可以修建风能发电站，以为当地居民提供生产、生活所需的能源和能量。

在甘肃武威市考察时，巴巴耶夫院士目睹和感受了该地区人民扬长避短、充分利用光热资源发展阳光产业脱贫致富的情况。武威是我国西北典型的干旱缺水地区，多年来，当地政府统筹水、沙、人三大要素，充分发挥光热资源丰富的优势，大力发展阳光产业，在张义山区推广日光温室，发展以人参果产业为主的设施农业，探索出了一条帮助荒漠化地区民众脱贫致富的新路。巴巴耶夫对此予以充分肯定，他认为这是一条正确的思路，是武威人民向未来美好生活迈出的第一步。他在座谈会上多次表示："武威在节约用水、荒漠化治理等方面做出了很好的实践。我要把他们成功的经验向全世界宣传，使更多的国家和地区从中受益。"

注：本文刊载于2007年第13期《科技导报》。

怎一个情字了得

听说我们打算写冯长根教授,他的一位研究生说:"记者先生,我们希望你们写出一个有血有肉、活生生的冯教授来。我们和导师朝夕相处,觉得他不仅是一个对祖国和事业充满了情和爱的著名学者,还是一个对家庭和师生同样有情有义的普通教师。"

即将步入不惑之年的冯长根,现为北京理工大学力学工程系教授,是中国最年轻的博士生导师之一。在中国,他的年龄当归属青年之列。这位青年科学家1979年留学英国,1983年毕业获利兹大学物理化学哲学博士学位后,随即回国工作,并取得了令国内外同行瞩目的成绩:先后完成了《热爆炸理论》《热点火理论》《抽样检验》3部学术著作,编写多种教材,发表100余篇中英文学术论文。

翻开冯长根的博士学位论文,扉页上用中英文对照写着这样一句话:"谨将此论文献给我的祖国——中华人民共和国。"

1980年圣诞节前夜,英国皇家学会会员、冯长根的博士生导师彼得·格雷教授,携夫人开车经过英国利兹大学物理化学系实验室楼,看见冯长根实验室窗户里透出的灯光,自豪而又感叹地对夫人说:"你看,这就是我的中国学生——Mr.冯。他的勤奋精神使我感到惭愧。"

其实,最先感到惭愧的还是冯长根自己。在伦敦大英博物馆里,陈列的一件件被抢劫而来的中国艺术珍品深深地刺痛了冯长根的心。中国是最早发明火药的国家,但中国的近代史却被帝国主义侵略者的火炮打得千疮百孔。1979年跨进利兹大学校门不久,当得知自己将去燃料与能源系学习,冯长根立即找到系里的主管,要求到物理化学系学习。"我要学习含能材料方面的技术。因为我国的农业和工业生产中需要含能材料的地方很多,国家目前非常需要这方面的知识和人才。我们国家目前还很贫穷,我应该学习祖国最急需的专业。"

被冯长根的报国之心所感动,利兹大学将他破例录为燃料与能源系和物理化学系两个系的研究生,跨系两边学习课程。谈起这件事,冯长根笑着告诉记者:"那时我的心里燃着一团火,一定要在国外扎扎实实多学一点东西,为中华民族的崛起而拼搏。"

作为研究热爆炸理论的权威,格雷教授很快就喜欢上了这位勤奋的中国学生。冯长根在留学英国的日子里,与这位导师进行了4年愉快的合作,他没有让这位英国科学家失望,在热爆炸研究领域里,他把苏联的谢苗诺夫教授和弗朗克·卡门涅夫斯基教授关于热爆炸临界判据的条件,由特殊推导至一般,极大地扩展了判据的适用范围。他用富有逻辑美的数学方法,解决了困惑钻研这个问题的学者近一个世纪的难题。他解决这个难题的一系列思路以及设计的渐进式分析公式和结果,形成了他的博士学位论文,其中最重要的部分写成5篇论文,发表在世界上历史最悠久的学术期刊——《英国皇家学会会刊》上,他的博士学位论文也被评为利兹大学年度最佳物理化学博士论文。

回国后,在不到10年的时间里,冯长根在学术上取得了骄人的成绩,各种荣誉也接踵而至。他先后获得首届北京市科协北京青年科技奖、首届中国科协青年科技奖、首届霍英东教育基金会全国高校青年教师奖、Royal Society K. C. Wong Fellowship Award(英国皇家学会奖学金项目之一),入选首届中国青年十大杰出人物、世界八大杰出青年以及为"七五"建设做出贡献的杰出青年,荣获全国五一劳动奖章、国家级有突出贡献的中青年专家等称号,并享受国务院政府特殊津贴。1992年10月,他光荣当选中国共产党第十四次全国代表大会代表。

在谈到所取得的成绩和荣誉时,冯长根深情地说:"我要特别感谢陈福梅教授,她是引导我进入热爆炸和热点火研究领域的启蒙老师,也是我在国内读研究生时的指导教师。我留学期间,她仍通信指导我的学习,帮助我释疑解惑。"

冯长根是1975年入学的工农兵学员,入学时只有初中文化基础,全靠自己刻苦学习、勤奋努力才赶上来。即使这样,临近大学毕业时,他的英语底子仍然很薄。为此,陈福梅教授特意为他们班的十几位学生开小灶,业余时间义务辅导他们的英语，教他们读英文《格林童话》《伊索寓言》，整整坚持教了半年时间。陈教授教学要求非常严格，不少学生中途打了退堂鼓，最后只有冯长根和另外一位同学坚持下来了。那段时间的强化学习，为冯长根之后考上陈福梅教授的硕士研究生，继而考上出国留学生打下了良好的英语基础。

1990年岁末，力学工程系为陈福梅教授70寿辰和执教45周年举行庆祝大会。会上，冯长根迎来送往，为导师拍照，忙得不亦乐乎。作为陈福梅教授的优秀学生代表，他在发言时激动地说："我永远忘不了陈福梅先生对我说过的一句话，那是在我考上研究生刚取得一点进步的时候，陈先生语重心长地说：'小冯，你可千万不能骄傲啊！尽管和班上其他同学比你是优秀的，但不见得是全校最优秀的学生；即使是全校最优秀的，你也应该和全国乃至全世界最优秀的学生相比；哪怕有一天你成了我们这个领域最优秀的学者，那也只能代表你这个领域、这个时代。我们永远没有理由骄傲啊！'"

冯长根出名后，采访他的记者络绎不绝。一次，北京电视台打算为冯长根拍片，但他诚恳地希望记者去宣传在火工品专业领域辛勤耕耘了一辈子的陈福梅教授。后来，《北京新闻》节目的"北京人"栏目专门介绍了陈福梅先生的事迹。节目播出后，系里的师生都很高兴，纷纷称赞冯长根为教研室做了一件很有意义的事情。

在同龄人当中，冯长根是幸运的，他的努力都得到了应有的回报。作为破格晋升的博士生导师，冯长根感叹地说："其实，我国出类拔萃的青年学者很多，但是，使他们脱颖而出的机会却很有限。当某个有作为的青年要破格晋升职称时，常常会遇到来自各方的阻力，如论资排辈等。虽然我自己成长很顺利，但每当看到社会上这种压制人才的现象，我就会告诫自己：我们这一代人再也不能搞论资排辈了。因为我们这代人在这方面吃过苦头、受过压抑，不能让下一代人再重吃一遍这样的苦。"

冯长根以他多次参加国际学术会议的亲身感受对记者说："在发达国家里，活跃在科技前沿领域的大多是35~45岁年龄段的学者。他们派出参加会议的专家教授年富力强，精力充沛，思想活跃，而我们出席会议的学者大多年逾花甲、老态龙钟，很多人都不愿意发言、提问。这就使本来应该是双向交流的学术讨论会，变成了单向输出。"

为此，冯长根利用各种机会向有关部门呼吁，建议设立各种类型、不同层次的青年科技奖,希望各级领导多关心青年科技人员的工作和生活,给他们配备必要的助手,关心他们的晋升进修。

在提携年轻人问题上,冯长根言行一致。他的一位研究生告诉记者:"我之所以愿意报考冯长根老师的研究生,一是看重他的名气和水平,更重要的是他培养年轻人的真情实意。有一件事给我的印象很深:本科生甚至研究生的毕业论文做完并取得成果后,指导老师一般都把它看成自己一个人的成果,很少在发表的学术论文里署学生的名,即使署名通常也都把学生放在最后面。但是,我看见冯长根老师和他的研究生共同指导一位本科生完成的论文,署名的顺序却是本科生、研究生、冯教授。我敬重这位德才俱佳的导师,为做他的研究生而感到骄傲和自豪。"

做冯长根教授的研究生确实幸运。学生做实验时遇到了困难,冯长根会耐心地帮助他们分析原因,平等地讨论、交流,循循善诱地启发,学生不仅茅塞顿开,而且顺利完成实验。

每个星期召开的 Seminar(学术讨论会)是冯长根和他的学生们学术思想最活跃的时候。此时,冯长根要求每个学生轮流汇报自己的研究进展或读书心得,然后大家开展讨论。在科学与真理面前,无论是功成名就的教授,还是初出茅庐的研究生,大家都尽情阐述自己的学术观点,捍卫自己的学术主张,互相讨论,甚至争论。冯长根在他的研究领域,倡导的就是这样一种学术平等、学术自由的研究氛围。为了让学生开阔学术眼界,接受新的学术思想,他鼓励并大力支持学生参加各种学术会议。1992年年底,一个专业学术会议在安徽召开,冯长根想让他的4位研究生都参会,此时他的科研经费只剩几百元钱了,他硬是借钱让这4个研究生都参加了会议。

冯长根深知,正是踩在前辈的肩上自己才取得了今天的成就,因此,扶持年轻人理应责无旁贷。"我们这一代人再也不能搞论资排辈了!"这句话道出了一个民族的心声。

我们采访冯长根教授恰是一个周末的夜晚。进门时,冯长根正在和刚上小学的儿子一起趴在床上搭积木,好一幅天伦之乐图。

品着咖啡,就着糕点,我们和冯长根坦诚地聊起了家常:"冯教授,很多学者事业上很有成就,但对家庭过问却很少,也放弃了许多生活的乐趣。请问您是怎样处理工作和家庭的关系?在家里,您算得上是称职的丈夫和尽职的父亲吗？"

冯长根对我们谈了他对生活的看法："我觉得干好工作并不一定要以牺牲家庭为代价，尽管我和孩子的生活基本上都是我妻子包了。我妻子在家庭建设中起了非常重要的作用，从而支持了我的工作。我在家事方面花的时间确实不多，但事情也不是绝对的。家庭生活是五花八门的，家庭的乐趣也是各种各样的。尽管我们工作占用的时间多一些，但我们的条件比起那些分居两地的人，比起那些工作和居住地相距甚远的人来说，无疑要好多了。从这个意义上来说，即使我们失去了一些生活的乐趣和生活的享受，但我们仍然感到很知足。至于我是不是一个称职的丈夫，是不是一个尽职的父亲，现在下结论恐怕为时过早，因为我们的家庭生活还没有走到尽头，还有很长的路要走。对妻子、孩子和家庭，我始终会尽职尽责。所以，现在还无法写上'尽职、称职'或'没有尽责、不称职'这样的评语。"

离开冯长根教授的家，已是半夜十一时了。细心的冯长根嘱咐我们数着台阶下楼，并逐次打开楼道的路灯，把我们下楼的路照得通亮，让我们心里感到一阵温暖。

"这次第，怎一个情字了得！"

注：本文刊载于1993年第5期《紫荆》，合作者鲁夫。

爱心慧眼世情收

"五天工制启新篇，社会文明重休闲。自由审美张双翼，落霞孤鹜悦心田。"1995年3月25日，国务院发布174号令，决定自当年5月1日起，实行每周5日工作制。伴随双休日走进中国人的日常生活，一门新型学科——休闲学开始落户中国；自那时起，与于光远、龚育之等中国休闲学缔造者一道，马惠娣在休闲学领域潜心耕耘、开疆拓土，成为享誉国内外的知名学者。

马老师是我在中国科协亦师亦友亦姐的同事，早年她主要从事科学技术与社会关系中的哲学问题研究，退休前开始转向休闲学理论研究，关注休闲这一新的社会文化现象及现象背后所蕴涵的哲学、社会学、文化学、经济学等问题。

休闲学是以人的休闲行为、方式、需求、观念、心理、动机等为研究对象，探索休闲与人的精神生活、生命意义和社会价值，以及与社会进步、人类文明之间相互关系的一门综合性学科。我是通过与马老师交往才开始了解休闲学的。马老师认为，休闲既是人生存的一种形式，也是生命的一种状态；在中国文化传统中，"休"乃"静"也，"闲"为"雅"也，心好、心安、心静、心悦、心正乃休闲之本。这种认识也体现在马惠娣的日常生活态度中。2008年10月，她赴欧洲学术旅游，第一站到巴塞罗亚，就把照相机、翻译器、信用卡、现金和存有学术报告的U盘丢失在大巴上了。好在护照、旅行支票、往返机票和看书的眼镜还在，马老师并没感到沮丧，反而有了一种惯常出国前会产生的美好预感和直觉。果不其然，没了精心制作的PPT（幻灯片），她用英文做学术报告反而增添了自信；丢了信用卡和现金，逼得她重新设计旅游路线，就有了乘火车游览更有风味的城市、悠闲地欣赏独特自然风光的难得经历；为了节省开支，住最便宜的男女混居青年旅社，不仅见识了异国青年的热情、奔放和自律，还收获了无私的帮助和真挚的友谊。在马老师看来，旅行是休闲的一种重要形式，也是人际交流的一种社会现象，你只要满怀真诚和友善，就能得到同样的收获和回报。

马老师说话轻声细语，做起事来不紧不慢，彰显着知识女性特有的优雅和柔美，充满着仁厚长者从容的睿智和温爱，着实是深得"休闲"之真谛。退休后，她被聘为中国艺术研究院休闲研究中心主任，专注于休闲学研究，可谓成果丰硕，至今已出版《休闲：人类美丽的精神家园》《于光远马惠娣十年对话：关于休闲学的10个基本问题》《自然与审美——休闲的两只翅膀》《走向人文关怀的休闲经济》等学术著作，先后两次主持翻译、出版了《西方休闲研究译丛》，发表休闲论文60余篇；她还是国际社会学协会休闲研究委员会理事会委员，并作为中国学界的唯一代表当选世界休闲科学院资深院士。

马老师年长我10岁，为人却十分谦逊，赠我的图书写的都是"文人雅士苏青先生批正"。"文人雅士"我自不敢当，但她没把我列入庸碌官员行列，却令我感到十分欣慰。我们之间君子之交淡如水，彼此都很关注对方的文字创作和学术行踪。2021年春，读到《金华日报》刊登的一篇文章，我对这位尊敬的大姐及其学术观点有了更深的认识。该文报道了"休闲大咖"马惠娣在金华古镇的所见所闻，拜访文友"丹溪草"以及读"丹溪草"新著《人类命运：变迁与规则》后的体会。

马惠娣认为，"丹溪草"将人类命运与"规则"联系在一起，并以儒家的儒雅对"规则"做了诠释：克己和温柔是快乐、幸福的纽带。《人类命运：变迁与规则》是一部史学、哲学功力深厚的大视野、大格局、大手笔之作。她为这部著作专门写了书评《人类命运挑战中的"省"与"思"》，特别强调，人类要遵守规则，个体要懂得自律，每个人都要承担相应的社会责任，而最大的"规则"就是对自然的敬畏与谦卑。我想，这或许是马老师对那些常把"休闲"误解为"游手好闲""贪图享受"人的一种告诫或警醒吧。

在金华街头，马惠娣与80多岁的退休老夫妇交流养宠物的体会，与年轻的企业老总谈饮食……看到老年人随和自然、不自怨自艾、有休闲情趣，年轻人忙而不盲、追求生活品质、工作张弛有度，她深感江南古镇文化底蕴深厚，人们骨子里都透出休闲的气质，不禁感慨道"没有闲适之心，做不出高雅之事"。

日常出游，马老师闲庭信步，独具慧眼，撷英拾美，爱意浓浓，收获满满。真的佩服她：活得那么潇洒，活得那么从容，活得那么恬淡，活得那么智慧，活得那么大气，活得那么优雅！感慨之余，填《浣溪沙》词一首，以表情怀。

信步金华古镇游，老街小巷火烟稠，爱心慧眼世情收。
敬畏在心规矩守，自然人类共乐忧。丹溪草品美文酬。

注：本文刊载于2021年8月13日《科普时报》。

面壁廿年得破壁

2019年1月8日午夜，从朋友圈里惊喜地看到施斌教授发出的微信："今天，我们的团队获得了国家科技进步一等奖，受到党和国家领导人的接见和授奖。这是对一个团队20年创新奋斗的授勋。受授奖名额限制，团队中只有少数几个人榜上有名，更多的贡献者成了无名英雄，但他们在我的心里永远不可磨灭。感谢这支光荣的团队，你们就是我的生命之泉。"

配合文字，施教授还发布了科研团队不同时期9张工作现场照，其中4位技术人员亮出被烈日晒得红白分明的胳膊、2位老师躺在施工现场草地上小憩的照片，令我印象深刻。

施斌是南京大学地球科学与工程学院教授，我和他相识，缘于国家科技奖励评审。2018年7月15日，受国家科技奖励办委托，我跟随中科院成都山地灾害与环境研究所崔鹏院士、中国地震局地球物理研究所副所长高孟潭研究员，专赴苏州独墅湖科教创新区，现场考察施斌教授团队"地质工程分布式光纤监测关键技术及其应用"科技成果项目。

我国是一个地质工程灾害十分严重的国家，据不完全统计，每年我国因各类自然和地质工程灾害造成的经济损失就高达2 000亿元人民币。由于地质工程灾害具有规模大、范围广、多场作用复杂等特点，传统的点式监测技术已难以满足监测与预警要求，研发分布式、长距离、多场作用的监测和预警系统，需求重大，意义深远。

早在1998年长江特大洪水暴发，现场考察长江堤防管涌时，施斌教授就萌发了研制地质工程灾害分布式光纤监测技术的念头。那时他刚从国外访学归来，得知国际上正在研发的这种技术，可以长距离、分布式地监测被测物的形变、温度变化等物理参数。他灵光一现：为什么不能把这种技术应用到地质灾害监测上来？

之后，他带领科研团队开始了艰难、漫长的理论研究、实践应用和产业化探索。历经20年攻关，终于创制了地质体多场传感光缆系列，攻克了地质工程多场灾变信息分布式监测技术瓶颈；研制出地质工程长距离分布式光纤解调设备，破解了地质体内部灾变远程高精度监测困局；创建了边坡、地面沉降、桩基、隧道等多场分布式光纤监测系统，提升了地质灾害风险预警能力；揭示了多种地质灾害新机理，提出了理论新判据，确立了土质滑坡预警应变阈值；形成了完全自主知识产权的技术和设备，实现了从核心技术、硬件设备到系统集成、成果转化再到工程应用、理论突破的全过程创新。

这是中国科研团队在地质与岩土工程监测领域取得的一项引领国际科技前沿的重要成果。

我们三位专家一天的考察议程被安排得满满当当。上午，听取研究团队汇报，查阅原始资料，参观实验室，与三峡马家沟滑坡监测现场实时视频交流、咨询，答辩质疑。中午吃过盒饭，马上乘车前往苏州盛泽中学地面沉降光纤现场监测点考察，并与传统多点式监测方法进行现场比对。最后是专家组讨论、评议，形成考察意见。

独墅湖科教创新区为苏州市集教育、科研、新兴产业为一体的现代化新城区，施斌担任院长的南京大学苏州高新技术研究院就建在这里。清晨，我走出饭店，沿独墅湖散步，遥望金鸡湖经济区，蓝天白云，绿树清风，神清气爽，心潮澎湃，不禁诗情涌动，口占一首，畅表情怀。

> 日暖风轻绿姑苏，寒山钟弥旺香炉。
> 一江带水富北越，百强领首壮东吴。
> 金鸡园区兴经济，独墅湖畔尚读书。
> 科技创新树典范，教育改革辟新途。

我和施斌为同龄人，同属改革开放后高考入学的"新三届"。施斌从本科到博士学的都是地质学，我的父母也都是学地质勘探出身。我从小就在地质队生活，对搞地质的人自然倍感亲近，与施斌相识，相谈甚欢。

根据不同地质环境和多场监测要求，一根头发丝粗细的光纤穿上各种"定制"外衣，就能变成敏感强健的"大地感知神经"；大地一旦有灾情异动，远在千里的监测系统就能立刻感知、精确捕捉、分析预测、提前报警。

这就是施斌团队获国家科技进步一等奖科研成果研究内容和实际用途的科普表述。

由于常年劳累、睡眠不足，不到花甲年龄的施斌已形体松弛、眼袋耷拉。为此，他用两对偶句自嘲："腆腆凸肚藏智慧，松松眼袋盛喜哀。"看到他获奖的微信后，我接着他这两个对偶句草就一诗，以表敬佩之情、祝贺之意。

腆腆凸肚藏智慧，松松眼袋盛喜哀。

发细光纤感大地，毫瞬预警报害灾。

分布监测成体系，长距解调建平台。

面壁廿年得破壁，捷音天降慰情怀。

———————

注：本文刊载于2019年1月18日《科普时报》"青诗白话"栏目。

北斗织网罩天庭

2018年8月25日7时52分,我国用长征三号乙运载火箭以"一箭双星"方式,成功发射第35、第36颗北斗导航卫星。这使得我国北斗三号全球系统组网卫星数量增至12颗,朝着年底建成北斗三号基本系统,为"一带一路"沿线国家提供服务又迈出了坚实的一步。

北斗卫星导航系统(BeiDou Navigation Satellite System,BDS)是中国自行研制的全球卫星导航系统,与美国的全球定位系统(Global Positioning System,GPS)、俄罗斯的格洛纳斯卫星导航系统(Global Navigation Satellite System,GLONASS)和欧盟的伽利略卫星导航系统(Galileo Satellite Navigation System)并称世界四大卫星导航系统。北斗系统可在全球范围内全天候、全天时为各类用户提供高精度、高可靠的定位、导航、授时服务,并具备短报文通信能力。

卫星导航系统是重要的空间信息基础设施,对于保障国家安全尤其是信息安全具有极其重要的作用。还在20世纪90年代,我国就已经开始了北斗系统工程的建设工作,以期尽快、彻底摆脱对GPS依赖的窘境,并先后于2000年、2012年建成北斗一号和北斗二号卫星导航系统,分别实现了面向中国和亚太地区服务的阶段性建设目标。2020年,将建成世界一流的北斗三号系统,为全球用户提供服务;2035年,将建成以北斗为核心的综合定位导航授时体系。

用卫星对任意观察点进行精准定位,除了要准确测定观测点的经纬度和高程外,还得考虑卫星的时钟与接收机时钟之间的误差。因此,实现北斗系统对任意时刻在地面上的任意一观测点的精准定位,除了要保证至少有4颗卫星同时能捕捉到被观测点,还必须解决星载原子钟的精准定时问题。我们知道,米是国际单位制中长度的单位,被定义为"光在真空中历时1/299 792 458秒所经过的距离"。所以说,卫星导航的实质就是精确测量时间,定位一米的距离,需要计量十亿分之三秒的时间,可谓差之毫厘,谬之千里。

导航卫星是用原子钟来计时的,北斗系统工程启动时,我国在这一领域的技术还是空白,高精度星载原子钟技术被少数西方国家所垄断。而打破这一技术垄断和封锁的正是中科院武汉物理数学所原子频标重点实验室梅刚华研究员所领导的原子钟工程研制团队，他们用了长达20年的时间，终于在2008年研制成功具有完整自主知识产权、满足航天工程要求的星载铷原子钟正样产品，并批量用于北斗二号卫星。随后，梅刚华团队又用5年时间，研制出应用于北斗三号的新一代星载铷原子钟产品，使计时精度与GPS卫星最新一代星载铷钟并列，跻身国际先进水平。这正是：

    定位实质是定时，时间本是长度尺。
    四星标定观测点，一钟影响精准值。
    超俄赶美殚心血，布星织网吐春丝。
    关键技术已拥有，何惧对手恐吓滋。

在北斗系统未建成之前，北京航空航天大学信息工程学院的施闯教授曾问深圳市国土局的领导，如果GPS停用了会怎么样？对方回答道，没有了精准定位，全市的建设任务和工程项目都将停工。为了不受制于他人，施闯带领团队科研人员历时13年重点突破了稳、准、快的北斗位置服务核心关键技术，建立了中国高精度位置网系统，制定了相关成套技术标准和规范，研制了系列核心装备，开拓了北斗系统在公路、水路、基础设施建设等领域的创新应用，实现了北斗系统在交通领域体系化、规模化应用从无到有的跨越式发展，取得了重大的社会效应和经济效益。

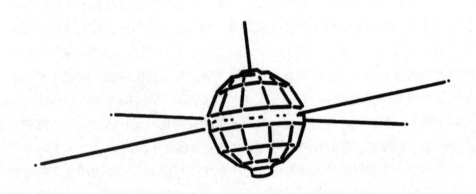

目前，利用中国高精度位置网系统，我国已建立起全球最大的营运车辆动态监管平台，实现了遍布全国的530多万辆重点营运车辆的跨地区精细化监管，有效地减少了重特大交通事故的发生。在维护我国领海主权以及开展海事救援活动中，该系统同样起到了保驾护航的作用：全国5万余艘渔船安装北斗终端，其累计救助渔民超过1万人，被渔民誉为"海上保护神"。

有感于施闯教授团队自主创新成果的重大意义，2018年7月20日，我在参与现场考察"中国高精度位置网及其在交通领域的重大应用"科研项目时，即兴赋诗一首，以抒情怀，以表赞意。

    北斗织网罩天庭，目标锁定无遁形。
    车辆监管促业进，交通疏导畅路行。
    岛礁夺建卫疆域，海事搜救解危情。
    核心技术自研发，创新发展国安宁。

注：本文刊载于2018年8月31日《科普时报》"青诗白话"栏目。

精准溯源成果惊

2022年11月25日新华社报道，我国综合性太阳探测专用卫星"夸父一号"上的"硬X射线成像仪"首次成功获得太阳硬X射线图像。据悉，这是目前国际上唯一以近地视角拍摄的太阳硬X射线图像，图像质量达到国际先进水平。在此之前，中国计量科学研究院（以下简称"中国计量院"）曾对"夸父一号"硬X射线成像仪量能器进行地面标定试验，使之升空后得以精准测得宇宙射线信息，为天体物理科学研究提供准确、有价值的观测数据。

中国计量院是国家最高计量科学研究中心和国家级法定计量技术机构，主要开展计量科学基础研究，承担国家测量体系、量值传递和溯源体系的研究及建设等工作。计量，在中国古代被称为"度量衡"，指实现单位统一、量值准确可靠的测量活动。计量是关于测量及其应用的科学，它是保证测量数据溯源性、准确性、可靠性和有效性的基础。各种测量结果最终要溯源到国际单位制（SI）的基本单位，目前广泛应用的国际单位制共有7个基本单位：时间单位秒、长度单位米、质量单位千克、电流单位安培、热力学温度单位开尔文、发光强度单位坎德拉和物质的量单位摩尔。不久前，应中国计量院青年学者粟多武邀请，笔者专门参观了该院昌平院区，了解到了一些计量科学方面的知识。

粟多武现任中国计量院时间频率计量科学研究所重力计量基准实验室副研究员，主要从事重力计量测试及仪器研发应用工作。根据牛顿力学定律，物体的重量近似等于地球对它的引力，与所在地的重力加速度成正比。由于距地心距离不同，并受所在地层矿藏变化等因素的影响，不同经纬度的重力加速度会有细微的变化。因此，精确测定重力加速度值，建立国家重力加速度计量基准，对精密物理研究、地球物理学、地震预报、地质勘探和空间科学等都具有十分重要的意义。

粟多武工作的重力计量基准实验室在中国计量院昌平院区21号楼内，该实验室的重力计量基准点既是中国的重力计量基准原点，又是全球重力计量基准原点。所谓原点，就是全球重力加速度测量值精度最高的点位，它也是全球重力加速度量值的源头。在实验室的地面指示牌上，笔者看到，其中一个原点的精确坐标及测量值为：北纬40.2448度，东经116.2248度，海拔111.21米，测量时间为2017年10月23日上午8时，测得的重力加速度值可精确到小数点后面第八位。据小粟介绍，2017年10—11月，"第十届全球绝对重力仪国际关键比对"在中国计量院昌平院区举办，来自14个国家的32台绝对重力仪齐聚这里"大比武"，由他们实验室主导建立的重力加速度计量基准胜出，测量不确定度优于1微伽（1×10^{-8}米/秒^2），达到国际领先水平，所建立的坐标点也由此成为全球重力计量基准原点。而在此之前，全球重力计量基准原点一直都在欧洲。

中国计量院昌平院区依山而建，紧邻十三陵神道，风景十分优美。院区实验楼之间有一片果林，其中的一棵苹果树下有一块石牌，石牌上的文字称："此苹果树被称为'牛顿苹果树'，是英国国家物理研究院2005年赠送给我院的。该树苗经入关检验合格后，先送到中国检验检疫科学研究院植物隔离场（北京双桥）培植，后于2009年4月移植我院昌平院区。该树的始祖乃是种植在英国东南部林肯郡沃尔索普村牛顿母亲家花园中的正宗苹果树。据史料记载，正是那颗老树上掉落的苹果启发牛顿发现了万有引力定律。"

时值深秋，天气已尽显寒意，我们都衣着厚实，唯独小粟仍穿短袖T恤夏装，令人倍感惊奇。小粟告诉笔者，为实现赴南极科考的梦想，他曾进行过长达5年的耐寒锻炼，练就了这副不惧寒冷的好身体。

2019年10月至2020年4月，粟多武代表中国计量院如愿以偿参加了中国第36次南极科考。在中山站，他和同事们建立了我国首个重力加速度计量校准点，并通过自主研发的远程时空基准量传实验系统，实现北京—南极远程时间频率精准传递，为保障我国南极重力测量结果的溯源性和准确性奠定了基础，同时还首次验证了基于北斗链路的远程时间频率传递系统在全球范围内的可靠稳定覆盖能力。刚过不惑之年的小粟自豪地说："在南极科考的100多天里，我只穿过两次长袖衣服。一次是集体录制节目穿短袖不合适，还有一次是录制央视《中国诗词大会》节目，穿了统一的红色队服外套。其他时候，哪怕是在零下10摄氏度、9级暴风的户外工作，我都是穿短袖衣。"南极各国科考队员由此送小粟绰号"南极第一猛男"。

自豪于我国在计量科学领域所取得的骄人成就，感叹于优秀青年计量科学家粟多武在事业上的拼搏精神，特填《鹧鸪天》词一首，以抒情怀，专表褒赞。

计量科院驻昌平，远离喧闹测安宁。
基准统一追国际，精准溯源成果惊。

粟多武，俊才英，南极重力校准行。
严寒赤臂彰刚毅，第一猛男获美名。

注：本文刊载于2022年12月16日《科普时报》"青诗白话"栏目。

第四篇

科普典范

伟人科普身垂范

"瑞金城外有个小村子叫沙洲坝。毛主席在江西领导革命的时候,在那儿住过。村子里没有井,要到很远的地方去挑水。毛主席就带领战士和乡亲们挖了一口井。解放后,乡亲们在井旁立了一块石碑,上面写着:'吃水不忘挖井人,时刻想念毛主席。'"

这是人民教育出版社出版的小学一年级《语文》教材中的一篇课文,标题叫作《吃水不忘挖井人》,说的是当年毛泽东主席带领沙洲坝军民挖红井的故事,并非常简单地介绍了"红井"的来历。

2007年5月,我在中央党校中直分校学习时,曾随队参观了红井,除了实地瞻仰红色苏区,对革命先烈表示敬仰,还想解开心中的一个谜团:南方的水源十分充足,水井也不少见,为什么当年毛主席带领军民挖了这么一口水井,就让当地的老百姓如此感动,继而要立碑纪念呢?

按照课文中的说法,毛主席当年之所以带人挖这口井,是因为"村子里没有井,要到很远的地方去挑水"。既然别的地方都有水井,难道沙洲坝的村民就不知道就地挖一口井,省去每天奔波在路上挑水的气力吗?可见,这种说法值得商榷。

"红井"的水确实很清甜。来这里的游人都会舀上一勺,品尝几口,体会一下当年这里的老百姓的心情。我也喝了满满一竹筒"红井"水,之后的行程也没带来闹肚子的麻烦。可见,"红井"的水质不错,很清澈,很卫生。

之后,我在中国广播网"红色旅游之江西行"里读到一篇文章《吃水不忘挖井人——红井》。它是这样解释毛主席为什么要带人挖井的:沙洲坝是个干旱缺水的村庄,当时村民们非常迷信,认为挖井会破坏当地的风水,因此没有哪家村民敢擅自开挖,群众平时要到几千米外的小河里挑水饮用。

这篇文章说"沙洲坝是个干旱缺水的村庄",就如同说"黄土高坡是水泽沼国"一样缺乏说服力。"红井"的旁边就有一个不大不小的水塘,目测其容量应足够沙洲坝村民饮用,类似的水塘在南方乡村四处可见,怎么能说"沙洲坝是个干旱缺水的村庄"呢?如果是因为怕在村子周围挖井破坏风水,完全可以在村子外几百米的地方开挖,也用不着到"几千米外的小河里挑水饮用"。

我是在南方长大的,小时候在长沙郊县的农村生活过。在我的印象中,家乡一点也不缺水——我的爷爷奶奶住的村庄不远处就是浏阳河,人们却习惯于取用门前水塘里的水——挑塘里的水喝,在水塘里洗衣、洗菜,甚至刷马桶。今天看来,这绝对是陋习,非常不卫生。可在那个年代,人们却如此习以为常,并没有想到要去专门挖井喝水——毕竟挖井是需要一定的财力和物力的,更何况那是在20世纪二三十年代偏僻落后的赣南乡村。在我小时候,周围的人聊以自慰的还是"不干不净,吃了没病",这也是那个时候农村为什么疾病特别流行,孩子们肚子里永远都有打不尽的蛔虫的重要原因。

我想,沙洲坝的村民恐怕也不例外,既然门前有现成的水塘可挑水喝,干吗还要劳神费钱卖力挖井找水喝呢?那个时代,村民们连填饱肚子都是一件非常困难的事情,谁还有闲钱为了喝水而去挖井呢?我想,那时的沙洲坝村民,一定也会因为常年喝不上洁净的井水而经常生病闹肚子。

毛主席是1933年4月随临时中央政府从叶坪迁到沙洲坝的,而带人挖"红井"则是在这一年的9月,两者相距近半年时间。这段时间,湖南第一师范学校毕业、曾在长沙和北京等大城市接受过现代文明教育的毛主席,一定目睹了许多红军战士和村民因常年饮用不洁的塘水而拉肚子、闹蛔虫、发高烧的惨景——这可是损害红军战斗力和老百姓后勤保障力的大事啊!想必毛主席由此便萌发了带领红军和乡亲们挖井的念头。

正是因为有了这口红井,沙洲坝的村民们从此喝上了干净、卫生的井水,不再受痢疾等疾病的侵扰,也因此对毛主席心有感激乃至膜拜。所以说,毛主席不光是为沙洲坝人民挖了一口"红井",而是革除了当地村民们的一种生活陋习,倡导了一种全新的生活方式,开启了中国乡村饮食卫生科普的先河。

这恐怕才是他老人家当年带人挖井的最真实原因。从这个意义上来说,沙洲坝的村民乃至今天的我们,确实应该"吃水不忘挖井人,时刻想念毛主席"。

这正是：

> 课说掘井事简单，深究细研不寻常。
> 赣南雨丰少干旱，洲坝水乏多荒唐。
> 随声附和从众易，独立思考自主难。
> 伟人科普身垂范，吾辈创新当自强。

注：本文刊载于2019年8月23日《科普时报》"青诗白话"栏目。

魂牵梦萦科普情

"用文艺的形式普及科学技术,确实是一个比较好的形式。这样做既可以吸引老百姓观看,也更容易让老百姓接受,可以起到更好的科普效果。这说明科学文艺作品是非常受欢迎的,这也是我要捐一部分钱用来发展科学文艺的原因。"在2019年4月18日召开的"王麦林科学文艺创作奖座谈会"上,94岁高龄的王麦林讲述了自己捐资设立"王麦林科学文艺奖",促进科学文艺创作繁荣的初衷。

座谈会由中国科普作家协会举办,我有幸应邀出席,围绕"情怀,责任,担当,激励,期待"等关键词发言,并即兴作诗一首,以表达对王麦林同志的敬佩之情:

九秩老人王麦林,魂牵梦萦科普情。

捐资设奖助创作,唯愿科学文艺兴。

1958年9月,刚过而立之年的王麦林在空军训练部正干得风生水起,突然被抽调到中国科协,担任科普杂志《知识就是力量》编辑室主任,开启了自己完全陌生的科普工作生涯。之后,她历任《科学大众》第一主编,科学普及出版社副总编,中国科协普及部副部长,科学普及出版社社长、党委书记,中国科协党组成员等职,参加发起创建中国科普作家协会并担任协会首任秘书长,成为新中国科普工作的第一代组织者、参与者、实践者。她先后翻译出版了《他们登上金星》《在地球之外》等科普著作,撰写了《不要忽视科普文艺创作》《科学诗前途广阔》《科普美术大有可为》等科普理论文章,87岁时还出版了科普译著《为了人人晓得爱因斯坦》。从事科普工作61年,王麦林对科普工作可谓一往情深,捐资设奖表达了她对科普工作的浓浓情意。

王麦林1925年4月出生于福建省福州市,13岁参加革命,不满14岁就加入中国共产党。抗战时期，她任八路军120师战捷剧社宣传队员，出演活报剧，唱歌跳舞，鼓舞军民抗击倭寇。抗战胜利后，她参与了东北航校和人民空军的创建工作，彰显了一名优秀共产党员的开拓进取精神。从事科普工作后，她更是表现出了高涨的工作热情和强烈的责任意识。担任《知识就是力量》编辑室主任后，她坚持实事求是，广泛听取意见，大胆改革原来全部照搬苏联俄文版《知识就是力量》杂志的办刊方针，逐步增加国内原创科普文章，同时选登其他国家的优秀科普文章，使杂志更受广大读者喜爱，一举扭转发行量断崖式下跌的颓势，三年就使刊物印数增长了三倍。

王麦林对科普工作的热爱还表现在对事业的勇于担当上。20世纪五六十年代，科幻作品在中国因一度被认为是宣传唯心主义思想而遭到批判。1960年，王麦林将苏联的一篇科幻小说《荒岛怪蟹》刊登在《知识就是力量》上，受到相关部门的严厉指责，并被要求禁止刊登小说的续篇。见杂志没有继续刊登这篇小说的后半部分，读者纷纷来信询问，要求继续刊登完。王麦林认为这部作品没有问题，遂顶住压力，刊登完了小说的续篇。那个时期，科幻作品及其作者都受到了批判，而主张并支持科幻创作的王麦林更是成为被围攻的主要对象，但她始终坚持自己的观点。"王麦林科学文艺创作奖"的设立，将使这种担当精神更好地得到传承，成为广大科普工作者的宝贵精神财富。

"王麦林科学文艺创作奖"是2013年由王麦林捐出100万元个人积蓄作为基金，由中国科普作家协会专门设立的。这是我国科普领域唯一的一项创作奖项，每两年由协会评选颁发一次，奖金虽然不多，却是一份崇高的荣誉。该奖项至今已评选出的三届获奖者金涛、叶永烈和郭曰方，均是科普领域德高望重、著述颇丰、影响颇大的知名作家。座谈会上，王麦林还亲自给郭曰方先生颁发获奖证书，以表彰他坚持不懈地用科学诗的形式普及科学技术知识，歌颂科学技术的伟大力量，鼓舞人们努力攀登科学技术高峰。这个奖项不仅是对获奖科普作家的激励，更是对广大民众尤其是青年科普工作者和科普作品创作者的巨大激励。

我认为，设立"王麦林科学文艺创作奖"，还表达了王麦林等老一辈科普工作者对科学文艺繁荣的一种期待。期待我们的科学文艺创作环境更加宽松、自由，给科学插上幻想的高飞翅膀；期待更多的民众投身科学文艺创作，创作出更多无愧于时代的优秀科普作品，推动创新型国家建设。我相信，有了这种浓郁的情怀、强烈的责任、无畏的担当和热切的激励，王麦林先生的期待就一定会成为现实，我们的科学文艺之树就一定能够枝繁叶茂，结出丰硕的果实。

这正是：

心高志远彰情怀，责任担当耀华彩。
前辈示范多激励，期待后学展宏才。

注：本文刊载于2019年5月3日《科普时报》"青诗白话"栏目。

万千肖像动心扉

优美韵律好华年

恰逢中国科协喜迎60周年华诞、中国科学技术馆建馆30周年之际，季良纲先生所著《科普年华——联合国"卡林加科普奖"获奖者李象益》（以下简称《科普年华》）一书由科学普及出版社出版发行，可喜可贺。

李象益先生曾任中国科协科普工作部部长、中国科学技术馆馆长，从事科普工作至今已35年，是科普工作的老前辈、科技馆事业的先驱者。拜读《科普年华》一书，颇有感慨。诚如中国科协党组副书记、书记处书记徐延豪《序》中所言："这一本《科普年华》，平实记录了象益先生几十年如一日，坚持不懈从事科普的人生历程，体现了他对科普事业饱含的一往情深、孜孜不倦的理想追求。他精彩而丰厚的科普人生，是一笔宝贵的精神财富，能给广大科普工作者和科技工作者以启迪与精神感召。它真切地告诉我们，科普人生可以有这样的充实，有这般的精彩！"

这正是：

科普人生谱诗篇，朝霞绚丽晚霞妍。

勤奋执着皆金句，优美韵律好华年。

感慨之一：年华好，勤奋当趁早；拼搏进取求实干，华丽转身事科普，机遇抓得牢。李象益从事科普工作可谓半路出家。《科普年华》第三章"铸造翱翔蓝天的利剑"详细介绍了他早年从事航空发动机研制工作的艰辛历程。李老师1961年8月毕业于北京航空学院（北京航空航天大学前身），毕业后从事航空喷气发动机研究、设计与教学工作，主持的研究项目曾获国防工办重大技术改进成果协作一等奖，航天工业部科技成果二、三等奖等多项科技奖励。23年砥砺奋进的科研、教学生涯，铸就了他迎难而上、勇于创新的信念，如果继续已有的事业，无疑前途无量。

1983年9月，45岁的李象益迎来了人生和事业的一个重大转折——从北京航空学院调入中国科协，参与中国科学技术馆筹建工作。《科普年华》第四章至第七章介绍了李象益在职从事科普工作的丰富人生经历和灿烂辉煌业绩。从那一天开始，他从一名高校科研与教育工作者，转型为一名科普工作者，开始抒写科普人生新的篇章。中国科学技术馆一期建成后，他实践了美国核物理学家、旧金山探索馆创始人弗兰克·奥本海默的展教模式，使中国科学技术馆成为全国第一座"科学中心"式的国家级综合性大型科技馆，揭开了中国以"科学中心"建馆的新纪元。

1995年9月至2000年5月，李象益在担任中国科学技术馆馆长期间，全身心投入规划建设中国科学技术馆二期项目，每一个展品、每一个细节，都倾注了他百倍的精力和全部的热情。在跟踪研究世界科技馆教育发展的基础上，他引入了新的综合技术展示分类和科普教育创新理念，科技馆每件展品如同他哺育的一个个新生命，从头到脚都展示出前所未有的魅力。他牢牢地抓住了发展机遇，使得事业发展实现了华丽转身。

感慨之二：桑榆好，红霞漫天烧；莫道夕阳正西下，踏遍青山人未老，情浓兴愈高。2000年5月，李象益退休，开启了他科普人生的第二个春天，创建了他科普事业新的辉煌。《科普年华》第八章至第十一章对此有浓墨重写。在李象益看来，退休并不意味着从此步入人生"宁静的港湾"，而是新征程的起点。作为中国科学技术馆创业团队的重要成员，"科学中心"式科技馆理论与实践方面的资深专家，他很快被十多家科技馆聘为顾问，开始在全国各地奔波，热情做科普报告，真诚提咨询建议，继续展示自己对科普事业的一往情深。当年10月，他当选中国自然科学博物馆协会理事长，积极推动协会改革，促进科技馆与企业合作，加强咨询开发工作，扩大国际交流合作，开创了协会工作新局面。随后，他推动成立了"北京师范大学科学传播与教育研究中心"，使其成为中国科协与高校联合创建的第一个科学传播与教育研究机构，推进学校教育与社会教育有机结合，促进科普教育纵深发展，努力提高公众对科学的认识水平。

2004年10月，李象益当选国际博物馆协会执行委员，成为新中国成立以来第一个进入国际博协领导层的中国人；2007年8月，连任国际博协执委，为中国成功获得"第22届国际博协大会"主办权。2013年，他荣获由联合国教科文组织颁发、被誉为"科普界诺贝尔奖"的卡林加科普奖，成为联合国教科文组织自1951年设立该奖以来第一位获此殊荣的中国人。

有感于《科普年华》逢喜出版，庆贺年届八十的李象益老领导为科技馆事业做出的重大贡献，特作藏头诗一首，以表情怀。

> 李树桃林果繁硕，象大无形巧若拙。
> 益智科普勤启迪，获知展教奋开拓。
> 卡握质效彰严谨，林耸国际耀科博。
> 加鞭耄耋奋蹄马，奖掖后学胸襟阔。

注：本文刊载于2018年9月28日《科普时报》"青诗白话"栏目。

黄金铸象立波涛

2024年3月4日晚，科普前辈金涛老师突发疾病，不幸去世，享年84岁。惊闻噩耗，格外震惊，悲伤不已。

就在3月3日下午3点22分，金老师还给我发来过微信视频，内容是印度现任总理纳伦德拉·莫迪最后一次给他的百岁老母亲洗脚，里面还有莫迪给一群环卫工人洗脚的镜头，看后着实令人感动。金老师留言评点道："伟大的孝子，了不起的领袖。"没想到，一夜之间，他竟与我们阴阳两隔，从此再也不能相见、交流。

金涛老师是我的前辈领导，也是我从事科普工作和文学创作的学习榜样，我有幸在他之后担任科学普及出版社暨中国科学技术出版社社长兼党委书记、中国科普作家协会常务理事兼第六届科学文艺委员会主任。在科普社任职时，我曾组织出版"科学、文化与人经典文丛"，金涛老师率先将他的《林下书香：金涛书话》《南极夏至饮茶记：金涛散文》两部书稿纳入丛书第一辑出版，并带动了叶永烈、郭曰方、卞毓麟、陈芳烈等一批著名科学文化学者先后赐稿，《林下书香：金涛书话》还荣获第五届中华优秀出版物奖图书奖，一同成就了"科学、文化与人经典文丛"图书品牌。

2014年1月，科普出版社还出版了金涛老师的科学童话《小企鹅和北极犬》，之后两次加印，可见他的作品深受青少年喜爱。我2015年5月调离科普社后，"科学、文化与人经典文丛"又增添了金涛老师的新著《书林漫步：金涛书话续篇》。据丛书责任编辑吕鸣介绍，这本书中的插图都是金老师早年野外考察时的手绘作品，让人倍感亲切，我闻讯也十分欣慰。

金涛老师是著名科技新闻记者、出版家、科普作家、科幻小说家，人生经历颇具传奇色彩。他1940年出生于安徽黟县，1963年毕业于北京大学地理系自然地理专业；历任中央高级党校教员、鲁迅研究室研究人员、光明日报社记者部主任、科学普及出版社暨中国科学技术出版社社长兼总编辑、中国科普作家协会副理事长兼第四届科学文艺委员会主任，职业生涯横跨教育教学、新闻报道、文史研究、图书出版、文学创作五界。

作为新闻记者，金涛20世纪80年代初为《光明日报》先后撰写长篇通讯《安徽滁县地区大包干生产责任制纪实》和《"傻子"和他的瓜子》等现象级新闻报道，为影响深远的农村生产经营责任制改革及民营经济发展做出了独特的贡献。这些文章及其对应的"包产到户""傻子瓜子"等当年热点事件，我们这代人至今记忆犹新。金老师参与了全国科学大会新闻报道，发表了报道物理学家谢希德事迹的长篇报告文学和对理论化学家唐敖庆、历史地理学家侯仁之的访谈专稿，为知识分子正名疾呼、呐喊，为"科学的春天"涂抹了绚丽的霞彩。他还签下"生死状"，以《光明日报》特派记者身份，参加中国首次南极科考和建站活动，圆满完成报道任务，荣立二等功和《光明日报》总编辑奖。若干年后，他再次登上南极，为日后科普、科幻创作积累了丰富素材。

作为出版家，金涛在科幻创作、出版处于困境之际，用各种方式予以支持、鼓励、扶植，组织引进出版国外优秀科幻作品，团结全国科幻作家，为中国科幻文学崛起奔波倾力、擂鼓打气。与此同时，他还身体力行开展科幻创作，撰写了《月光岛》《台风行动》《冰原迷踪》《人与兽》《失踪的机器人》《马小哈奇遇记》等优秀科幻作品。

作为科普作家，金涛创作、出版了《谁是凶手》《大海妈妈和她的孩子们》《小企鹅和北极犬》《狐狸探长和他的搭档》等科学童话，《林下书香》《风雪之旅》《从北京到南极》《环球漫笔》等科学文化散文集，《暴风雪的夏天》《向南，向南——中国人在南极》等科学考察游记，以及《奇妙的南极》《探险家的足迹》《大地的眼睛》《魔盒》等科普作品文集，荣获全国先进科普工作者荣誉称号，摘得首届"王麦林科学文艺奖"桂冠。

除了图书出版方面的愉快合作，在科普社工作期间，我还得到了金涛老师父辈般的关心、指导、支持和帮助。2011年秋天，在杨虚杰副总编的倡议下，我组织成立了"老出版专家联谊会"，金涛老社长被推举担任联谊会秘书长。金老师是一位非常有个性的学者，爱憎分明，仗义执言，一身正气，厌恶权贵淫威，鄙视媚上行径，提携晚辈后学。就我所知，退休后他几乎不参加科普出版社的活动，对我却是厚爱有加，倾尽全力支持我的工作，可谓有求必应。

"老出版专家联谊会"成立后，金涛老师以他在业界的威望和人脉，定期召集已退休的出版社老领导相聚、座谈。一时间，周谊、林仁华、杨再石、于国华、陈芳烈、甘本祓、赵致真、卞毓麟、聂震宁、齐学进、张敬德、赵萌等一大批出版界前辈和大家，欢聚科普出版社，大家畅所欲言，为出版社发展献计献策，让我受益匪浅，给出版社贡献良多。

还记得一次有外地出版专家参加的联谊会座谈，来自上海科技教育出版社的出版专家、天文学家卞毓麟老师提出了一个好选题，他希望我社组织出版一套"古今科学家跨越时空对话"科普丛书，各分册可以是《当祖冲之遇见陈景润》《当郭守敬遇见王绶琯》《当毕昇遇见王选》《当李冰遇见张光斗》……借古今科学家穿越时空邂逅，引出一连串有趣的科学故事，以此介绍相关学科领域的发展历史、科技知识和人文精神，彰显科学与人文、科普与科幻、历史与现实、真实与虚构的魅力。遗憾的是，与会者大多认为要找到合适的作者实在是太难了，这么好的一个选题至今也未能开花结果。当时，我觉得金老师是最为合适的作者，希望他帮助开个头、做出一个示范；金老师也非常认可这个选题，但说自己年龄大了，难以担此重任，鼓励我克服困难、努力设法完成。如今回想，实在是愧对卞老师和金老师，衷心希望有人能帮我弥补这一遗憾。

金涛老师珍惜友谊，极重感情。2013年下半年的一天，金老师打电话告诉我，香港著名作家兼翻译家温绍贤老先生主编了一套"中国科幻小说精选"丛书，原准备交由一家香港出版公司出版，谁知这家出版社经营不善，很快就要倒闭，温先生希望他牵线将丛书转到大陆出版，金老师问我能不能帮这个忙。

这套丛书收录了童恩正老师的《雪山魔笛》、金涛老师的《月光岛》、刘兴诗老师的《新诺亚方舟》和魏雅华老师的《温柔之乡的梦》4部科幻小说。4位作者都是大陆科幻名家，收录的作品也差不多都是他们的科幻小说代表作，考虑到社里正在布局打造科幻出版版块，我就一口应允，并将此事交代给单亭副总编辑落实。

单亭把事情办得非常漂亮，2014年8月，丛书以中英文对照形式由科普出版社出版。单亭告诉我，社里之后每次参加国际书展，都会把这套丛书带上，向外推荐以扩大中国科幻作品的国际影响。整套丛书的英文都是由温绍贤先生亲自翻译的，他还请英国资深文字编辑蒂娜·巴莱审订每部作品。对此，金涛老师非常满意。打这以后，金老师写文章只要一提到这套丛书，都要把发表后的文章电子版发给我，向我表示感谢。本是金老师给我和社里推荐好书，却让我多次获他美言赞赏，着实让我受宠若惊、惶恐不安。

  我和金老师三观一致，相互信任，交谈无忌，两人几乎每天都有微信来往，每逢节日都会相互问候，可谓忘年之交。我知道他心脏做过手术，一直存有隐患，近年来他也放慢了创作节奏，开始注意调整情绪、调养身体，没想到竟溘然离世，让人格外难过、唏嘘不已。

  从金涛老师的儿子金雷先生那儿了解到，金老师是在睡梦中安详离世的，没有因疾病反复而遭罪，更没有因久病而拖累家人。这样想来，心里也得到了些许安慰。敬撰挽联，谨表晚辈、后学对金涛老社长的沉痛哀悼和深切怀念。

  两闯南极攀光明报道高峰彰显无冕之王学问胆略豪气；
  五跨职界树科普创作典范昭揭有识之士贤智情怀风采。

注：本文刊载于2024年第5期《科幻世界》。

创作出版结良缘

科学文艺一线牵，创作出版结良缘。

卅载情谊弥珍贵，两代编辑谱华篇。

叶永烈先生以科普创作起步、成名、享誉，科学普及出版社自然与他多有交往，作为曾经的社长，写文章讲述这期间的美好故事，既是哀思悼念情怀的抒发，更是出版历史记录的责任。

科学普及出版社是我国出版科普图书历史最长、品种最多、规模最大的出版社，离退休人员中许多都是业界的传奇人物，如王麦林、郑公盾、金涛、汤寿根、宋宜昌等。我2010年4月到社履新后不久，遂逐一拜访离退休老领导，期盼深入了解社史，挖掘更多出版资源。次年春节期间，拜访了原副总编辑白金凤老师，她已退休十几年，在职时曾两获全国"三八红旗手"称号，是一位德技双馨的出版前辈。交谈中得知，1978年10月，全国少儿读物出版工作会议在庐山召开，白金凤与叶永烈于会上相识，因同为北京大学校友，故相谈甚欢。第二年，叶永烈将他写的《论科学文艺》一书投稿，白金凤为责任编辑，该书于1980年6月出版发行。

白老师告诉我，那是叶永烈在科普出版社出版的第一部图书。我觉得这是一条非常有价值的信息，遂建议她恢复与叶先生联系，争取得到他对出版社新的支持。那段时期，白老师身体很不好，还患有严重的抑郁症，经常要去医院看病拿药，和叶先生的联系一直无暇顾及。2010年年底有一天，白老师来到我办公室，拿出她起草给叶永烈的信函征求我意见。我遂把总编辑颜实请来，大家一同商定了函件的内容。

我们的想法是，叶先生早已远离科普创作，继续让他惠赐科普新作已不现实，不妨让他在《论科学文艺》基础上，修订、增补成《科学文艺概论》，先与我社续上前缘，再争取出版他的其他著作。我们甚至设想，倘能如愿，可选定社里一两位优秀中青年编辑，在白老师的指导下做《科学文艺概论》责任编辑，把这种友谊传承下来。

叶永烈先生非常重情义，收到白老师信后很快回复，表示乐意继续与我社合作，并将家庭住址和电子信箱等信息详细告知，欢迎我社派人来沪商谈。2012年3月29日，颜实总编辑和基础教育图书事业部主任徐扬科专赴上海，登门拜见了叶先生。双方商谈顺利，叶先生欣然接受我社高级学术顾问的聘请，应允将其新作《行走世界》《相约名人》两书交由我社出版，并答应尝试撰写《科学文艺概论》。据颜总编介绍，那天叶先生格外高兴，中午还和夫人在楼下一家本帮菜馆专门宴请了他和徐扬科。

叶先生非常讲信用，不久就把《行走世界》《相约名人》两部书稿交给我社。徐扬科和吕鸣两位优秀中年编辑被指定担任责任编辑。1998年，科普出版社出版《宝葫芦丛书》（共30册），其中收入了叶永烈的优秀长篇科学童话《"小溜溜"溜了》，责任编辑就是吕鸣，而丛书的主编就是白金凤和耿守忠两位老师。

徐扬科和吕鸣将这两套图书分为4册，策划列入"科学、文化与人经典文丛"。之后的工作就变得非常简单了，吕鸣后来与《知识就是力量》杂志的青年编辑孔祥宇合写了一篇文章《成功从来不简单——为写作而生的叶永烈》，发表在2013年第1期《知识就是力量》上，里面专门谈到了与叶先生打交道的感受："凡与叶先生合作过的编辑都知道，他做事效率极高，极有条理性。凡他接下的约稿任务，不但交稿快，而且质量高，他的'齐、清、定'是真正的'齐、清、定'，前言、后记、内容提要、作者简介、目录、正文、插图，全都一次成型，连篇章页上适合用的竖版照片，他都会特意备好。遇上这样的作者，编辑真的是'三生有幸'。"

2012年6月1日，我在银川举办的第22届全国书博会上邂逅叶永烈夫妇，他是应上海交通大学出版社时任社长韩建民的邀请出席其新作《"看世界"丛书》的首发式。中午，宁夏回族自治区科协时任副主席李晓波请我和同事吃饭，我赶紧叫上叶先生夫妇和韩社长，借花献佛在附近一家小饭馆请他们做客。责任编辑徐扬科和发行部主任孙建军正好都在场，席间，我们和叶先生商谈了《行走世界》《相约名人》的编辑出版细节以及后续营销方式等，并继续磋商《科学文艺概论》出版事宜。

2012年的8月19日,我社在上海书展上举办"叶永烈:《行走世界》《相约名人》读者见面会暨新书签售仪式",科普作家、现任《科普时报》总编辑的尹传红应邀做嘉宾主持,把场面搞得红红火火、轰轰烈烈。《行走世界》是叶永烈晚年热衷于"行走文学"创作中的精选之作,《相约名人》是他采访社会各类名流的特写专集,两书充分彰显了叶先生深厚的历史、文化底蕴,以及宽广的视野、独到的见识和全方位的才情。据当时组织签售仪式的社长助理杨虚杰介绍,签售场面气氛热烈,等待签售的读者排成了长龙,带去的300套图书很快售罄,更有一位读者带了一整箱共计100本叶永烈不同时期写的各类图书让他签名。

2012年10月9日中午,借中国科普作家协会第六次全国代表大会在京召开之际,我和颜实总编辑设便宴招待叶永烈夫妇,以及郭曰方、卞毓麟、任福君、李建臣、尹传红、郑培明、刘泽林、周立军等科普大咖——他们都是我社的老作者或坚定支持者。时值国庆中秋佳节,老朋友相聚,其乐融融。白金凤老师特意赶来与叶永烈夫妇会面,30多年转瞬即逝,当年风华正茂,如今飞雪满头。两位老人十分激动,热情相拥,共述情谊,合影留念,把相聚气氛推向高潮。徐扬科、吕鸣两人现场摄影做证,叶永烈先生与我社两代编辑的出版合作,成就了科普出版史上的一段佳话。

《行走世界》《相约名人》率先出版后,极大地加快了"科学、文化与人经典文丛"其他选题的出版进度,随后,金涛、郭曰方、卞毓麟、陈芳烈等科普大家的原创科普著作先后出版,成为科普出版社科学人文图书出版的一道亮丽风景线。

2020年1月10日,白金凤老师不幸因病去世,令人不胜唏嘘。5月15日下午,又惊悉叶永烈先生病逝。是日,北京气温骤降,寒风四起,嫩叶欲摧,花容减色,令人不胜感伤。填《忆秦娥》词一首,内藏"叶永烈"三字,以表对先生的哀悼、怀念、敬仰之情。

西风烈,寒摧叶落惊悲切。惊悲切,花容失色,杜鹃泣血。

才情注笔书披却,声名悠永怎超越?怎超越,瑶池续墨,候君恣写。

注:本文被收入四川人民出版社2022年5月出版的《永远的高峰——纪念叶永烈先生》一书。

意气风发老顽童

自2003年11月从北京理工大学调到中国科协工作，至今已经14年多了。在科协换了五六个单位，打交道最多的自然是这个系统的同僚，他们中的佼佼者常常给我以启迪、激励和教育，令人敬佩，让人感慨，使人难忘。王渝生老馆长就是其中突出的一位。

王渝生，1943年出生，曾任中国科学技术馆馆长，顾名思义，乃重庆生人也。在我看来，"从来川渝生谐趣，自古巴蜀出鬼才"这句话，用在王馆长身上，那是再合适不过了。老王不仅学识渊博、才华横溢、记忆力惊人，而且幽默风趣、激情似火、亲和力无比。

我和王馆长相识于2005年《大众科技报》召开的"2004年中国十大科普事件"评审会上，并在之后历年召开的评审会上反复见证了他处理疑难问题时所表现出的睿智、机敏、艺术和包容。因为有了这位自称"老顽童"的著名科普专家、社会活动家做组长，单调、枯燥的评审会就成了朋友们妙语的会餐、快乐的聚会。只要有闲暇，或是大家感到烦闷了，王馆长马上就会来上一段笑话，让大家开怀大笑之后，所有的疲惫和乏味一扫而空。

老王的笑话知识含量非常高，让你在身体获得愉悦的同时，精神上也得到了滋养。2018年是狗年，12年前的2006年也是狗年。据说，那年的正月初二，王馆长在中国科学技术馆带班，遂用手机群发给朋友拜年短信："祝狗年狗日快乐！"不一会儿，就接到北京市一耄耋离休老领导气鼓鼓打来的电话："王渝生，你小子给我拜年，为什么骂我是狗日的？太不像话了！"老王不慌不忙回答："没有'的'。"对方说："有的，有的。"老王接着说："真的没有'的'，没有'的'这个字。"解释了好半天，老领导才弄明白，拜年短信里写的是"狗日"，而不是"狗日的"，根本就没有骂人之意。

于是，老王开始给老领导科普了："古人养六畜，为人类服务；过年了，人们首先想到它们。于是，就把正月初一至初六作为六畜的生日，按照它们与人亲近的程度，初一定为鸡日，初二为狗日，初三为羊日，初四为猪日，初五为牛日,初六为马日。六畜过完了生日,初七才是人日。今天是狗年正月初二,为狗日,所以祝老领导狗年狗日快乐!有问题吗?"如此这般,老领导这才破怒为笑。

相识相熟,继而相知相惜,不久,我和老馆长就成了忘年之交,开始有了很多的合作。2008年是我俩合作的蜜月期,我请他为《科技导报》新开设的"科学顿悟"栏目做主持人,要求每月撰写或组稿两篇谈因灵感或巧思继而获得科学发现、技术创新方面的启迪文章。老先生满口答应,头半年表现非常好,篇篇按时交稿,内容文字俱佳,读后令人喜出望外。之后,就开始陷入有了上顿急着等下顿的局面,我就像阎王殿里的判官,隔三岔五给他打电话催命一般地索稿。他常常是不到刊物付梓的最后一天,都根本不搭理责任编辑,甚至连我打的电话都不接。不过,尽管有时候都能把人急得想上吊,我也无法恼火生气。毕竟,一年的合作里,王馆长还真没耽误过一期出版,而且事后总能给你来一通新笑话,让你无可奈何,哭笑不得。

王馆长面慈心善,一天到晚笑脸常开,讲起话来肢体动作十分丰富,极具感染力;一旦开笑,本来就小的眯眯眼,立马就挤成一条缝,极为动人。2007年4月1日晚,我照例还在办公室加班审稿,突然接到老王打来的电话。但听他气弱似游丝、声慢如蚓动,费力地吐出一个个字:"是……苏……青吗?我……我检查……出……癌症了。今天刚……刚……做完……化疗,感觉……感觉……非常不好。还……不知道……能不能……再见到……你?"我惊得跳了起来:"王馆长,你在哪儿?我马上赶去看你。"直到听我着急得实在不行了,这老家伙才哈哈大笑道:"你想想今天是什么日子?别再加班了,早点回家休息去吧!"这个"老顽童"!尽管"愚人节"被他捉弄一番,但心里还是感到暖呼呼的。

真可谓:

心有艳阳老顽童,工作生活郁郁葱。
嬉笑怒骂皆存趣,真情流露爱意浓。

王馆长一度曾兼任全国政协委员、北京市科协副主席、国际科学理事会中国委员会委员、中国科协全委会委员、中国科学技术史学会常务理事兼秘书长等社会职务，至今仍兼任国家教育咨询委员会委员，长年披肝沥胆建言献策，在科技界、教育界都享有很高的威望。长年受益于这位前辈同僚的关心、帮助和指导，2017年春节期间，我有感而发，写藏头诗一首，大赞王渝生老馆长，以表感谢之意、敬佩之情。

　　王者德高自威严，渝语谐趣眯笑眼。
　　生龙活虎事科普，专心实意谏诤言。
　　家门书香才辈出，爱河源长文永鲜。
　　意气风发老顽童，浓情夕照胜少年。

注：本文刊载于2018年1月26日《科普时报》"青诗白话"栏目。

卞玉开磨价无边

前段时间，收到卞毓麟老师寄给我的一本装帧精美的图书《挚爱与使命》。这是2016年12月17日上海市科协、中国科普作家协会、中国科普研究所在上海召开"加强评论，繁荣创作——卞毓麟科普作品研讨会"，会后由会议承办单位上海市科普作家协会主编的一部卞毓麟科普作品评论文集。卞老师在书的扉页上写的是"苏青老友惠阅赐教"。

卞毓麟是天文学家、出版家、著名的科普作家，是我敬佩的科普同行长辈学者。"赐教"实不敢当，但他称我"老友"却还算得上名副其实。

我和卞老师相识于2001年10月。那时，新闻出版署所属的环球公司组织全国上百家出版社参加当年的法兰克福国际书展，我有幸和卞老师同行，并在之后的参观古登堡博物馆等旅途中同坐一辆大巴，因而对他有了更多的了解。

卞毓麟，1965年南京大学天文系毕业，曾在中国科学院北京天文台工作33年，是一名有影响的天文学家。1998年他改行当编辑，调到上海科技教育出版社创建版权部，专事科技出版。人们常说，人过三十不学艺，卞老师年近花甲转行学艺的传奇，不仅给了我们太多的感悟，也给出版界的后学树立了一个干一行爱一行精一行成一行的典范。之后，他和同事推出的《哲人石丛书》成为科普图书出版的经典，他策划的《名家讲演录》在业界引起强烈反响并受到读者热捧。"探月工程"刚一提出，他就约首席科学家欧阳自远院士做主编，策划出版了科普图书《嫦娥书系》，在20世纪继人造地球卫星发射成功后的又一次太空科普热中有较高的显示度，并荣获第二届中华优秀出版物奖。

位于德国美因茨市的古登堡博物馆建成于1900年，它以西方金属活字版印刷的发明者古登堡命名，集中了世界印刷先进国家的印刷机械和印刷精品，是全世界最著名的博物馆之一。2001年，在观摩该馆工作人员表演古老的金属活字印刷术时，我和卞老师都很想得到那张拓印后的样品，由于我离工作人员更近，最后让卞老师失望了。这张墨迹浓艳的印刷品伴随了我十几年，却在前几年搬家时不慎遗失。现在想来，真的很对不起卞老师当时那渴望的眼神。

第四篇 科普典范

2011年1月14日,国家科学技术奖励大会在人民大会堂召开,卞毓麟老师的科普原创作品《追星》荣获2010年度国家科技进步奖二等奖。我时任科普出版社社长,社长助理杨虚杰专门邀请他来社做讲座,让我主持并致欢迎辞。我给听课的同事讲了卞老师的几个小故事,其中的一个故事是这样说的:"卞老师是一位学者型的科普图书编辑,调到上海不久,一次听徐匡迪市长的讲座,他真诚地指出了徐市长授课内容中的几处小疏误。这样的质疑,不仅彰显了他知识的渊博,更表现出了他作为学者唯真求实的品德。卞老师由此也约到了同为学者的徐匡迪院士的一部书稿。"我至今仍为这样的故事而感慨:在官本位愈演愈烈的当下,还有几个人敢当面指出像徐匡迪市长这样的高官演讲中的错误?

卞老师和科普出版社很有渊源,他的第一部原创科普图书就是在我们社出版的。那是1980年年底,图书的名字叫《星星离我们多远》。这本书非常有影响,故先后2009年和2017年由湖北少年儿童出版社、长江文艺出版社等多家出版社再版。

当时,我在致辞中还对科普出版社的青年编辑发出了这样的倡议:"卞老师这次是来领奖的,他的科普著作《追星》荣获国家科技进步奖二等奖,这是科普图书的最高奖项。我们年轻人都喜欢追星,追电影明星、体育明星、富豪明星,但我更希望卞老师成为我们科普图书编辑追星的对象。"

我曾在两家出版社、两家杂志社任过职,经常听到编辑说忙,没时间写文章,甚至很多出版社的领导自己都不读书、不爱读书,更谈不上写书。整览卞老师的创作成就,拜读《挚爱与使命》中各位名家的评论,我常常感到自惭和汗颜。40多年来,卞老师创作、参与编著、翻译的科普图书多达百余种,发表科普文章700来篇,其中十几篇科普文章还曾入选中学语文课本。这是多么令人艳羡而又难以超越的创作高峰啊!

就在邀请卞老师讲座的那天,我代表科普出版社聘请卞老师为高级顾问,在之后的工作中不仅得到了他的大力支持和帮助,还有幸出版了他

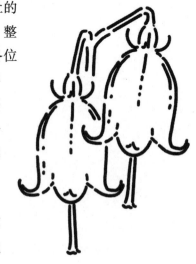

的天文选说《巨匠利器》和书事选录《恬淡悠阅》两部图书。

2017年春节，我专作藏头诗，以表对卞毓麟老师的敬佩之情、慰问之意。

　　卞玉开磨价无边，毓粹天文编与研。
　　麟角鹤立修书林，老树花妍梨枣园。
　　师严道尊同仁典，德茂才雄后学贤。
　　望杏瞻蒲秋实硕，重行科普换新颜。

（注：修书、梨枣，旧时分别指编辑和出版。）

注：本文刊载于2019年9月13日《科普时报》"青诗白话"栏目。

良朋益友胜春风

"舍南舍北皆春水,但见群鸥日日来。花径不曾缘客扫,蓬门今始为君开。盘飧市远无兼味,樽酒家贫只旧醅。肯与邻翁相对饮,隔篱呼取尽馀杯。"杜甫的这首《客至》,表达了作者在春天这一美好季节,喜迎朋友、款待来客的激动心情,充满生活气息。细细品味,可感受到主客之间的真诚相待和朋友之间的深情厚谊。

什么是朋友?按《现代汉语词典》解释,朋友是指"彼此有交情的人"。引申下来,朋友就是彼此感情深厚的人,就是彼此志同道合的人,就是你有难他愿意为你两肋插刀的人。

2003年上半年,"非典"肆虐神州大地,北京成为重灾区,高校纷纷停课,以防疫情扩大。当时,我在北京理工大学继续教育学院任职,和同事们一道整天紧张忙碌在抗击"非典"一线;每天都戴着口罩给学生量体温,给公共场所消毒,给教职员工发放防疫药物。

"五一"假期的一天早晨,我的腹部突然疼痛难忍,随后尿血、发烧,到了下午,症状仍没缓解,遂打算去医院检查。我那时还没买车,出租车又打不着,只好求助同住一楼的弭晓英大姐,请她帮忙开私家车送我去医院。弭大姐与我同为继续教育学院副院长,平时对我就关照有加,接完电话,二话没说,载着我就直奔医院。

"非典"来势凶猛,死亡率又高,整个京城当时都被恐惧所笼罩,人们谈"非典"色变,遇发烧者更是如避瘟疫。弭晓英一直陪我做完各种检查,待诊断为肾结石,遂放心开车送我回家。前后折腾三四个小时,到家已是夜里。

我后来才知道,为了不让家人受影响,弭大姐送我回家后,直接去了单位,和衣在办公室睡了一晚。要知道,有不少人就是因为到医院看病感染了"非典"而死于非命,弭老师的担忧再正常不过了。

我和弭晓英虽然没有互称朋友,经历那件危难相助之事后,我对她充满了敬佩,永远心存感激。

罗勇教授是我到科技导报社任职后，第一个给予我重要帮助的人。我2003年年底就任科技导报社副社长、副主编，负责刊物的编辑出版等业务工作。按照主编冯长根教授的要求，《科技导报》将转型为科技类学术刊物，努力打造中国的 *Science* 和 *Nature*。那时，这份刊物还没有进入任何核心期刊，高校和科研机构都不把它刊载的文章作为晋升职称的学术贡献。因此，我面临的第一个难题就是如何争取高水平的学术论文投稿。

2004年5月，我有幸列席享有盛名的香山科学会议并参加了第232次学术讨论会。这次会议的主题是"气候变化的应对战略"，领衔科学家为时任中国气象局局长的秦大河院士，来自气候变化及相关领域的近40位知名科学家参会。会议针对气候变化的事实、成因、趋势以及影响，展开学术交流和自由研讨，同时分析了美国国防部关于气候突变的"秘密报告"以及对我国国家安全的可能影响，提出了我国的气候变化适应对策和应对战略。

作为秦院士的学术助手，时任国家气候中心副主任、现任清华大学地球系统科学系教授的罗勇，负责整个讨论会的操持工作。罗勇学识渊博、待人诚恳、处事周到，两天会议下来，我和他混熟了，遂提出把会议重要学术论文以专题形式在《科技导报》集中刊载的请求。我向他介绍了冯主编所展望的《科技导报》发展前景，希望得到他和秦院士的支持。

罗老师非常够朋友，会后说服了中国气象局、国家气候中心、北京大学等单位的参会学者，将会议最重要的7篇论文刊载在2004年第7期《科技导报》上，其中包括秦大河院士的开篇之作《进入21世纪的气候变化科学——气候变化的事实、影响与对策》。有了"气候变化"专辑，我在之后的香山科学会议约稿就顺畅多了，《科技导报》转型得以顺利完成。

我和罗勇老师初次见面，他就给了我如此大的帮助，令我终生难忘。我俩对事业都有着同样孜孜不倦的追求，我想，或许正是这点打动了他，使得他在我们之前并没有任何交情的情况下，仍下决心支持我的工作，支持《科技导报》事业发展。我和他由此成为好朋友，在之后的十几年里不断得到他很多的支持和帮助。

三十多年的科技、科普职业生涯,我结识了无数专家学者,从他们身上学到了许许多多的东西,尽管"君子之交淡如水",但我已在心里把他们视为良师益友。借此机会,谨赋诗一首,以表对这些朋友的崇敬之意、感激之情。

年年此季花最红,良朋益友胜春风。
劳烦日子分忧虑,危难时刻解困窘。
君子相交如水淡,管鲍情深似墨浓。
坦诚以待相见欢,担当作为赞成功。

(注:相见欢、赞成功皆为词牌名。)

注:本文刊载于2019年3月29日《科普时报》"青诗白话"栏目。

高山流水觅知音

"月季花值千金，相投赠见甜心。"这是中国当代著名书画家、教育家启功先生为陈于化的月季花画作题写的诗句。在启老看来，陈于化所画的月季"画风独特，中西融会，独具匠心"。难怪陈于化感叹："知我者，启老也！"

陈于化，1936年生于四川遂宁蓬溪，曾执教于北京理工大学，业余时间醉心于月季花种植、创作，著有《月季花》《月季花事》等著作，先后在人民大会堂、中国美术馆、联合国教科文组织总部巴黎、美国路易斯安那州亚历山大艺术博物馆举办月季花画展、陶瓷作品展。他一辈子与月季花打交道，与月季花长相爱、互相知，对月季花可谓一往情深，真个是：

月月花开寄冰心，花开花谢不了情。

长相厮守两不厌，情到深处互知音。

我和陈老师是校友，还是在上大学时，我就经常在学校宣传橱窗里欣赏到他画的月季、水仙等花卉，印象尤深。1995年，我时任北京理工大学校长办公室主任，负责协调学校55周年校庆具体事务，因而得以促成校庆期间为陈老师专门举办月季花绘画个人作品展。自此，我俩遂成忘年之交，一直保持联系和往来，友谊延续至今。

陈于化老师痴迷上月季，可以追溯到1973年。那年，他的妻子突患脊椎肿瘤，手术后医生劝她要适当活动，于是，夫妇俩便利用宿舍前的荒地种起了月季花，从此与月季花结下了不解之缘。

月季花，又称"月月红"，被誉为花中皇后，是常绿、半常绿低矮直立灌木，其花朵纯洁艳丽、雍容华贵、姿色多样、芳香四溢，是爱情与和平的象征，深受人们喜爱。

早年，陈老师心中就有一个梦想：在北京理工大学遍栽月季，使其成为月季之园。1979年，他与同人一道创办了我国第一个民间花卉协会——北京月季花协会，并被推选为协会副理事长。1982年，他和同道创建北方月季花公司，借北京理工大学约50亩地种植、经营月季花，邓颖超、张爱萍、陈慕华等老一辈革命家都曾来公司赏花。

1988年，陈于化与妻子南下深圳创业，闲暇之余潜心作画。在传统国画的基础上，他吸收西方油画、水彩画技法，形成了中西融合的独特表现手法，其笔下月季无论是含苞欲放，还是鲜花怒放，都形神俱佳、娇艳动人、呼之欲出。

陈老师曾这样解释自己画月季花的初衷："为了让'好花常开，好景常在'，在种植、经营月季花卉的同时，我不断地画月季，用画笔倾诉对大自然的热爱，用画作呼唤人们热爱大自然。人们心中有了爱，就会有保护环境意识。我画月季，就是想为保护大自然尽自己的微薄之力。"

长期种植、创作月季花，陈老师对月季的品性有着独到见解。闻讯有花商试图花重金找科学家培育无刺月季，陈老师予以强烈反对。他认为："月季花的刺对其生存和发展起着十分重要的作用，利刺满身可避免其遭受食草动物吞食和野兽践踏。大自然在赐予人类美丽的同时，还教会万物如何自我生存的伟大哲理。无刺的月季有损月季花自尊自立的美好形象。最美的月季花就应该带刺，这是大自然的规律，我们不能违背。"

2008年，为照顾年迈的母亲，陈于化携妻回到了故乡遂宁。在家乡，他不经意间做成了两件大事。一是经他倡议、指导，市政府在穿城而过的涪江两岸大种月季，遂宁市由此以月季为市花；二是完成了自己月季花艺术创作的重大转型——致力于用家乡陶土烧制这世上独一无二的陶和瓷有机结合的月季花陶瓷艺术作品。

2017年9月，我出差到遂宁，出席"中国流动科技馆第二轮全国巡展四川省启动仪式"；公干完毕，专门登门拜访了陈于化老师。陈老师家中满眼都是月季：院子里种满了月季花，房间里堆满了月季花画作，木架上摆满了月季花陶罐，案头上摆放有矿石月季工艺品，另有两个用于烧制月季花陶瓷罐的智能电炉。

我的突然造访让陈老师惊喜不已。他带我参观自己的工作坊，挥毫为我画月季花并题款相赠，教我如何用高岭土捏制月季花瓣，讲解怎样用智能电炉烧制月季花陶瓷罐。晚餐，他在家中用四川小面热情款待我这位小辈，感叹自己的作品知音难觅，问我中国科技馆能否接受他的捐赠，收藏、展览他的月季花陶瓷罐作品……

陈老师告诉我，为了烧制月季花陶瓷罐，他试过国内外各种陶土，做过无数次试验，经历了数不清的失败。回到北京，凝视着陈老师倾其心血创意制作的"立体月季花"陶瓷罐礼品，我感慨万千，专作藏头诗一首，以表对这位满头白发艺术大师的深深敬意。

　　　　陈事忆来倍温馨，于蜀相见未了情。
　　　　化蝶成茧求蜕变，教书育人重践行。
　　　　授专月季常留香，艺精陶瓷屡创新。
　　　　德才远播海内外，高山流水觅知音。

注：本文刊载于2020年6月19日《科普时报》"青诗白话"栏目。

字海书山奏瑟琴

　　这个春节注定过得不像央视春晚表演的那样祥和、喜庆。2023年1月22日，大年初一，早晨一起床，我给亲朋好友发去拜年微信后，未见科学普及出版社退休老同事王明东像往常一样很快回复，加上我的微信公众号也有很长一段时间未见他留言点评了，心里便有了一种不祥之觉。第二天上午，明东老大哥的微信里跳出了这样一段令人悲伤的文字："苏社长您好！我是王明东的妻子，因疫情病毒感染肺部，他已经不在了。您是他单位第一个知道此事的人，节后我们将去他单位告知并办理相关事宜。"震惊之余，我赶紧和老大哥的妻子联系，方知王明东已于2022年12月28日不幸去世，为了不影响亲友、同事过节过年，家里一直没有报丧。静下心来，与王明东老大哥相处的往事，一一涌上心头。

　　2010年4月中旬，我履新科学普及出版社社长兼党委书记，到社没几天，正赶上中国科协评审专业技术职务，那一年出版社共有6人晋升高级职称，分别是晋升高级正职的许慧、徐扬科和赵晖，以及晋升高级副职的王明东、罗小莉和孙俐。我当时是职称评委，这些业务骨干自然成为我重点关注的对象。实际见面后，我发现，作为中层干部的王明东，对新来的我似乎颇有戒心，见到我尽量溜边走，也不主动搭话，给人以高深莫测的感觉。那时的科普出版社，生产经营和社会影响都已滑入谷底，又正值转企关键时期，真可谓社穷患不均，变革人心乱，人贫是非多。我到社里的头一个月，收到最多的就是告状信，与干部职工谈话了解情况，听到最多的不是谈如何发展生产、多出好书，而是对张三李四王二麻子的各种议论。王明东是出版社的能人，个人收入据说每年都排在社里的前几位，自然成为被人议论最多的人之一。

　　明东老大哥时任经济编辑室主任，在炒股最红火的年代，他先后策划出版了近200种有关股票和债券方面的图书，其中《短线英雄》被股民奉为炒股圣经，创造了销售十余万册的出版奇迹；他策划出版的一批介绍世界金融发展历史的普及读物，也很受市场认可。当时，他所负责的编辑室与少儿图书编辑室、教育图书编辑室一道，成为出版社的创利大户，据说社里出版的炒股图书占据了整个股票图书市场的半壁江山。干部职工反映他集中的问题是：上班炒股，太会算计，人很阴沉。对第一条，我虽不反驳，但心里想的是，不炒股却出版股票图书，岂不是纸上谈兵？至于会算计，反映者举的例子是，每次年底社里搞经济结算，王明东都把自己和部门职工的奖金算得清清楚楚，从不吃一点儿亏。我笑着反问，出版社是企业，要创效益，如果人人都能像王明东那样既能策划市场图书，又能算计挣钱，岂不很好吗？对最后一条，我要凭自己的观察、了解，然后再下结论。

  这些话有的可能传到了明东的耳里，让一直同时也在观察我的他，或许对我产生了好感。之后发生的两件事，拉近了我们之间的距离。2010年9月21日，社里在北京大学附属人民医院伍连德大讲堂举办《发现伍连德》新书出版首发式暨新闻发布会。这是我到出版社后举办的第一次有影响的对外宣传活动，由肖叶副总编辑精心策划、礼露女士呕心沥血近十年撰写的这本新书，将伍连德博士这位几为历史遗忘的防疫科学先驱，以及一百多年前伍连德扑灭蔓延整个东北的肺鼠疫疫情那段尘封的辉煌历史重新展现给了世人。王明东读完全书后，深为伍连德博士其人其事所感动，遂写下了《为了不该忘却的记忆——读〈发现伍连德〉有感》诗一首。

  一个声名突然鹊起，
  人们今天才认识你；
  你被遗忘得太久了，
  我们踏上发现之旅。

  从马来西亚槟榔屿，
  到东三省的黑土地；
  从上海海港检疫所，
  到悬壶济世归故里；
  我们追寻先贤的足迹，

绝不仅仅是情怀旧雨。

1910年的东北震惊中外,
暴发烈性传染病肺鼠疫;
到处是堆积如山的尸骨,
恐怖的情绪如江河决堤;
一场疫情就是一场战争,
你不顾一切地冲了上去;
查疫源、做隔离、灭疫体,
四个月挽救一场生命危局。

你是中国防疫医学的先驱,
中国检疫事业的一面大旗;
你建立的中华医学会今胜昔,
创办的《中华医学》杂志期如许;
北京人民医院有你的大讲堂,
哈尔滨纪念馆述说你的功绩。

你已经离开了半个世纪,
曾经的历史我们来延续;
强烈的民族自尊风雷荡激,
伟大的爱国思想像那火炬;
仁爱博大的胸怀感动天宇,
科学创新的精神永不熄。

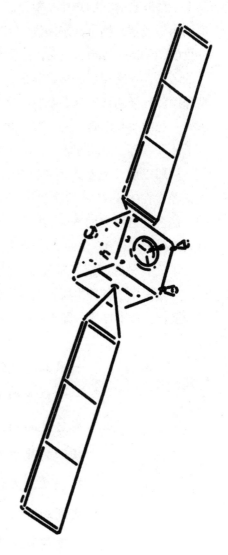

越来越多的人追随你，

为了不该忘却的记忆。

这首诗，让我见识了王明东的博大情怀、社会责任和优美文笔，而这些都是出版人最应该具备也是最重要的品质。

2010年10月底，出版社老职工王震宇与人结伴在延庆区的喇叭沟门旅游，晚上入住农舍时，因炉中一氧化碳中毒不幸辞世。第二天晚上，我从人力资源部调出王震宇的档案仔细阅读，当晚写下了"怀念王震宇"的文章，次日发在社里OA（Office Automation，办公自动化）讨论区。王明东与王震宇都是出版社的老人，年龄相近，性格相仿，王震宇又是王明东"收留"的部下，两人感情深厚，惺惺相惜。读罢我写的这篇文章，王明东给我留言："您的悼念情义满满，您的关爱温暖人心。我代共事30年的老友谢谢您。"这段文字，让我看到了他那寡言少语的面容下，深藏着一颗善良、火热的心。

从那以后，王明东不再观望，而是积极、主动支持我和社领导班子的工作，经常在OA讨论区发表意见，建言献策；对领导班子的一些创新、务实之举，他会发出由衷的赞叹、褒奖，给我们以很大的激励。2011年4月，社里与有关文化公司合作，以《知识就是力量》杂志社名义，在北京城区的许多街道开设了公益科普橱窗，宣传卫生健康、防震减灾、饮食安全等方面的科学知识，重新树立了科普出版社的新形象。王明东目睹自家社区街道旁的这些公益科普橱窗，喜不自禁，即兴赋诗一首发我，以表喜悦情怀。

一束五彩霓虹喷出摄影窗口

一组科普橱窗惊现社区街头

周总理的题词映入喜悦眼帘

跃动的旗帜引领深情的歌喉

知识就是力量令人精神抖擞

我们的心又一次被责任浸透

辛勤耕耘必然换来遍野新绿

科普又到了月上中天的时候……

2011年上半年，由著名诗人北塔创意，科学普及出版社与京港地铁公司合作，在北京地铁四号线开设"四号诗歌坊"，面向全球征集"科学诗"。当年10月，评委会专家从全部应征的上百首科学诗中，评选出10首兼具科学性与艺术性的佳作，在地铁四号线行驶车厢和沿线的4个车站展出。王明东积极参与，投稿的《地铁是本书》入选十佳科学诗。这首短诗以一个图书出版编辑的眼光，对奔驰在帝都皇城地下的钢铁巨龙进行了独特的诠释。

地铁是本书，书名是线路；
里程是页码，地名是目录。

地铁是本书，轨道是索引；
站台是插图，车厢是词组。

地铁是本书，乘客是字符；
行驶是阅读，终点是幸福。

这首诗被收入《走近珊瑚筑成的宫殿——地铁四号诗歌坊精粹》，2014年5月由科学普及出版社出版。

出版社的老同志告诉我，王明东是一个很有故事的人。他1951年7月7日出生于北京，父亲是船舶工业干部学院的领导，20世纪六七十年代，刚刚初中毕业的他，便随父母下放到江西务农，之后又随父母到保定一家军工厂车间当工人；由于酷爱读书，加上文笔又好、出口成章，遂被调入厂宣传科，专事宣传及文秘工作。拨乱反正后，为调回北京，王明东使出了浑身解数，甚至在北京各个街头的电线杆子上张贴求职小广告。大约是在1980年年底，也即科普出版社恢复办社后的第三年，他终于如愿以偿调回北京，并一直在科普出版社工作，先后从事过基建、校对、印务和编辑等岗位的工作，是地地道道的多面手。动乱年代的曲折受难经历，以及对父母身边之人尔虞我诈的所见所闻，增强了他的自我保护能力。在旁人眼里，王明东善于察言观色，从不轻易相信别人，做任何事情都喜欢留一手，让人觉得城府很深。在我看来，这位老大哥可谓宠辱不惊，对时局和政策的变化以及新生事物的涌现都十分敏锐，善于在夹缝中求生存，在变革中寻商机，利用新技术探新路。我曾一度希望他的部门作为社里新媒体出版的试点，他也有这方面尝试的愿望，但因他很快就退休而未能付诸实施。

明东有故事还反映在他的幽默风趣、博学多才上，工作小憩，时常会在OA讨论区抛出一些小算术题和小笑话，供大家逗趣、解闷："一本科普书第一天读了24页，占总数的1/5，第二天读了全书的37.5%。请问，还剩多少页没有读？"退休后，他号称只做三件事：看娃，炒股，读书。有段时间，我微信公众号发的几乎每篇文章，他都即兴留言点评，令人感动。读他的点评，能看出他读书之广泛、知识之渊博、待人之真诚、文字之精到。我探亲回长沙，写长沙的网红打卡地"文和友"和老字号饭店"玉楼东"，明东老大哥马上挥笔点评："宋代谭申'湘南湘北水悠悠，佳处中间冠十州。楚客离骚收不尽，唐人题跋尚分流'。千古长沙，几度词臣。杜甫'夜醉长沙酒，晓行湘水春'；姜夔'湘江上，催人还解春缆。乱红万点'；范成大'模泪易，写愁难。潇湘江上竹枝斑'。八景湘江文和友，吊古词香玉楼东。"有关长沙的古代名人、名诗、名景、名吃，他信手拈来，毫不费力，可见其文学、史学、民俗学功底之深厚。

王明东是那种一旦信任你，就恨不得把心都掏给你看的人，颇有古代文人"士为知己者死"的风范。2011年4月，我向自己曾经工作过单位的一位知名作家约稿，他很快将自己撰写的《各领风骚——欧美大扫描》丛书目录和样章文稿发我，询问是否符合科普出版社选题要求。该丛书用"历史散文"笔法，叙述和概括了欧美世界的历史、地理、文艺、科技四个方面的演变历程和发展情况。我遂将书稿转发给明东老大哥，希望他帮助审阅。明东很快回复，意见直截了当，否定得很干脆："作者文笔很好，但内容并不吸引人。很难进行精准的读者定位，年轻人可能不喜欢相关内容，有些只是神话，'科'的成分太少、太老，'普'也谈不上。架构上只是用'风'联系了一下，分卷按时间顺序，整卷缺乏主线；'欧美大扫描'最终要告诉读者什么，没有看出来。文史科图书，我社可以做，但科学文艺首先是科，人文科普首先是人，丛书在这方面都体现不够。丛书没有图，也很要命。我社发行现状堪忧，销售此类图书难度会很大。如不急于回复作者，建议您让青年编辑看一下，也许我已昏聩了。"

2012年1月，社里准备出版《三峡百问》一书，该书以较全面的视角，向读者介绍了三峡工程的由来和三峡工程概览、枢纽工程、移民工程、输变电工程，以及相关的生态与环境、文物保护和自然人文景观等方面的知识，力图解答公众对于三峡工程的各种疑问。时任全国人大常委会副委员长路甬祥院士题写书名，时任中国科学院院长白春礼院士、中国工程院院长周济院士都为该书写了序。由于《三峡百问》被列为社重点出版图书，我专门委托金维克、王明东两位已退休的资深编审帮助审稿，给出具体修改意见。从这本书的策划编辑郑洪炜主任转给我的审稿记录看，两位老师在原稿上都留下了密密麻麻的修改痕迹，王明东还专门负责文字润色，将许多标题进行了修改，使之更显文采、更富诗意，更具吸引力，以至于小郑直向我抱怨给两位老师的审稿劳务费太少，对不住他们的辛勤付出。

2021年4月7日，我发的公众号文章专门写到了位于门头沟区的京西古道，其中有"地处门头沟的京西古道是老北京连接山西、内蒙西北方向的一条商运山道"一句。明东读后，遂发微信给我，并指出："文中的'内蒙'是不是应为'内蒙古'？我记得，'内蒙古自治区'的简称是'内蒙古'，而不是'内蒙'。"明东虽然不是中共党员，但作为出版人，他对有关涉政术语必须正确表述的敏感，对朋友的真情呵护乃至披肝沥胆，由此可见一斑。

我和明东老大哥工作相处只有一年多的时间，2011年下半年他退休之后，我们再也没有见过面。这期间，两人一直是微信互动，可谓君子之交淡如水。2023年是明东的本命年，他本应有更加美满、长寿的晚年，却辞世在尚不足中国人平均寿命的71岁年龄上。今闻噩耗，无限哀伤，不胜感慨，遂填《采桑子》词一首，以抒哀悼、思念之情，以表相知、互勉之意。

升平歌舞闻哀耗，魂断知音。梦系知音，痛忆当年沥胆心。
人生惜短珍年岁，耕作光阴。不负光阴，字海书山奏瑟琴。

科学颂唱风光美

2020年11月2日，由中国科普作家协会科学文艺委员会主办的"弘扬科学家精神，唱响科学家歌曲"主题沙龙在京举行。会上，许向阳介绍了科学歌词的创作情况，并力求能够呼唤、团结、引领更多的歌词爱好者投身科学歌词创作。

投笔从戎，书生剑气，豪言军旅诗红。调宣转业，媒体笑轻松。党建监督纪检，从严治、民泰国隆。行霹雳，柔肠铁面，忧乐在其中。

将科学颂唱，写词谱曲，事异情同。领风骚，歌融影视彰功。学者专家谱赞，音韵美、响彻长空。辟新域，满腔热血，奏凯舞东风。

上面这首《满庭芳》是我专门为科学歌曲词作家许向阳所作，以表达对其创作科学歌词之激情与执着的敬意。

许向阳，1983年毕业于解放军通信学院，在部队从事组织宣传和通信技术等工作近18年；2001年转业到中国科协后，历任调研宣传部研究发展处副处长、宣传处处长，机关党委副书记兼机关纪委副书记，机关纪委书记等职。向阳热爱诗歌，从军时就出版有诗集《漂泊的思绪》，并获著名诗人刘湛秋褒赞。

我和许向阳相识十余年，与他曾在中国科协同一机关部门共事两年，为他的短诗《我与一本书》写过诗评，但对他诗歌创作尤其是科学歌词创作成就的真正了解则是近几年的事情。

2009年5月，中宣部、中央文明办等十部委联合发出《关于广泛开展"爱国歌曲大家唱"群众性歌咏活动的通知》（以下简称《通知》）。细览《通知》推荐的100首曲目，中国科协科学之声合唱团首任团长陶学中感慨万分："怎么就不见抒发科技工作者爱国之情的歌曲啊？"说者无心，听者有意，时任中国科协调研宣传部宣传处处长的许向阳暗暗下决心，开始尝试以科学人物和科技事件为题材的歌词创作。

2010年，央视拍摄六集文献纪录片《钱学森》，许向阳应邀为影片主题歌撰写歌词，《飞翔的路》由此诞生。歌词摈弃了以往"口号式""概念化"辞藻堆积的感情表达方式，聚焦钱学森"出国学习深造"和"归国报效人民"的辗转心绪、坎坷历程，重在抒发科学大师向往新生政权、追寻精神家园、冲破重围回国的爱国情怀，令人耳目一新。自此，许向阳走上了科学题材歌词创作的新路，先后为《钱学森》《钱三强》《高士其》《王选》《爱在天际》《科技盛典》等科学影视作品的主题曲填写歌词，《飞翔的路》《问苍茫大地》《守望家园》《因为路上有了你》《点燃梦想》《上海的夜》《璀璨星空》《科学的路上》《没有你的旅程》《曾经的选择》等优秀科学歌词先后面世。

科学普及是指利用各种传媒手段，以通俗易懂的方式向公众普及科学知识、倡导科学方法、传播科学思想、弘扬科学精神（简称"四科"）的社会教育活动。许向阳长期在科技领域从事宣传教育工作，积累了丰富的经验，他以科学歌词创作的形式对科学普及工作进行了有益的探索。我以为，这也是科普工作的创新，由此蹚出了一条喜闻乐见、深入人心、雅俗共赏的科普新路。

好的歌曲大众乐于诵唱，便于时空传播，易于民间流传，影响更加广泛、持久、深远，是科学普及的上乘载体。《飞翔的路》被作曲家田晓耕采用通俗偏美声的流行曲风处理后，由二炮文工团青年歌手周强演唱，不仅赢得了钱学森的夫人——中央音乐学院教授、女高音歌唱家蒋英女士的高度认可，获得广大听众的好评，还被用作电影《仰望星空》的主题曲以及用于《钱学森》电影首映式等重要科技盛典，并在全国20个省（市、区）57所学校的"钱学森班"学生中广为传唱。

作为人类进化过程中一种最古老、最直接、最大众的艺术表现形式，歌曲为人们交流思想、抒发感情、表达心声、颂唱美好发挥了重要作用。毫无疑问，这种歌咏形式也非常适合宣传当代极为需要的科学家精神。许向阳创作的科学歌词就是用一种社会乐于接受的形式表达广大科技工作者的心声,歌颂他们胸怀祖国、服务人民的爱国精神,勇攀高峰、敢为人先的创新精神,追求真理、严谨治学的求实精神,淡泊名利、潜心研究的奉献精神,集智攻关、团结协作的协同精神,甘为人梯、奖掖后学的育人精神。

科学歌曲以"四科"为创作内容,搭建了科学家与广大公众心灵沟通、情感交流、科普互动的桥梁,开辟了科学与人文、艺术相结合的一种新型科普形式。许向阳参与策划拍摄科学影视作品并为其创作科学歌曲,更是将科学内容与语言文字、音乐旋律、影视表演等媒体表达形式高度融合,为我们展示了广阔的发展前景。

许向阳的军旅诗歌洋溢着阳刚之气,从事的工作充满了浩然正气,我相信,他未来的词曲创作也将彰显中华科技强国的泱泱大气。

这正是:

科学颂唱风光美,学者专家大众追。
向阳花开别样红,歌词探创勇先为。

注:本文刊载于2020年11月6日《科普时报》"青诗白话"栏目。

面塑手巧捏非遗

电掣风驰过太行，轻车一跃上吕梁，扶贫科技助收官。

走马观花得益浅，基层深入获知详。庙堂应解县乡难。

2020年10月19—21日，中国科技馆与山西省科技馆共同组织开展"老区科普行"活动。两馆的相关工作人员奔赴山西省岚县、临县，给当地中小学捐赠科普图书及教具，表演科普小品，演示科学原理，调研乡镇脱贫攻坚，慰问贫困户和老党员，看望中国科协两县挂职干部。有感于县乡两级干部须直面基层错综复杂的矛盾，工作十分不易，特填上面这首《浣溪沙》，以表情意。

说县乡两级工作不易，是因为每做一件事都必须求实效，真正解决问题，让老百姓满意。这不，2020年7月16日，岚县建成的面塑一条街正式启用，旨在"传承非遗文化，助力脱贫攻坚"，不仅吸引当地16户面塑合作社入驻，使"岚县面塑"这一国家非物质文化遗产得以发扬光大，还带动了500余名搬迁贫困群众就业，使脱贫攻坚落到了实处。

面塑是用面粉制作的，既可食用又能观赏，还可用于喜庆、丧事、祭祀、装饰、馈赠等场合，是一种由民间习俗积淀而成的极具代表性的地方民俗文化。据悉，岚县面塑兴于明代，盛于清代，至今已有1000多年的历史，乾隆版《岚县志》中就有"岚县冬长，人喜蒸花"的记载，故面塑又称面花。在岚县，每逢农历二月十九，家家户户都会把自家精心制作的精美面花摆出来，以"供会"形式举行礼祭活动，并作为当地一种特有民俗代代传承。

我们在考察位于城区易居苑小区的面塑一条街时，与入驻的当地面塑艺人交流，了解岚县面塑非遗保护情况以及在脱贫致富中所发挥的作用。袁建华、刘四连都是当地面塑的领军人物，两人不仅年龄相差不大、经历十分相仿，而且两家的店铺也比邻相依，袁建华的女儿刘丽丽、刘四连的儿子史凯文也都成了岚县下一代面塑传承人的代表人物。

今年56岁的袁建华从小就喜欢看奶奶捏面花，那时候因家里穷，大人不让她用白面捏，她只好跑到野外挖红胶泥学着捏。长到十几岁后，逢年过节，或遇红白喜事，她就跟着奶奶和妈妈免费帮助邻里乡亲捏面人；爬孩孩、蛇燕燕、罗汉汉、鱼鱼、十二生肖、财神爷……个个惟妙惟肖，煞是可爱，她的面塑技艺由此突飞猛进。改革开放后，袁建华嫁到岚城镇，为了让家人每天都能吃上白面，过上好日子，她开始捏面塑挣钱，起初一套面塑能卖四五十元，后来卖到五六百元，随着技艺提高、名气渐大，行情涨到一套能卖一两千元。如今，袁建华已成为岚县面塑艺人的杰出代表，制作的面塑一套可以卖到一两万元。

"县里特别重视保护面塑非遗，出台了很多扶持政策，入驻面塑一条街还能享受很多优惠，我家的面塑生意也越做越大，一年能有四五十万元的收入。"自小家富起来后，袁建华和女儿刘丽丽开始帮助大家，经常给留守妇女、残疾人和困难户传授面塑技艺，帮助他们脱贫致富。

刘丽丽是袁家第八代面塑传人，在传承长辈传统的基础上，她的技艺不断创新、题材不断拓展、特色更加鲜明，引入花木兰、灰太狼、超人、花仙子等卡通人物形象，赋予面塑时代特征。她还给作品增加了防腐功能，制作的面塑牡丹花可软可硬，花瓣伸缩自如，作品不会开裂、变形，便于长久保存，更加彰显工艺价值。

刘四连已从事面塑创作30多年，2019年，她制作的"龙凤呈祥"面塑作品代表岚县参展第四届山西文化产业博览交易会；在展会现场，省委书记楼阳生听说她用八斤白面制作的面塑作品竟能卖出上万元钱的价钱，不禁感叹"岚县面塑竟然把白面卖到了黄金的价格"。经营面塑生意20多年，刘四连从当年开在村里的小作坊发展到如今在县城繁华街段开设大作坊，作品远销太原、天津、上海、甘肃、内蒙古、宁夏等地，成为远近闻名的面塑大师。

让刘四连感到欣慰的是，已过而立之年的儿子史凯文心疼自己一个人操劳面塑家业，2013年辞去在太原一家企业开数控机床的好工作，回到岚县和自己一同做面塑，开创了史家男孩从事面塑事业的先河。干了7年的面塑，如今的史凯文是打心眼里喜欢这门技艺。在他看来，一碗面粉，经过成百上千次的搅、拌、搓、揉，配合使用剪刀、梳子、竹签等家常小工具，巧用裁、压、捏、推、穿、缠等手法塑造成形，然后再经蒸熟、晾干、上色，竟然能变身为一件件鲜艳夺目、活灵活现的手工艺品，仿世间万物百态，含人生苦辣酸甜，个中的况味值得认真细品。

有感于袁建华和刘四连两家为代表的岚县面塑传承人的巧思妙作、勤劳致富，特填《破阵子》词一首，以表敬佩、赞叹之情。

岚县婆姨手巧，面团捏就非遗。百态千姿芳兽艳，妙展红白喜事仪。塑彩贺寿祺。

建华四连丽丽，传承发展帮依。致富脱贫期旺健，孔雀牡丹呈瑞吉。创新民艺奇。

注：本文刊载于2020年10月30日《科普时报》"青诗白话"栏目。

马骏行远贫困扶

先进的实验设备，洁净的温室大棚，现代化的食用菌生产，集科学研究、生产经营、培训服务、科普教育、实习体验、拓展训练、参观接待于一体的大型产学研教游综合基地……谁也没想到，地处辽宁省兴城市华山街道四合村的玄宇食用菌野驯繁育有限责任公司竟会如此先进、气派。

2019年6月中旬，中国科技馆组织山西岚县社科乡下马铺村的干部村民在该公司开展了为期4天的食用菌生产技术培训，公司董事长马世宇全程陪同，现场讲解各类食用菌生产技术，并做了题为《发挥食用菌产业优势，因地制宜开展扶贫工作》的精彩授课。全体学员再次为之一振。

33年前，马世宇还是一个闯荡世界、挣钱谋生的外乡小青年，如今已是挂着辽宁省个体劳动者协会副会长、省食用菌学会副会长、兴城市人大常委会委员等一大串头衔，荣获过全国农村青年创业致富带头人、全国十佳食用菌专业合作社理事长、全国百名杰出新型职业农民、辽宁省特等劳动模范等荣誉称号，在当地赫赫有名的风云人物。

别看马世宇今天如此光鲜、事业如此耀眼，创业初期却是屡遭失败、历经磨难、受尽委屈。真可谓：

> 都道玄宇今光鲜，谁知当年创业艰。
> 借贷悉心种食菌，赠蘑倾情遭白眼。
> 免费培训乃猜疑，周到服务还怨嫌。
> 痴心不改专一事，天道酬勤启新篇。

马世宇出生于黑龙江绥化，因兄弟姐妹众多、家境贫困，1983年高中毕业后遂放弃高考，转而投奔在兴城当兵的哥哥，准备独闯一番事业。兴城是沿海旅游城市，当年就有54家疗养院，夏季常常游客云集。1988年3月的一天，马世宇到市场贩卖蔬菜，看到摊子上海货齐全，却鲜见山珍，脑子突然灵光一现：如果种植蘑菇，岂不是既挣钱又能丰富市场？

说干就干。马世宇取出家里仅有的200多元钱，买回一堆食用菌书籍，又从亲朋好友那儿借来4000元钱，购置设备、原料，盖大棚，开始了边学习边实践的创业之路。谁料想，忙活了大半年，却一朵蘑菇也没长出来，投资全部打了水漂，他含泪把一袋袋变酸发臭的培养料都扔掉。

第二年，他说服妻子又借来3000元，准备接着干。此时，不仅外人冷嘲热讽，家人也不理解，父亲甚至把菌箱都给砸了。马世宇没有气馁，开始日夜猫在潮湿闷热的大棚里，不顾蚊虫叮咬，观察记录食用菌生产的每一个细节，写了十几万字的笔记，拍摄了2000多张照片，摸索出了一整套大棚生产食用菌的成熟技术，终于获得了成功！

没想到，接下来，销售却成了大问题。兴城人从没见过蘑菇，市场上虽有很多人围观，可就是没一个人购买。傍晚回到村里，马世宇夫妇走家串户把蘑菇送给乡亲们吃；第二天一早，却发现村头水沟里堆满了蘑菇，乡亲们谁也不敢吃，半夜里都偷偷地给扔掉了。

于是，马世宇自费印刷小广告，满世界宣传食用菌的营养价值。当地疗养院的干部职工毕竟见过世面，带头购买后，销路很快打开了。夫妻俩第二年便还清了债务，生产规模也一天天扩大，到了20世纪90年代初，已实现年收入过万元，率先成为当地有名的万元户。

食用菌是指实体硕大、可供食用的大型真菌（蕈菌），高蛋白低脂肪，富含多种氨基酸和菌类多糖，是一类有机、营养、保健的绿色食品，被列入联合国粮农组织和世界卫生组织倡导的人类健康理念食品"一荤、一素、一菇"之中。常见的食用菌有香菇、木耳、银耳、猴头、竹荪、松茸、灵芝、虫草、松露等。食用菌生产投资小、周期短、见效快，容易致富，是集经济效益、生态效益和社会效益于一体的"短平快"农村经济发展实用项目。

马世宇生产食用菌成功后，贫困山区的农民和城里的下岗工人纷纷前来讨教取经。他下定决心帮助这些人脱贫致富，可谓有求必应，常常是骑着自行车一家一户上门指导，有时连自己家的食用菌都顾不上管理。随着需求日益增加，他开始举办培训班，自费印资料、买原料、置工具，分期分批推广生产技术，不收学员一分钱。一次，一位退休老干部在培训班结束后，竖起大拇指对马世宇说："我并不是来学习的，就是想看看你是不是真的免费。今天我算服气了！"

如今，玄宇公司作为辽宁省重点实验室的重要组成部分，开展了食用菌秸秆基质和资源利用研究并取得成功；还作为辽宁职业技术学院的创新创业学院，为扶贫攻坚培训服务发挥着更大的作用。20多年来，马世宇共举办培训班510多期，培训学员15 400多人，遍布全国100多个市县。他还在当地带动农户1 100多家，年生产鲜蘑近3万吨，年创效益1.62亿元，解决了5 200多人的就业问题。

这正是：

食不饱肚穷思富，用心调研种蘑菇。
菌包培植丰餐宴，大棚生产乐农夫。
王者志高专技授，马骏行远贫困扶。
世赞创新甘奉献，宇内扬名芬芳吐。

注：本文刊载于2019年6月28日《科普时报》"青诗白话"栏目。

精术仁心大爱医

继护士节、教师节、记者节之后，自2018年始，我国又有了"中国医师节"——第四个行业性执业者的节日。

医师，这里是指受过高等医学教育或长期从事医疗卫生健康工作的、经卫生部门审查合格的各类医疗卫生健康人员。"中国医师节"于2017年11月3日经国务院批准设立，体现了党和国家对我国1 100多万医疗卫生与健康工作者的关怀和肯定，对激励他们大力弘扬"敬佑生命、救死扶伤、甘于奉献、大爱无疆"的崇高精神，进一步推动全社会形成尊医重卫的良好氛围，加快推进实施健康中国战略，具有重要的现实意义和深远的历史意义。

在中国，以医生为代表的医疗卫生与健康工作者撑起了世界上最大的医疗卫生服务体系，是人民健康和生命安全的"守护神"。他们通过践行全心全意为人民健康服务的宗旨，为提高人民健康福祉、生活水平和医疗保障能力做出了巨大贡献。国家卫生健康委员会发布的《2019年我国卫生健康事业发展统计公报》显示，我国居民2019年人均预期寿命已从新中国成立前的35岁提高至77.3岁。这是一项了不起的成就。

每个人的生命都与医疗卫生健康事业密切相关，我们经常要和医务人员打交道，优秀的医务人员不仅有精湛的医术，还有一颗大爱的仁心。小时候，我所在矿区的孩子们到医务室看病，都喜欢让一位姓肖的护士阿姨打针。肖阿姨扎针前都会和患者聊天，分散患者注意力，让人放松、不感到害怕。推针时，她不仅缓慢柔和，还会用手指轻轻抚揉针眼附近的皮肤，以缓解患者的疼痛。记得有一次，肖阿姨休假没上班，给我打青霉素的是一位姓杨的医生叔叔，我刚趴在床边、褪下裤子，针头就狠狠扎进，药水顷刻推完，疼得我半天站不起来。孩子们并不知道肖阿姨与杨叔叔谁的医术更高明，但大家都清楚谁更关爱、体恤病人。

著名病理生理学家韩启德院士早年曾长期在基层医院工作，对普通老百姓的健康疾苦和医疗需求有着切肤的体会。他认为，医学是有温度的、有情怀的，自创立以来始终都是在回应他人的痛苦中积极努力，永远闪烁着人性的光芒。他同时指出，今天，医学虽然已经取得巨大的进步和发展，但人类对自身的认识还只是冰山一角，切不可狂妄自大，以为医学可以解决所有的健康问题。他强调，医者目前能做的仍然是"有时去治愈，常常去帮助，总是去安慰"。可见，帮助病人、安慰病人，应该成为医生更为重要的工作内容。

我认识很多好医生，他们精湛的医术令人折服，悲天悯人的情怀更令人感动，德技双馨的医生无愧于"白衣天使"之美誉。解放军总医院心内科主任医师吴海云就是他们中的优秀代表。有一年，我一位好朋友的妻子想到北京来检查身体，看到某大医院价格极为昂贵、项目十分全面、令人无比动心的豪华保健体检宣传，遂托我找熟人要到这家医院体检。我请吴海云帮忙引荐，他当即让我转告朋友不要上当，说那种体检宣传纯属噱头，目的就是骗不懂行人的钱。我朋友的妻子很固执，不相信如此大名鼎鼎的医院也会骗人，执意要去这家医院体检。海云一听急了，从我这儿要来朋友的联系电话和住址，竟然自费乘高铁跑到近千里之外我的朋友家，苦口婆心终于把朋友的妻子劝住，并针对朋友妻子的身体状况，给出了很好的体检、就诊意见。

我以为，设立"中国医师节"，不仅可以唤醒全社会对医疗卫生与健康工作者群体的尊重、致敬和关怀，更好地保障其合法权益，同时也能激发他们的职业自豪感和荣誉感，增强这个职业群体内在的价值凝聚力，促进对极少数从业人员违反职业道德造成恶劣社会影响的深刻反思，推动建立更为和谐、融洽的医患关系，更加良好的医疗卫生环境。

早在2020年2月21日抗"疫"初期，中国自然科学博物馆学会就向全国科技馆发出倡议，联合开展"致敬医务工作者专项科普服务活动"。中国科技馆积极响应，决定面向为抗"疫"做出突出贡献的所有医务工作者及其家属免费开放两年。2020年"中国医师节"的主题是"弘扬抗'疫'精神，护佑人民健康"，为此，中国科技馆专门推出"致敬最美的你"专题教育活动和"科学生日会——医务工作者特别活动",竭诚为医务工作者及其家属提供专享、便捷的科普教育服务。

2020年8月19日,时值第三个"中国医师节",填《浣溪沙》词一首,以表达对广大医疗卫生与健康工作者的敬佩之情、慰问之意。

精术仁心大爱医,扶伤救死创奇迹,健康护佑解危机。
致敬悬壶德美你,科馆活动率开题。和谐社会溢情谊。

注:本文刊载于2020年8月21日《科普时报》"青诗白话"栏目。

殷殷切切爱意浓

受新冠疫情影响，北京地区血库一度告急。2020年3月31日上午，中国科技馆27位青年职工积极响应馆里号召，报名参加了朝阳区奥运村街道办事处组织的无偿献血活动，用实际行动奉献爱心，支持抗"疫"。经体检筛查，最终共有16位同事光荣献血。目睹青年才俊同事的善举，我深受教育，十分感动，遂填《声声慢》词一首，以表敬意，以示褒奖。

滴滴点点，暗暗红红，潺潺汩汩淙淙。切切殷殷，爱意厚厚浓浓。扶伤救亡紧要，臂膊伸，起死回生。血淌艳，泰岳失高重，浩浩德功。

莫道区区小事，大义域无涯，善举恢宏。淡淡平平，恰似常见青松。凡人尚行伟大，傲同人，玉树临风。众翘俊，榜样标齐看，赞美由衷。

对无偿献血这种无私奉献的善举，理应褒奖。但以什么样的方式褒奖，确实是一个值得认真探讨的问题。1998年10月1日，《中华人民共和国献血法》颁布实施，其第二条指出"国家实行无偿献血制度"，这标志着我国无偿献血工作开始步入法制化管理轨道。但是，该法并没有对无偿献血予以定义，使得"无偿"的含义并不清晰，给相关单位对这种善举予以褒奖尤其是给予物质奖励造成了困难。人们通常认为，无偿献血是指献血者为拯救他人生命，将自身的血液无私奉献给社会公益事业，不收取超过因献血发生的必要交通、误工等成本额度以外报酬的志愿行为。或许正是基于这样的认识，采血单位通常会按献血200毫升、400毫升分别给无偿献血者500元和1000元的补助，作为对献血者付出上述成本的一种补偿。

《献血法》第六条规定:"对献血者,发给国务院卫生行政部门制作的无偿献血证书,有关单位可以给予适当补贴。"那么,这"有关单位"又是指哪些单位呢?如果专指采血中心,上述500元和1 000元补助是不是就是落实《献血法》中的"适当补贴"?如果"有关单位"是指献血者所在单位,那就意味着该单位还可以另给献血者发放"适当补贴"。但是,问题又来了,献血者所在单位应如何来掌握这个"适当"呢?也就是说,多少钱才算"适当"?在全面从严治党的今天,这个问题很重要,如果没有把握好"适当"的度,很有可能在各种巡视检查中被问责。还有,如果补贴的额度越过了"适当",带来的另外一个问题就是,那还叫"无偿献血"吗?

中国红十字总会洪峻岭曾在1998年第4期《中国卫生法制》上发表文章《国外无偿献血状况简介》。他认为,"无偿献血实质上是参加了一次利他主义行动,一次为了他人不思回报的行动。献血人员的血液被看成一种馈赠,一种对一个或多个需血者的慷慨解囊的表现。捐献血液者的行为,确立了他本人与另一部分人的友善关系"。作者还阐述了推行无偿献血制度的美好初衷和重要意义:"无偿献血作为一种对人的友善行为,无须像卖血者那样掩盖自身的弱点,他会向医生如实地讲清自己的身体状况,从而避免不健康的血液流入临床,这对输血安全是至关重要的。"

我赞同这种观点,除采血单位即时给予必要的补助,以及献血者单位给予相应金额购买营养品予以无偿献血者慰问,不主张再给献血者另外的金钱或物质上的补助,否则将有违无偿献血制度以及献血者本人的初衷——我们都相信,每一个无偿献血者在报名献血时,都没有想过还需要金钱的回报。这一点也充分体现在国际红十字联合会1991年召开的第八届大会第34号决议对"自愿无偿献血"做出的定义之中:"出于自愿提供自身的血液、血浆或其他血液成分而不取任何报酬的人,被称为自愿无偿献血者。无论是金钱或礼品都可视为金钱的替代,包括休假和旅游等;而小型纪念品或茶点,以及支付交通费则是合理的。"

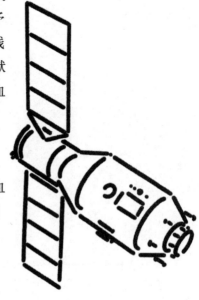

其实，在我们的周围还有许多默默无闻的自愿献血者，他们把无偿献血视为一种自己和家人践行社会公益活动的自觉行动。中国科技馆青年职工张乐、刘芳就是他们中的突出代表。张乐2003年至今坚持无偿献血15次，献血总量超过5 200毫升，2019年被北京市公民献血委员会授予"无偿献血先进个人"称号。受张乐影响，刘芳2015年开始无偿献血，第二年带着丈夫一同参加，已连续5年无偿献血（丈夫连续4年），她本人就共计献血1 800毫升。这两位青年党员都把无偿献血作为一种"发自内心想去做的一点点好事"，刘芳甚至把每一年孩子的生日期间和丈夫一起去献血作为一种为孩子庆生的最有意义的方式。

显然，如果只对单位组织的无偿献血者予以褒奖，我们又将如何褒奖这些默默无闻的献血者呢？其实，每位无偿献血者对自身善举的充分肯定和内心坚守，就是一种最好的褒奖。

这真是：

献血褒奖头绪多，厘清还需多思索。
决策贵在思远虑，不因一叶而障目。

注：本文刊载于2020年4月17日《科普时报》"青诗白话"栏目。

万千肖像动心扉

"我们为援鄂的四万两千多名白衣战士拍摄人物肖像,经历了四万两千多次的感动。尽管这可能不是这些医务工作者最好看的一瞬间,却是他们在特殊时期所记录下来的最难忘的一刻。"2020年5月29日下午,在接受"致敬新时代、礼赞科学家——2020年全国科技工作者日中国科技馆主场活动"现场主持人采访时,中国文联摄影艺术中心原主任刘宇发出了上述感慨。

中国科技馆主办的这次活动由三个板块组成,第一板块"科学抗击疫情,致敬白衣战士",除了邀请北京大学人民医院呼吸与危重症医学科主治医师暴婧和北京中医药大学东直门医院消化科主任叶永安分别讲述武汉抗疫亲身经历,刘宇主任还现场讲述了100多位摄影师为援鄂的4.2万余名白衣战士拍摄人物肖像的感人故事。

这个创意由中国摄影家协会提出:在确保医务工作者防疫安全的前提下,为每一位援鄂医务工作者拍摄一张摘下口罩时的真实颜容,让全国人民永远记住这些勇敢逆行者的相貌,以作为这段抗疫历史的一个见证。2020年2月20日,当协会摄影小分队出征武汉时,全部人马包括刘宇在内还只有5位摄影师;抵达武汉后,《人民画报》和驻武汉媒体的摄影记者纷纷加入,援鄂医疗队的摄影爱好者和武汉当地及河南的摄影志愿者也积极参与,一支由100多人组成的强大拍摄团队很快组成。

抗疫一线,工作紧张,情势危急。早期大都在医院拍摄,通常只有两个拍摄时间窗口,一个是医护人员从病房交接班出来,摘下口罩准备吃饭的空当;再一个就是医护人员下班后在缓冲区消杀,把口罩摘下来扔进垃圾桶里准备步入淋浴间的那一刻。后期的许多拍摄都是在医护人员驻地完成。拍摄时,摄影师只有一分钟左右的时间,必须提前做好预案,选好角度和场景,迅速按动快门,抓拍下被摄者转瞬即逝的表情。

截至2020年4月25日,全部拍摄任务完成,仅刘宇带领的摄影小组就拍摄了1300多张医务人员肖像。会场大屏幕闪放的一张张医务人员朴实无华的素颜照片，让观众仿佛看到了其背后隐含的一个个救死扶伤的动人故事，感受到了一段段临危受命的勇敢担当。有感于斯，填《虞美人》词一首，以表情意。

  白衣战士急行逆，搏命江城疫。扶伤救死大医仁，德术至诚事迹感人深。

  临危摄影真颜录，历史鲜活幕。万千肖像动心扉，能不长存天地耸丰碑？

  第二板块活动的主题为"唱响时代强音，点赞民族脊梁"，旨在通过开展全国科技馆行动、启动"星耀寰宇，箭震五洲——'东方红一号'发射成功50周年科学家精神展"，传承并弘扬科学家精神。作为"东方红一号"人造卫星技术负责人和中国航天事业建设发展的见证人，戚发轫院士讲述了科技工作者和相关人员为使卫星实现"抓得住"而付出的艰苦卓绝的努力。他说："当时是靠民用电话线把全国各地测控站的卫星数据收集起来。为了确保数据传输安全，卫星自甘肃发射后，从青海、云南、四川经贵州、湖南、广西直到广东的海南岛，各个测控站之间的每根电线杆子下面，都安排有两个民兵值守。是几十万人保证了我国第一颗人造卫星发射成功，使得当年卫星在'五一'晚上9点钟飞过天安门时，毛主席和全国人民一起都能看到'东方红一号'在太空遨游。"

  2020年是中国科技馆"科技与人"数字馆藏元年，年度收藏主题被确定为"全面建成小康社会"和"全民抗击新冠疫情"。活动第三板块"关联人与科技，智联数字馆藏"揭晓了这两个主题的入选数字馆藏项目：国际地球学会"数字地球之窗"和阿里巴巴"达摩院AI抗疫"。

  数字地球是一个将海量多分辨率、多时相、多类型的对地球观测数据和社会经济数据进行集成，并用于服务人类进步和社会发展的虚拟地球。自1998年"数字地球"概念问世以来，我国高度重视数字地球战略，聚焦数字中国创新发展，大力建设国家数字基础设施，使得数字地球在国土、农业、林业、海洋、环境、生态等领域得以广泛应用，呈现出数字描绘中国、数字改变中国和数字驱动中国的新局面，为科技强国、全面建成小康社会注入了新活力。

新冠疫情暴发后，阿里巴巴达摩院紧急研发了一套AI诊断技术，可在20秒内对新冠疑似案例CT（Computed Tomography，计算机断层扫描）影像做出判读，准确率高达96%。随后，"达摩院AI"进驻郑州"小汤山"岐伯山医院，先后被武汉金银潭、火神山等医院引进，继而又支援了70多家海外医院，至今已完成50余万例临床诊断，成为科技抗疫的一个缩影。

"数字地球之窗"和"达摩院AI抗疫"入选中国科技馆年度数字馆藏，示范作用明显，彰显意义重大。填《菩萨蛮》词一首，以抒感佩情怀。

小康建设频推力，地球数字高科技。成果入馆藏，典型示范强。
病疑精准验，点赞达摩院。抗疫显神威，科学永耀辉。

注：本文刊载于2020年6月5日《科普时报》"青诗白话"栏目。

紫金山顶灿星罗

"到了南京,一定要去紫金山天文台看看。"每次去南京,都会有人这样嘱咐我。幸运的是,著名科普作家、南京古生物博物馆名誉馆长冯伟民老师亲自驾车,带我了却了这桩心愿。

在位于南京东郊紫金山风景秀丽的第三峰上,陪同接待的樊莉平老师告诉我,紫金山天文台为中国科学院所属科研机构,其前身是成立于1928年的国立中央研究院天文研究所,是我国自己建立的第一个现代天文学研究机构,中国现代天文学的许多分支学科和天文台站大多从这里诞生、组建和拓展,紫金山天文台由此被誉为"中国现代天文学的摇篮"。

自1994年至今,樊莉平在紫金山天文台工作已近30年,一直从事天文科普讲解和宣传工作。她带领我们参观了山顶上星罗棋布的各观象台、工作室、展厅,以及包括浑天仪、圭表、天球仪等在内的中国古代珍贵天文测量仪器。其时,紫金山天文台正在举办"描绘苍穹——星空影像与古典星图特展"和"诗意星空——罗方扬天文油画展",碰巧的是,两个展览的主要策展人韩鹏和罗方扬都是我熟悉的朋友。

罗方扬从小就喜爱天文学,1985年上初一时,就用一个口径5厘米的三节伸缩式小望远镜观察哈雷彗星回归现象,长大后又自制了一台较大的反射式天文望远镜,并经常带着它去郊外观测星空。小罗还是一位艺术天才,小学就学习弹古筝,我曾听过他与朋友用古筝合奏的电视连续剧《西游记》插曲《女儿情》,那水准叫一个专业啊!罗方扬还擅长绘画,自2008年起开始创作星空题材油画,由于自己没有画室,一直都是在所工作学校的杂货间或朋友的杂物间创作绘画,十分不易。

这次在紫金山天文台展出"诗意星空",收录了罗方扬近年来创作的天文油画精品,其中巨幅绘画"寄声月姊"和"静影沉璧"曾分获2017年和2019年世界星空美术大奖赛一、二等奖。小罗希望通过油画艺术讲述天文学知识,每张油画下方都有文字说明牌,讲述画面中所蕴含的天文学知识,令人赏心悦目。罗方扬的这些天文绘画结集成《诗意星空——画布上的天文学》《逐梦星空——图说天文航天》两部精美科普图书，先后均由南京大学出版社出版。

"描绘苍穹——星空影像与古典星图特展"由紫金山天文台和托勒密博物馆联合策划，托勒密博物馆的创始人就是韩鹏。他毕业于首都师范大学历史系，主攻古代文献研究，专注于古籍善本和古地图收藏。近十年来，韩鹏收藏了2000多件各类中外天文、地理文物，包括史上最重要的天文学原版名著、古星图、古地图等珍稀古籍善本，以及许多国家不同种类的早期古董天文仪器、航海仪器，同时还珍藏了与天文、地理主题相关的雕塑、油画等精美艺术品，形成了完整的天文、地理文物收藏体系，填补了国内这一领域收藏的空白。

"描绘苍穹"展览共分三大部分：一是回顾照相底片上的中国天文学百年发展史——"星空掠影"，紫金山天文台迄今共拍摄过11 000多张天文底片，展览首次公开了这些珍贵的观测资料；二是揭秘世界上最古老的科学星图——"古代东方的灿烂星河"，包括绘制于唐中宗时期、世界天文学史上最著名的星图之一的《敦煌星图》；三是品鉴四大古典星图的科学艺术之美——"星图中的西方浪漫"，你可在这里见到德国天文学家拜耳1603年出版的、被誉为"四大古典星图"之首的《测天图》原版。这些珍贵的天文学典籍，都是韩鹏领导的托勒密博物馆收藏而来的。

樊莉平老师对紫金山天文台历史、名家、仪器、珍藏如数家珍，用近三个小时的时间带我们游遍了各主要景点。天文台部门领导说，樊老师是台里的金牌讲解员，重要领导来此参观、台里举办重大活动，都是由她来讲解。我问樊老师一辈子做科普讲解、宣传工作的感受，她说有苦有累，更有快乐和成就感。山上的讲解接待大都在户外，冬天特别冷，比山下要低三四摄氏度；南京又是有名的火炉，夏天特别热。樊老师告诉我，冬天讲解，冷风顺着嘴巴直灌到胸腔，讲解下来感觉从头到脚人都冻成了冰棍儿；夏天在太阳底下讲解，常常是汗流浃背，好像淋了一场雨；山上的花蚊子特别多，经常身上要叮十几个包。"不过，功夫不负有心人，我们的努力也得到了回报，近两年我们的科普活动都获了奖。科普使我的人生更加充实，更加有意义。"

一天之内就与四位科普名家同行、神游，不胜感慨，回京后遂填《浪淘沙令》词一首，以褒赞冯伟民、樊莉平、韩鹏、罗方扬为科普事业做出的贡献。

仰首探天河，诗意婆娑。紫金山顶灿星罗。玉露琼风仙殿客，对酒当歌。

才俊建康多，播技传科，专家学者秀巍峨。博展画廊融讲解，琴瑟鸣和。

注：本文刊载于2023年12月15日《科普时报》"青诗白话"栏目。

任要位微守初心

贺字加贝值千金,赵燕从来多豪英。

奇峰登顶抢摘桂,临危受命攻脱贫。

县村事繁无巨细,任要位微守初心。

新途更须奋开拓,职守全凭奉与勤。

2019年8月14日,中国科技馆影院管理部优秀青年干部赵奇同志响应号召,主动报名参加脱贫攻坚工作,赴山西省临县城庄镇程家塔村担任第一书记。临别时,我赠上述藏头诗一首,希望他坚守初心、殚精竭虑、奋力开拓、勇创佳绩,不负组织重托和村民期待。

程家塔村位于临县城庄沟以东约11千米处,全村496户、1413人,常住人口488人;拥有林地27 245亩,耕地7 078亩,主要种植玉米、马铃薯、谷子等作物。临县为革命老区,也是有名的贫困县,程家塔村也不例外,域内沟壑纵横,山地多平地少,自然条件恶劣,村民日子一直不好过。赵奇到任时,全村有建档立卡贫困户216户、506人,脱贫攻坚任务十分艰巨。

好在赵奇本是山西人,老家盂县离临县也不算远,从小又在农村长大,熟悉农村生活;上任不久,他很快摸清了程家塔村的家底,对下一步该怎样干心里就有了打算。作为村党支部第一书记,赵奇抢出的第一板斧就是抓党建,强化"三基"建设:创党建工作标杆,带领大家挖穷根、找出路、谋发展、干实事。为此,在改扩建村党群服务中心的基础上,他组织创建了村委会多功能会议室、村党支部工作App(手机软件),为"三会一课"、主题党日等党建活动提供了坚实的技术支撑,解决了外地党员无法联系、不能参会、长期脱离党组织的老大难问题,确保外出打工党员离乡不离党、流动不流失、身在外心向党。

接着,赵奇四处寻找支持、资助,开始实施村级活动场和村容村貌升级改造惠民工程，先后完成村东、西活动广场以及村里两条主干道柏油硬化施工，广场和道路两侧全部植树绿化，修理、疏浚200多米长的排洪渠。他还组织村民翻新了村级活动场所房屋，修建会议室、办公室、妇女活动室、健身房、洗漱室、卫生间等；修缮戏台、石桥，多处修建小矮墙，着力改善村中环境；绘制五面文化墙，新建超大户外电子屏幕，用于党建宣传、电视播放，丰富村民文娱活动和业余生活。

作为赵奇所在单位的党委负责人，我曾多次带队看望、慰问赵奇，考察、调研临县脱贫攻坚工作，目睹了程家塔村可喜的变化。2020年10月21日，我第二次来到程家塔村，列席了赵奇主持的村党支部工作会议，外出打工党员用手机视频出席会议，大家纷纷夸赞赵奇，盛赞村里变化。2021年5月18日，我退休前最后一次看望赵奇，看到他与村民谈笑风生、亲热无比、宛如家人，倍感欣慰。

抓农田基本建设是夯实村农业发展的基础，挂职期间，赵奇利用县里给予的投资，组织村民给耕地加厚活土层、施垫有机肥、修建排洪渠……两年共改造耕地1234亩，极大地提高了耕地肥力，将原来的中低产田改造成高产田。他还将争取到的资金注入村办养殖专业合作社，大力发展村办养殖业，每年按收益的70%分红给全村的所有贫困户。目前，合作社已养殖牛41头、羊145只，下一步将引进胡羊新品种，进一步扩大养殖规模。看到年老体弱的村民将收获的玉米从山上背下来十分吃力，赵奇遂帮助他们在山地里引进种植药材，既增加了这些村民的收入，又减轻了他们秋收时的体力负担。

赵奇2005年大学毕业后就一直在中国科技馆工作，深知科技知识在脱贫攻坚中的重要作用。两年来，他多次邀请农业专家给村民普及科技知识，开展优质蔬果、作物引进种植的技术指导和技能培训。2019年，他利用科协富硒马铃薯项目技术，组织村民试种富硒马铃薯，培育马铃薯原种，以此提升马铃薯的品质和产量。他重视优质农作物及其技术的推广实施，累计在程家塔村种植高产高效玉米550亩、绿色谷子1200亩，实施马铃薯产销一体化项目近千亩，发展380亩肾形大豆等特色种植产业，使村里户年均增收1200元以上。

创办程家塔村"爱心超市"，让我体会到了赵奇的用心和聪慧。他把创建和经营"爱心超市"作为程家塔村与中国科技馆开展党建帮扶的一件实事，写进协议，落到细处。超市的启动资金由中国科技馆党费资助，货源通过全馆员工定期捐赠补充；采用"积分换货、以奖代补、激励向上"的方式分发超市物品。哪个村民做了公益，哪家孩子孝顺父母，哪个家庭和和睦睦……所有好人好事都登记积分在册，村民可根据自己的积分来兑换超市相应的物品。赵奇告诉我，这样的扶贫方式更能激发贫困户的内生善心和向上动力。

如今，两年挂职期已满，2021年9月28日，赵奇载誉回馆工作。此时，我虽已卸任退休，但欣闻喜讯，仍激动不已，遂赋诗一首，褒赞赵奇，聊表情怀。

　　　　甘与村民共乐忧，脱贫攻坚志已酬。
　　　　初心使命践行动，不负艰辛两春秋。

注：本文刊载于2021年10月29日《科学导报》。

后记
POSTSCRIPT

  北京理工大学出版社是我的老东家，2000年1月至2003年10月，我曾担任该社社长，并通过引进优秀编辑范春萍打造了出版社的科普品牌。如今，我的第四部科普随笔《万千肖像动心扉》将在该社出版，自然倍感亲切，这还要多谢老同事樊红亮总编辑和策划编辑、科幻分社社长高坤的热情邀请。

  当然，还必须感谢北京市科协。拙著有幸荣列"北京市科普创作出版资金资助项目"，解除了我唯恐老东家很可能赔本赚吆喝的顾虑。就我所知，很多科普创作者如我一样，受益于北京市科协这个功德无量的资助项目，有的人甚至由此成为科普名家。

  感谢武夷山老师。我每有新作，他都是最先阅读，并第一时间写出鼓励、鞭策我前行的书评。我把这位博学、心慈、文健、仗义、谦逊的老大哥视为知己，由他来为拙著写序，我深感荣幸。

  韩倚云教授是我钦佩的科苑巾帼翘楚、文坛娇容侠女。这位河北易县长大的青年学者，颇有荆轲舞剑的豪迈情怀、高渐离击筑的儒雅气度，答应写序颇为爽快，字里行间尽彰文采。她还自告奋勇帮我约得王玉明院士、周啸天教授惠赐推荐语，令我深受感动。

  王玉明院士是清华大学机械工程系教授，是享誉国际的流体密封工程技术专家、机械设计及理论专家，同时也是诗词创作的大家，我经常能在"院士诗词作家"微信群里拜读到他的大作，受益匪浅。周啸天教授是著名的文学家，供职于四川大学文学与新闻学院，曾兼任中华诗词学会副会长，屡获多类文学大奖，是我仰慕的文学偶像。我至今尚未曾与两位前辈大家谋面，拙著出版后定当面谢、讨教。

  曾庆存院士是我一直景仰的大学者、大诗人，我学填词一定程度上也是受到了他的影响。他的夫人刘莉女士是我在中国科协工作时的同事，因此我得以多次当面向曾先生求教，并获赠先生亲笔题词的所有诗词文集。先生勉励后学之殷殷情怀，令我终身难忘。

国家动物博物馆馆长张劲硕研究员是科普界的明星、大咖，他那张手抱一只东非黑白疣猴合影并标注自己处在"左一"位置的照片，让他名扬四海。当然，这也更加彰显了他热爱动物的可亲、可爱的善心，以及致力于保护动物、传播动物知识的博大情怀。他写的推荐语，与拙著"科技与人文融合"的写作初衷和创作风格十分契合。

最后，要感谢北京理工大学出版社的李芬、芈岚、刘汉华、刘亚男、施胜娟等有关社领导、责任编辑、装帧设计、校对、印制人员，以及爱女苏靓为图书绘制插图。我从事编辑、出版工作多年，深知任何一个环节的松懈，都有可能使创作者的心血成为废品。感谢你们的辛勤付出、严格把关和倾情奉献。

最后，谨填《诉衷情》词一首，以表谢意，以抒情怀：

科学随笔韵悠长，墨海忆韶光。北理旧缘难忘，新著表衷肠。

承惠助，谢诸良，喜洋洋。武兄德厚，韩妹文芳，共酿书香。

2024年12月6日于卢沟桥畔